W0199356

ullstein

Das Buch

Izy Lewin ist eine junge Jazzpianistin. Sie taumelt durch die Tage und die Nächte, während Vergangenheit und Gegenwart, Traum und Wirklichkeit ineinandergleiten. Immer wieder erinnert sie sich an ihre Kindheit in Russland und das Verlassen ihrer Heimat. In Berlin steckt Izy fest zwischen erniedrigenden Hotel-Gigs, den Avancen des Regisseurs Marc und der Beschissenheit der Dinge an sich. Was bleibt ihr noch, als mit einem Wolf den Mond anzujaulen? Bei einer Flasche Nastoy, zu alten Jazzplatten, Arm in Arm unter dem Tisch oder im Morgengrauen im Park. Mit Timur. Wo Timur ist, da ist die Tundra und die Steppe, da schmeckt und riecht es nach Zuhause. Ein Zuhause, das Izy vorerst nur borgen darf.

Die Autorin

Kat Kaufmann, geboren 1981 in St. Petersburg, lebt als Schriftstellerin, Komponistin und Fotografin in Berlin.

KAT KAUFMANN

SUPERPOSITION

ROMAN

Ullstein

Besuchen Sie uns im Internet:
www.ullstein-taschenbuch.de

FSC
www.fsc.org
MIX
Papier aus verantwortungsvollen Quellen
FSC® C083411

Lizenzausgabe im Ullstein Taschenbuch
1. Auflage März 2017
2. Auflage 2017
Copyright © 2015 by Hoffmann und Campe Verlag, Hamburg
Umschlaggestaltung: zero-media.net, München,
nach einer Vorlage von K. Kaufmann / B3K-Design,
Andrea Schneider
Illustration: © Max Gärtner; maxgaertner.com
Gesetzt aus der Candida
Druck und Bindearbeiten: CPI books GmbH, Leck
Printed in Germany
ISBN 978-3-548-28852-9

Gewidmet euch, die ich so sehr.
Ohne die ich so gar nicht.

Alle Personen in diesem Buch
haben sich selbst frei erfunden
oder wurden von Mutter, Vatter, Schulkameraden,
Arschlöchern und Wichsern
zu dem gemacht,
was sie sind.

Und der Jude ist nicht reich.
Und der Russe ist nicht kalt.
Und Berlin ist nicht Berlin.

1

(FEIERABEND)

»Russisches Gedeck. Bitte.«
»Was soll das sein, bitte?«
Wie schafft er das nur, so freundlich zu fragen. Als hätte er nicht die Schnauze längst voll, als wäre ich nicht sein letzter Gast hier mitten in der Nacht.
»Ach so, ja. Das ist Wodka und ein Kaffee.«
Er trägt eine bordeauxfarbene Schürze, schwarzes Arbeitshemd, schwarze Arbeitskrawatte. Er sieht ganz freundlich aus und sauber, lächelt mich an. Und ich sehe aus wie Scheiße. Ich starre wieder in die Karte. Er wird Mitleid haben. Brauch ich nicht, sein Mitleid. Aber eine Decke wär gut. Kalt ist es, ich bin durchnässt wie ein Straßenköter. Um sich zu finden, muss man sich verlieren, hat der alte Obdachlose vorhin gesagt und seine Regenschutz-Plastiktüte über mich gelegt. Einfach drübergelegt über mich. Gestern hat er noch nach Geld gefragt, heute erkannte er mich schon nicht wieder und teilte seine aufgeschnittene Plastiktüte mit mir.
Ich will mein Innerstes herausnehmen können und waschen.
Ich könnte nach Hause gehen, aber ich gehe nicht. Nach

Hause – eine winzige Wohnung, ein Quadrat Miet-Intimität. Was ist da schon? Ein Fernseher, ein Bett, ein Tisch, ein Klavier. Sechzig Bücher vielleicht. Und manchmal du. Und ich. Ein Hund und ein Wolf, die sich Arm in Arm unter dem Tisch besaufen. Ich wünschte, du wärst jetzt hier, würdest dich wegtrinken mit mir. Aber du kannst nicht. Kannst so oft nicht.

Die S-Bahn zieht auf der Brücke von links nach rechts, verschwindet aus dem Sichtfeld in das Dunkel. Im zerfetzten Durchbruch der Markise des Brel steht *bac*, von *Tabac*. Es leuchtet in der Dunkelheit, alles leuchtet. Gelb, blau, rot. Und ich bin taub, sehe mich von außen, sehe, wie ich sehe, dass ich ganz taub bin. Sie ist bei dir. Ich falle zurück. Dahin, wo die Erinnerung die Fakten verdreht. Vielleicht sind meine Wahrheiten allesamt zu Lügen geworden. Vielleicht waren sie nie wahr. Vielleicht bin ich ja gar nicht da. Und dich, mein Wolf, gibt es auch nicht.

Ich starre auf den Boden, zwei Steine fehlen im Pflaster, daneben meine Tasche.

Und ich höre sie: ›Nimm deine Tasche da weg, um Himmels willen.‹ Diese alte dicke Russin, die Wilmersdorfer Sozialbau-Kaffeesatzleserin. In meinen Gedanken schreit sie auf vor Entrüstung. ›Alles, was dir verwehrt bleibt, Mädchen – Geld, Erfolg, Liebesglück – kriegste alles nich! Weil nämlich du, du dummes Mädchen, deine Tasche immer so auf den Boden stellst!‹, sagte sie, während sie meine Jacke an ihre Garderobe hängte, dahin, wo wohl schon so einige Jacken meiner Landsleute hingehangen worden sind. Mit Fragen kommen sie, ob denn die Tochter endlich einen reichen Mann finden wird oder ob dieser komische Ausschlag, der langsam in Gicht übergeht, auch ohne Arztbesuch ausheilt, und man nur noch ein bisschen länger warten sollte und jeweils ein

Tütchen mit Heilkraut unter allen Sitzmöbeln verstauen. So Kram.
Und ich hänge meine Tasche über die Stuhllehne.
Zu einer alten dicken Russin, aus dem Kaffeesatz lesen lassen – tolle Idee. Als gäbe es nichts Sinnvolleres zu tun auf der Welt. Hätte ja mal Dinge erledigen können heute, vor denen man reelle Ängste haben darf. Steuererklärung vielleicht.
Ich hätte wissen müssen, mit welch Weisheiten bepackt ich ihren Wilmersdorfer Sozialwohnungs-Spritualistik-Tempel wieder verlasse. Erst klagte sie über Kopfschmerzen, dann über ihren Sohn, den Tunichtgut, der im Gefängnis sitzt. Gleich anschließend fragte sie, ob ich ihn nicht kennenlernen wolle, er sei ein guter jüdischer Junge, und ich – ›*Iiiiizy Lächwihn*‹, sagte sie, ›so heißt du doch, Mädchen?‹ – sei ja wohl auch eine von ›den Unseren‹. Heiratsmaterial sozusagen.
Dann schimpfte sie über ihre Kosmetikerin. ›Der Teufel soll sie holen!‹, sagte sie, ›Seit zwanzig Jahren! Seit zwan-zig Jah-ren kommt die her!!!‹, sagte sie. Während die Kosmetikerin nämlich, die Unglückselige, wie immer einhändig mit der Verwandtschaft in Odessa telefonierte, habe sie ihr, begleitet von dem lauten Aufschrei ›Ist-nicht-dein-Ernst-doch-nicht-mit-dem-Gurowitsch-dem-Hurenbock!‹, bei der Pediküre mit dem scharfen Hornhautschaber einen tiefen Krater in den Fuß geschnitten. Und sie könne ja eh schon kaum laufen, jetzt aber erst recht nicht mehr. Und nun, *oy wej, oy wej*, komme sie da selber nicht ran, um die Salbe draufzutun. Weil die Arthrose quält nämlich auch noch das letzte bisschen Leben aus ihr raus.
Einsamkeitsbekenntnisse. Natürlich fragt man da, ob denn Hilfe gebraucht wird, ob man denn ihr, der riesi-

gen, alten, unter einer dicken Fettschicht sicher von der Realität isolierten Dame, die man da in all ihrem ihr widerfahrenen Unglück zum ersten Mal sieht, den Fuß eincremen und verbinden soll. Komische Sekunden waren das, als sie sich Zeit ließ für ihre Antwort und ich mich schon auf dem Boden zu ihren geschwollenen Füßen hocken sah. War ich hier, um einen Rucksack mit ihren Problemen abzuholen?

›Nein!‹, entgegnete sie dann endlich. ›Setz dich jetzt hin, Mädchen, und hör zu!‹, sagte sie. ›Siehst du den Bären? Hier? Guck in die Tasse jetzt!‹

Ich sah den Bären nicht, nickte aber dennoch. Sie war trotz all ihrer beklagten Gebrechen ziemlich einschüchternd. Obwohl, doch, ich sah den Bären. Er saß haarig und dick direkt vor mir und las aus meiner Tasse.

›Und hier! Siehst du? Die Sterne und ein riiiesiger Mond! Das heißt Glück! Groooßes Glück in der Liebe!‹

›Das sind Sterne?‹ Für mich sah das aus wie Fliegenschiss, einfach ein paar Krümel Kaffee, die am Tassenrand klebten, und der Mond war ein traurig heruntergeflossener Tropfen, der entstanden war an der Stelle, wo ich meinen Mund an der Tasse angesetzt hatte. Das ist kein Liebesglück, Madame Zukunftsvision, das ist verschmierter Dreck.

›Niemals Uhren verschenken! Oder Schuhe! Oder Messer fallen lassen! … Und auch nicht in den Haaren rumspielen! Ihr Mädchen spielt euch doch immer so in den Haaren rum‹, und der Bär demonstrierte mir ein kokettes ›Hihihi‹ mit verstellter Stimme, zwirbelte dabei eine seiner grauen Strähnen zwischen den Fingern und fuchtelte sich damit an der Wange herum. Dann fiel das verschämte Lächeln in einem Sekundenbruchteil wieder aus des Bären Gesicht.

›So‹, sagte sie, ›okay‹, und reichte mir meine Jacke. ›Bringt alles Unglück!‹, sagte sie. So zum Abschied.
›Super, vielen Dank‹, sagte ich und nahm meine Jacke aus ihrer riesigen Hand, ›werde ich alles beachten, ich bin immer fasziniert von Menschen wie Ihnen, mit so feinen, besonderen Begabungen‹, sagte ich.
Sie wollte ja nicht einmal Geld. ›Gib, was du geben magst. Und wenn es nichts ist, ist auch gut …‹
Gute Strategie. Die Welt um einen herum spricht dieses *Doitsch*, das man nicht versteht, und Madame lässt sie, all die gleichsprachigen, nach Trost suchenden Seelen, einfach bei sich antreten. Braucht nicht einmal den schmerzenden Fuß vor die Tür setzen. Ein bisschen plaudern, während der Mokka auf dem Herd kocht, dies das …
»Ihr Kaffee.«
Der Kellner steht stramm neben meinem Tisch und wartet auf eine Geste, um die Tasse abstellen zu dürfen.
»Danke schön.«
»Ich habe Ihnen eine Decke mitgebracht. Ist aber auch kalt geworden … Und der Wodka ist hier. Der geht aufs Haus. Ganz blass sind sie … Ich hab auch Feierabend jetzt. Darf ich mich setzen?«
Außer uns ist niemand zu sehen. Alle schon zu Hause oder in den Amüsierbuden oder sonst wo. Aber hier nicht. Hier ist die Straße leer, und der regennasse Boden spiegelt die Laternen. Er hält die Lehne des Stuhls bereits in der Hand. Hat er klug gespielt. Erst machen, dann fragen.
»Ja, natürlich. Setzen Sie sich. Sie haben sich auch einen …?«
Er stellt die Wodkagläser auf den Tisch. In den Kaffee hat er sogar ein Herzchen reingemalt, in den Schaum. Jung

ist er, nicht deutsch, dunkelhaarig. Türke vielleicht. Iraner vielleicht.
»Auf die Nacht!«, sagt er.
»Ja. Auf die Nacht.« Er trinkt seinen Wodka, ich meinen. Was er denkt, weiß ich nicht. Ich denke an einen schönen Tod für Babuschka Ella.
»Was machen Sie denn draußen so spät? Ist ja kein Mensch mehr auf den Straßen hier«, sagt der Iranertürke.
»Ich bin eingeschlafen.«
»Eingeschlafen?! Wo?«
»Dort. Auf der Bank.«
»Warum?!«, er sieht mich verwundert an. Große Augen. Schöne Augen.
»Weil ich müde war. Und die Luft so gut.«
»Ausgeruht sieht anders aus«, sagt er.
»Mache ich normalerweise nicht«, sage ich. »Also Parkbänke. Ist neu.«
Er lächelt.
»Und warum heute? Was ist denn passiert?!«
Seine hübschen Augen sind weit geöffnet, und er wartet darauf, dass ich ihm gleich eine abgefahrene Gute-Nacht-Geschichte erzähle. Aber ich habe keine Lust.
»Das Übliche«, sage ich, trinke aus und nehme meine Tasche von der Stuhllehne.
»Bist du auch Gastro?«, fragt er.
Ich bin still.
»Ha …«, sagt er enttäuscht.
»Wie spät ist das?«, sage ich enttäuscht.
Er sieht auf seine Uhr. »Fünf«, sagt er.
»Verstehe. Was bin ich schuldig?«
»Nichts. Ich sagte doch, ich mach, Parkbankmädchen.«

»Ich muss. Guten Feierabend. Danke«, und der Stuhl krächzt, als ich ihn wieder in Position schiebe.
»Pass auf dich auf. Is nich immer so ungefährlich, weeßte?«
Er hat *du* gesagt. Seit er weiß, dass ich auf einer Parkbank eingeschlafen bin, sagt er *du*. Jetzt glaubt er, wir wären Verbündete – in gebückter Position dienender, einsam in der Nacht wachender Minderwert der Gesellschaft. Wenn ich das nächste Mal herkomme, wird er mich begrüßen, als wären wir alte Freunde.
»Weiß ich«, sage ich, und schaue noch einmal zu meiner Bank. Sehe mich dort liegen, und wie die Menschen an mir vorbeigelaufen sein müssen, während ich wie ausgestellt da lag, bewegungslos. Und jetzt gehe ich doch nach Hause. Wo soll ich auch sonst hin. Was ist das Problem?! Das verschissene Scheißproblem, Izy, dummes Mädchen?! Dahin, wo es warm ist, will ich. An das andere Ende der Stadt. Und dass du mich festhältst und sagst ›Malýsch, mein Kleiner …‹

—

Die Wärme meines Bettes versucht tröstend zu sein, und schafft es nicht.
Fünfundzwanzig Monate ist es her: *Izy Lewin! Timur Hertz aus Berlin möchte mit dir befreundet sein.*
Einen Trickfilm hattest du mitgeschickt, über diesen Hund, der seinen Kumpel, den Wolf, mitnimmt zu seinen Menschen ins Dorf und sich dort mit ihm, beide versteckt unter dem Tisch, vollfrisst und besäuft. Und der dürre Wolf, der zum ersten Mal, zum allerersten Mal in seinem einsamen Wolfsleben einen echten Freund gefunden hat, stimmt vor lauter Beseeltheit glücklich und aus vollster Herzenstiefe ein in den Chor der singenden Bauern.

Und dann fliegen sie auf, die beiden Freunde, und unter Geschrei und dem Klappern der Mistgabeln verjagt man sie in den dunklen Wald.
›Singen ist der Aufschrei der Seele‹, sagt Großmutter immer.
Du kannst nicht. Kannst fast nie.
Mein Rücken liegt wie ein Brett auf der Matratze. Ich erschrecke mich selbst, indem ich mir vorstelle, mich nicht mehr bewegen zu können, nicht die Arme, nicht die Beine.
An der Decke ist eine kleine Fliege. Sie bewegt sich auch nicht. Ich warte. Mach den Anfang, Fliege. Wie unspektakulär der eine Tag in den nächsten geglitten ist. Die Fliege reißt sich los. Ich tue es ihr gleich. Nur dass ich nicht fliegen kann, sondern mich lediglich im Bett aufsetzen, auf die Beine stellen, zum Schreibtisch gehen. Schade.
Der Laptop öffnet sein Maul. Das Netzwerk fragt: *Wie geht es dir, Izy?*
Izy Lewin ist leider verstorben, tippe ich in das dafür vorgesehene Feld.
Wer von meinen 570 Freunden sich darauf wohl meldet? Vielleicht *Gefällt mir* klickt?
Das Mailpostfach ist mit 3783 Mails im Eingang restlos überfrachtet, ich lösche sechzig Nachrichten, die mir eine Penisverlängerung offerieren. Wenn sie weiterhin so beharrlich meinen Briefkasten vollmüllen, werde ich meinen Penis wirklich verlängern. Damit wieder mehr Platz ist im Posteingang. Woher kennen die meinen Namen?
Was sind das für Typen, die diese Phishing-Programme schreiben? Und welche meiner Internetsuchen hat ihnen suggeriert, dass ich im Besitz eines Penis bin? Warum

entscheiden die sich nicht, sich zusammenzuschließen und was wirklich Großes zu machen, was von Bedeutung? Ist zu anstrengend. Sie sitzen vermutlich in Kellern auf gestapelten leeren Kartons ihrer Pizzen, spielen an ihren Konsolen, erstellen, seit sie vierzehn sind, Videos mit Anleitungen zum Cracken von Programmen, haben schlechte Haut und Sozialphobien. Sie sind bestimmt ganz in der Nähe. Vielleicht in der Wohnung nebenan. Und kommen nie raus.

Stattdessen könnte man doch jetzt so schön die Internetrevolution starten, vor der alle immer Angst hatten, als das ganze Ding anfing. Macht aber keiner. Nur für ein wenig Empörung reicht's, und dafür, lustige Videos viral über alle Portale zu schieben. Kätzchen, lachende Babys. Ein System versucht immer, das Equilibrium zu erreichen. Alles Andersartige wird es mit allergrößter Macht versuchen abzustoßen.

Ich poste keine Kätzchen.

Es will mich abstoßen, und ich bleibe. Habe ich mich jetzt schon eingereiht? Strample ich noch? Und je heftiger ich mich winde, desto mehr saugt mich das Equilibrium ein.

Hinter dem Fenster ist der Himmel ganz grau, mit rosa und gelben Streifen durchzogen. Ein Einhorn steckt mit dem Kopf in der dritten Wolke von links. Jetzt verzieht es sich horizontal, der Rumpf wird immer länger, jetzt ist es auch nur ein grauer Streifen.

New Mail: *Wir müssen reden, Izy! Mittwoch, vor der Probe in der Kantine? 14.30. Salut. Marc.*

Himmelarsch!

Habe ich *Himmelarsch* gedacht?! Kurwa.

Wir müssen reden, Marc?! Ist doch schon. Steht doch alles im Vertrag. Bring ihn einfach endlich mal mit, und gut ist.

Marcs wirre Theaterkonstrukte in ebenso wirre Töne umsetzen. Es bürstet mich ständig gegen den Strich, allein bei dem Gedanken, mich wieder an den Schreibtisch zu setzen.
›Ich kann jetzt nicht, Mama, später, Mama, alles gut, Mama, stell bitte keine blöden Fragen, Mama …‹ Marc ist schuld. Marc, der will, dass die Tänzer sich in Kunstblut wälzen und ekstatisch irgendwas von »Vereinigung« schreien. Marc, der mich immer irre anglotzt und sich mit ziemlicher Sicherheit vom Weihnachtsmann wünscht, ich würde seinen Schwanz in den Mund nehmen.
Während sich die Zahnbürste über meinen Zähnen hin- und herschiebt und ich im Spiegel bis in die Tiefen meines Rachens sehen kann, stelle ich mir vor, wie sein Gehirn platzt, wenn er sich vorstellt, dass …
Reden wir halt, Marc, du kranker Idiot. Aber heute ist erst Montag. Heute kannst du mich.
Zehn dreißig.
Seit einer halben Stunde ist Soundcheck. Die Erinnerungsfunktion im Telefon hat glorreich versagt. Taxi: 30,– €. Reduziert die ohnehin lächerliche Gage von 150,– € auf noch lächerlichere 120,– €. Adlon, von wegen. Noten, Notizbuch, Geld, Zigaretten, Mantel, Telefon, Schlüssel. Die Tür knallt hinter mir ins Schloss.

2

(JAZZ)

Wir spielen *Someday my prince will come*, 20-jähriges Bestehen der Firma ExproDyn. Handeln mit irgendwelchen Rohstoffen, irgendwas. Bestimmt nichts Gutes. Saugen wie alle an der längst entzündeten Brust von Mutter Natur. *Jazzbrunch* nennen die so was, und feiern ihre eigene Existenz.

Kleine Bühne, der Saal voll von essenden Frauen in schlecht sitzenden Kostümen und Männern, die sich bedeutend fühlen.

›Spielt nicht zu laut‹, hatte der Chef von ExproFucking-Dyn gesagt. Und wir spielen so leise, dass wir uns selbst kaum hören. Hinterste Ecke eines großen Tagungsraumes. In weiße Hussen gekleidete und mit akkurat identischen Blumengestecken bestückte Tischformationen. Tolle Ecke. Die hätten für uns auch so eine Husse beschaffen sollen. Wären wir nicht nur leise, sondern auch unsichtbar gewesen.

Letzter Akkord. »Wir machen eine kleine Pause und sind gleich wieder für Sie da. Danke schön«, sage ich ins Mikrofon. Stille.

Nur das Klacken und Klirren von Löffeln auf Porzellan

füllt den Raum, alle sehr vertieft in ihrem Vorhaben, das kostenlose Büfett leer zu essen, als gäbe es kein Morgen.
Und dann kommt der obligatorische redebedürftige Gast, und man hat Glück, wenn es nur einer ist pro Abend. Immer wollen die mit den Künstlern reden. ›Künstler‹, sagen die, und man kann die Anführungsstriche deutlich hören. Und Reden ist gar nicht Reden, sondern ein sich immer wiederholender Fragenkatalog.
Eins: ›Macht ihr das hauptberuflich?‹
Zwei: ›Kann man davon leben?‹
Drei: ›Ach, das kann man studieren?!‹
Nee, sage ich, hab gelogen. Kann man gar nicht studieren. Habe ich mir nur ausgedacht. Das kann praktisch jeder, sage ich, komm! Probier's doch auch mal, sage ich.
Aber nein, nichts sage ich. Ich halte meinen Mund, weil ich heute zu seinen Ehren gekauft wurde.
Dann stellt der sein Bier auf mein Klavier und sagt: »Wirklich nicht schlecht, was ihr da so macht ... Ich wollte mal fragen, ob ihr auch was Flotteres spielen könnt, was Schönes, was Rockiges vielleicht.«
Nimm dein Bier und setz dich sofort wieder hin! Ganz schnell, hätt ich sagen sollen. Ich geh nur kurz die Noten für *Highway to Hell* holen. Passt doch zu eurer Feier, hätt ich sagen sollen.
Stattdessen krampfe ich mir ein eisern steifes Lächeln zurecht.
»Verzeihen Sie«, sage ich, »aber was Sie hier sehen, werter Herr, nennt sich *Jazz-Trio*. Die Bezeichnung erklärt den Umfang der Leistung zu einhundert Prozent.«
Ich gehe. Und er steht immer noch da. Überlegt wahrscheinlich, mit wem er als Nächstes Kontakt zu knüpfen versucht – mit seinem unangenehm riechenden Atem und

den riesigen Schweißflecken unter den Ärmeln seines dünnen Hemdes, das Aussicht auf das lasch sitzende Feinripp bietet. Vielleicht kriegt er ja heute Elke, Heidrun, Simone rum. Die Stimmung ist ja recht ausgelassen.
Als ich in sicherer Entfernung bin, schaue ich ihn mir doch noch mal genauer an. Du sollst jene kennen, die du nie verstehen wirst. Hat das Bier wieder in der Hand, steht da am Schlagzeug, klopft mit dem Finger phlegmatisch auf dem Becken herum und schaut es dabei gedankenverloren an.
Ich spiele meistens eh nur für mich, hört sowieso keiner zu. Und das noch zwei Runden.
1959 war das noch anders alles. Da brachte ein junger Pianist namens Bill, einzig weißer unter all den schwarzen Typen, die *the shit* waren und solche wie ihn *Weißbrot* nannten, ein Album heraus, welches er einfach mal *Everybody Digs Bill Evans* nannte. Und er war zwar bestimmt ganz schön high, als ihm das einfiel, aber er hatte recht: Alle haben ihn geliebt. Alle haben Jazz geliebt, wussten ein gutes Solo zu erkennen, riefen ›Oh yeah!‹ und dergleichen. Als wir 60 Jahre zu spät unser Musikstudium begannen, war Jazz längst tot, da hätte uns klar sein müssen, wo wir enden. Als lebendige Oldie-CD nämlich. Oder so für uns, in Clubs, in die keiner geht und wo einen keiner bezahlt. Wahrscheinlich dachten wir aber, ihn doch noch wiederbeleben zu können, den Verstorbenen. So wie man Geister herbeiruft in Hexenzirkeln – nicht wirklich aussichtsreich, und doch wäre es ja durch den unerschütterlichen Glauben der Verschworenen vielleicht möglich gewesen, dass das Unmögliche passiert. Romantische Idioten, wir.
Also Klackern, Geschirr, Gläser …
Und sie fallen mir einer nach dem anderen ein, die Song-

namen, die wir uns damals für die sich bis zum Erbrechen wiederholenden Songs auf solchen glorreichen Jazz-Frühstücksveranstaltungen ausgedacht haben: *Night and Day = White and Gay, What are you doing the rest of your life = What are you doing with the breast of my wife. You and the night and the music – music* wurde zu *using.* Bei *There will never be another you* das *you* zu *jew.* Lange her. Mindestens 1000 Mal habe ich jeden dieser Songs bereits gespielt. Abgewichst sagt man dazu. Ich bin offiziell abgewichst.

»Vielen Dank, fuck you very much, auf Wiedersehen.«

Ende.

Und dann packen wir zusammen, und der Chef von ExproDyn klopft persönlich an der Garderobentür und quetscht sich in den Raum.

»Ich hoffe, ich erwische Sie nicht beim Umziehen, hahaha …«

Ich hätte ohne Unterhose dastehen können, er wäre geblieben.

»Wollte mich noch mal ordentlich verabschieden«, sagt der, »sind alle sehr zufrieden gewesen. Hahaha. Ja, schön. Und machen Sie nur weiter so! Viel Erfolg. Ich freue mich, dass wir Sie hier hatten, wie sagt man doch: Man muss junges Talent schnell ausnutzen, man weiß ja nie, wie lang se leben, hahahaha …«

Was wollte er gleich?! Ach ja, sich ordentlich verabschieden. Ist gelungen.

»Danke vielmals«, sage ich.

—

Ich schiebe mir die Kopfhörer, so tief es geht, in die Ohren. Ich hoffe, Coltrane schreit mein Gehirn wieder frei – von der Wahrsagerin, der Parkbank, diesem ruhmreichen Gig. Im besten Fall, vielleicht wenigstens vorübergehend, auch von dir. Und bei jedem von Coltranes Tönen frage ich mich, ob es nicht auch ohne Heroin gegangen wäre? Bei ihm, bei Miles, bei Chet, bei Bill. Lieber kürzer leben als ohne? Ich würde es gern versuchen. Versuchen, ob sich da was befreien lässt, was vielleicht so herumliegt, unerreichbar ist hinter den Barrikaden blockierenden Denkens und dieser beschissenen Versagensangst. *Ihre Tochter ist ein Wunderkind!* Und was, wenn nicht? Was, wenn da *gar nichts* herumliegt? Was, wenn man nur feststellt, dass es gar nicht das Heroin war, das all die zeitlosen Alben der Musikgeschichte schrieb, nicht das Heroin, das Miles, Chet, John und Bill so filigran spielen ließ, nicht das Heroin, das ihnen die großen Einfälle ins Ohr flüsterte, sondern schlicht und einfach deren göttliches Genie. Und nur weil sie es nicht verkraftet haben, so verschissen genial zu sein, mussten sie sich vorzeitig abtöten. Und man selbst? Nur gewöhnlich begabt, im stabilen Mittelfeld. Den Mittelmäßigen wird meist ein langes Leben zuteil. Dann steht es unwiderruflich fest: Langweilig und ohne jeden Mehrwert war man anmaßend, sich zum Kreis der Auserwählten gesellen zu wollen.

Und deshalb, vielleicht einfach nur, um dieser Tatsache auszuweichen, wird es wohl nichts mit dem Heroin und mir.

Dann laufen Coltrane und ich noch eine Weile umher. Unter den Linden, Bänke links und rechts, akkurat gezüchtete Bäume, Kies auf dem Weg. Um uns herum Stau. All diese herumwuselnden mittelmäßigen Menschen, in Autos, popeln in Nasen, in Ohren, in Zähnen, ziehen Lippenstift nach, fluchen. Und am Wasser im Tiergarten sitzen Araber im Kreis. Haben sogar eine Shisha mitgebracht. Hübsche knutschende Jugendliche, neben ihnen auf das Fortsetzen der Fahrt ins Grüne wartende Fahrräder. Jogger laufen an mir vorbei, und ich frage mich, welchem Beruf sie wohl nachgehen, dass sie Zeit haben, der eigenen Fitness, dem Erhalt ihrer Frische ein paar Stunden eines Montagnachmittags zu widmen.

Die Tage sind lang, die Vögel singen in den kurzen Nächten, und alle Bäume kleiden sich neu ein.

Berlin kann sehr schön sein.

Im Erblühen ist alles schön.

Während ich am Straßenrand stehe und warte, zähle ich sieben verliebte Paare, drei entliebte und massenweise hoffende, einsame Satelliten jeden Alters an mir vorbeiziehen. Was, wenn ich einfach verschwinden würde. Und alle bleiben. Ein Scheißtag ist das wieder. Wieder ohne dich. Weil ohne dich.

Lens Saab schiebt sich quer in die schmale Parklücke direkt vor meinen Füßen. Er greift über den Beifahrersitz, öffnet mir die Tür und sieht mich lächelnd aus seinem frisch geduschten Wagen an.

»Hereinspaziert, hereinspaziert im Saaboteur.«

Ich steige ein und versinke im Velours.

»Hier is'n Schlüpper in deim Saaboteur«, sage ich, und ziehe den kleinen Spitzenslip unter meinem Fuß hervor, »das nich so.«

»Ach komm, Byp, hier bin ich ich, hier darf ich ich!«, sagt Len und tritt aufs Gas, kurbelt das Lenkrad lässig nach links. Hübsch sieht er heute aus. Wenn auch unrasiert. Ganz strubbelig. Ungeschnittenes Haar. Im Profil sieht man noch den Nasenbruch von dem Idioten damals. Einfach so. Ohne Ankündigung. Direkt durch sein heruntergekurbeltes Autofenster hindurch. Wollte nur nach dem Weg fragen, mein Len.

»So schön, dich zu sehen ... Unerwartet. So mag ich es am liebsten«, sage ich und schnalle mich an.
»Ja, mein Babypsilon. Kann keine Geigen mehr sehen für heute. Und – von wegen unerwartet! Habe deine Meldung vernommen. Du provozierst doch wieder. *Izy Lewin ist leider verstorben* ... Was schreibst du denn so was? Was soll denn das, du Dramatikerin. Ich habe dir ein Gedicht geschrieben dazu!«
»Willst du vorlesen?!«
»Ne. Du musst lesen. Ich fahre. Warte mal!« Er kramt in seinem Handschuhfach, das vollgestopft ist mit seinen Gedichten, das Papier raschelt, er zieht ein Blatt hervor.
Er wird mich jetzt aufmuntern wollen mit einer Schöpfung seines Geistes. Schon zehn Jahre lang – dafür sorgen, dass ich wieder guter Dinge bin, und dann verschwinden, für Monate untertauchen, in sich gehen und spielen mit dem reichhaltigen Irrsinn, den Gott über seinem Kopf ausgekippt hat. Naiv ist er, und frei wie ein Kind. So wie ich es nicht mehr kann. Nicht mehr kann, weil Jens, Sven oder wer auch immer sein blödes Bier auf mein Klavier stellt. Blutend, warm und ungeschützt legt man denen sein Herz zu Füßen. Und der stellt sein Bier drauf.
»Okay, Len, ich lese. Soll das *Morphing in* heißen hier? Hörst du zu?«
»Jaja. Ganz Ohr.«
»Morphing in –
In seine Rolle wächst man hinein,
man muss es nur sehr wollen!
Es locken Leckerbissen stets –
wir tun, was wir sollen.
Die Männer wedeln mit dem Schwanz,

die Frauen mit dem Arsche
und je nach Rangordnung bekommt
ein jeder, was er nicht verdient ...«
»Und? Wie findste?«
»Eine nette Zusammenfassung der Dynamik menschlichen Seins auf Erden. Dem ist nichts hinzuzufügen.«
»Schön, dass du lachst. Greif mal hinter meinen Sitz.«
Hinter uns hupt es wiederholt, Lenny hupt rhythmisch zurück.
»Magst du was singen?«, frage ich und nehme das kleine weiße tragbare Casio.
»Musst du vorsichtig sein. Habe die Kontakte gestern gelötet. Aber mach an«, sagt er.
Als hätte er sie eigens gezeugt und geboren, seine Instrumente – so sehr liebt und beschützt er sie.
»Ohne deine Lebenserhaltungsmaßnahmen wären sie alle längst tot«, sage ich. »Deine Barockgeigen und deine Elektrofreunde.«
Ich schiebe den On/Off-Knopf nach rechts, ein kleines rotes Lämpchen blinkt auf. Ich drücke ›Beat‹, und aus dem alten Disco-Keyboard erklingt ein Bossa nova.
Das Casio, Lens Gesang, meine hier und da grob danebenliegende Begleitung – schön.
»Dein ist mein ganzes Herz ... wo du nicht bist ... kann ich nicht bin«, singt er.
»Wo fahren wir hin?«, singe ich.
»Wannsee«, sagt er.
Ich spiele weiter.
Wie oft ich schon mit der S-Bahn daran vorbeigefahren bin, an dem See, der einer eigenen Haltestelle und eines ihm gewidmeten Liedes würdig ist.
Ich gehe nie an den See. Ich mag keine Menschen, die beinahe aufeinanderliegen und das als Entspannung an-

sehen. Ich mag keine breitbeinig Nackten in meinem Nacken. Will auch nicht, dass Fremde zu meinen Füßen zwischen meine Beine sehen können. Aber ist ja noch keine Badesaison.
Autobahn, graue Autobahn, Rauschen der Autos, hohe grüne Bäume, Brücken, Schilder, drehe das Fenster runter, die Luft zieht mit Druck am Fenster vorbei, ich halte meine Hand raus, und sie bewegt sich wie von selbst in den Wellen des Luftstroms, zerschneidet ihn, ich schließe die Augen. Das Casio auf meinem Schoß spielt ganz allein den Bossa nova weiter. Pf-ts-pfpf-ts …
Und ich denke an Babuschka Ella. Immer öfter. Ich verabschiede mich. Ich muss mich verabschieden.
›Wir können dir auch Russin in den Pass eintragen! Macht das Leben leichter‹, haben sie zu ihr gesagt.
›Nein‹, sagte Ella. Will sie nicht. Kann sie nicht. Wegen der Familie. Dabei waren alle tot. Von einer Sekunde auf die andere. Bombenangriff. ›Ich bin, wer ich bin‹, sagte sie, und war kaum achtzehn.
Und sie schrieben Jüdin rein. Und hätten sie es nicht getan, wäre ich heute nicht hier, hätte es keinen Schein gegeben, der besagt, wer Ella ist, und all ihre Nachfahren.
Ich denke mir euch alle weg. Keine Eltern, keine Tanten, keine Großmütter und Großväter. Niemand. Reduziere das Verbliebene auf solche gleicher Herkunft. Reduziere auch die auf Null und ersetze sie mit Fremden.
Was bleibt? Man selbst minus alles, was man kennt, geliebt hat, minus alles. Man kennt niemanden, und niemand kennt dich. Und du siehst an dir herunter, und alles, was du hast, ist das blutverschmierte Sommerkleid. Das Blut deiner jetzt im Graben wie Abfall verschwundenen Eltern trägst du an dir.

Wirst du denen, die dir fremd sind, erzählen von dem, was nicht mehr ist? Im Vergangenen leben, obwohl ein neuer Anfang sich dir zu Füßen schmeißt und ›Nimm mich, nimm mich‹ schreit? Was willst du denn? Was brauchst du denn? Fang doch neu an! Mach doch einfach. Kannst doch die, denen nicht gefällt, wer du bist, woher du kommst, dann immer noch ficken! Trojanisches Pferd! Seit 19:45 wird zurückgefickt.
Aber kann man das überhaupt? Nicht erzählen, wo man herkommt?
Warum definiert dich deine Herkunft so sehr, dass du – obgleich da niemand mehr ist – nicht loslassen kannst? Vielleicht ja genau deshalb. Weil da niemand mehr ist. Nur du selbst. Und alles schreibt sich in dich rein. Dieser verdammte Sud, aus dem wir alle steigen, die Vielzahl der Ereignisse, der unüberschaubare Äther des Vergangenen, der Spuren hinterlassen hat, unbemerkt, Spuren, von denen man sich nicht reinigen kann, ihrer nicht entledigen, weil sie vergraben sind und trotzdem ständig durch die glatte Oberfläche dringen – als Geist, als Fluch, als verklungenes Lied. Nichts Greifbares. Alle Liebkosungen, alle Schläge, Strafen, alle Worte. Aus was ist *Ich* denn gemacht? Aus der Liebe der Mutter, der Stärke der Gene, dem Schicksal und Leid der Urahnen? Und ohne sie? Was darf das *Ich* denn so sein? Was bleibt für das *Ich*? Was ist das *Ich* befugt zu tun, ohne sich zu Mutter und Vater zu bekennen? Kann es das losgelöste *Ich* geben, ohne deren Existenz damit infrage zu stellen, als Unrat zu behandeln, als ungültig zu erklären? Wann will das *Ich* erklären, wer es zeugte und wer wiederum deren Eltern waren, wann will das *Ich* es lieber verschweigen?
Und wann will ich erzählen, wieso einer wie mein Vater

eine wie meine Mutter von der heiteren Fortuna geschenkt bekam und es ihm scheißegal war, welche Herkunft und religiöse Zugehörigkeit dieses geile Gerät hatte? *Eine Schickse*, spotteten die dummen Krähen im Asylbewerberwohnheim und stritten sich, wer jüdischer ist und warum die Schickse hier ist und warum die auch Geld bekommt, Geld, das ihnen zusteht. Meine Mutter anmachen, diese Subjekte. Bin ich halt ein Bastard. Mischling. Was soll's. Verdammt widerstandsfähige Hunde sind das. Ich bin unsterblich. Teilt euch doch das Geld. Ich hab die fruchtbare Saat und Sonne der Ukraine, die unendliche heiße Kälte Russlands, den Nachlass des hebräischen Wüstenvolks – alles drin in mir, alles immer dabei.

Frag mich ruhig, für wessen Seite ich mich entscheiden würde, und ich sage es dir: Ich trete mein Erbe einfach nicht an. How about that?!

Aber warum will ich dich dann so sehr, Timur Hertz, du Schmock? Warum dann nur dich? Zugehörigkeitsbedürfnis steht anscheinend höher als Selbsterhaltungstrieb. Wer hätte das gedacht.

Len sieht zufrieden aus, ihm gefällt der Bossa-Groove, seine Finger klopfen auf dem Lenkrad rum.

»Und bei dir so?«, frage ich.

»Ich probier grad was Neues. Mentale Gedankenkontrolle!«

»Aha. Sehr interessant. Bei dir selbst oder bei anderen?«, lache ich.

»Bei mir selbst geht das gar nicht!«, sagt er empört, »bei anderen natürlich!«

»Und? Erfolge?«

»Bisher nicht ...«, Len pausiert. »Habe ich dir schon von Pfötchen erzählt?«

»Nein, was ist das denn?«
»Nicht *was*! Wer! Ein Mädchen. Dass ich dir davon noch gar nicht erzählt hab ... Haben uns im Club kennengelernt, und ich bin mit zu ihr. Waren schon sehr betrunken beide. Ist ihre Unterhose übrigens. Am nächsten Morgen stand sie auf, wollte Kaffee machen. Ich komme in die Küche, sie stellt mir die Tasse hin, und ich sehe, dass ihr eine Hand fehlt ...«
»Wow! Pfötchen. Du Sack. Welche Hand?«
»Die rechte.«
»Und das war dir in der Nacht nicht aufgefallen?!«
»Nein, irgendwie nicht«, sagt er, und es verwundert ihn selbst, während er so drüber nachdenkt.
»Nicht schlecht. Das muss sie gut zu kompensieren gewusst haben ...«
Das Auto wird langsamer, kommt zum Stehen.
»Wir sind da, Babypsilon!«
Len parkt ordentlich. Im Schatten. Wir gehen eine Straße runter, ich sehe den See – friedlich und grün bewachsen, Baumstämme liegen am Wasser, Schiffe, Kutter, kleiner Hafen. Ich kann seine Ufer rechts und links nicht ausmachen. Auf der Wasseroberfläche sind winzige Bewegungen zu sehen, als würde sie zittern.
»Hier, du kannst auf meiner Jacke sitzen.« Len zieht seine Windjacke aus und legt sie auf den sandigen, grasbewachsenen Boden, setzt sich daneben.
Ich sehe auf das Wasser, nehme ein Stöckchen, drehe es in den Fingern. War mal ein Teil eines Baumes, ist abgefallen, wahrscheinlicher noch abgebrochen worden, ist tot. Kann auch nicht autark sein. Armes Ästchen.
»Häschen. Was ist los, warum so trauriglich?«
»Ich weiß es nicht, Lenson, ich glaube, ich verschwinde.«

»Ach so, *das* … denke ich auch oft über mich. Ist eben Teil des Prozesses, verschwinden, wieder auftauchen, neu, anders …«
»Ja, das kann schon sein. Aber anders fühlt sich anders an. Es geht bergab. Bald fängt das große Sterben an, und geht so lange, bis nur noch ich übrig bin. Und ich habe keine Ahnung, wie ich die Familie fortführen soll, wenn ich ohne sie gar nicht lebensfähig bin. Wie das Ästchen hier. Es macht überhaupt keinen Sinn alles bis jetzt. So viel Mühe, Liebe, Geld, Risiken, falsche Pässe – alles nur, damit es mich gibt. Und ich weiß nicht, was tun damit, lebe so vor mich hin. Als ob man eine Riesenshow vorbereitet hätte, alle herbeigerufen, sie sollen unbedingt kommen, auch Freunde mitbringen, es sich ansehen, das wird Wunder was Tolles, dann Pauken, Trompeten, der Vorhang geht auf, und dahinter – sitzt jemand auf einem Stuhl und guckt dumm. Und das ist alles. Das bin ich.«
»Hm«, sagt er, sieht auf das Wasser, schweigt.
»Du lachst ja gar nicht.«
»Man kann auf verschiedene Arten lachen.«
»Du meinst auch so ganz leise, in sich drin …? Dass es keiner mitbekommt?«
»Ja, zum Beispiel. Geht auch im Keller, da bekommt's auch keiner mit … Aber das können nur wir«, sagt er.
»Wie *nur ihr*? Wie meinst du, *ihr* Deutschen?«
»Ja«, sagt er. »Ihr, ihr schafft's nicht bis in den Keller.«
»Lustig.«
Keller. Mir war nach In-den-Keller-Gehen, als die Behörde feierlich meinen Ausweis zerschnitt, um mir die deutsche Staatsbürgerschaft zu schenken. Allerdings nicht, um zu lachen. Nichts ist übrig von früher. Das Land, das ich besser kenne als jedes andere, ist jetzt Deutschland. Deutschland. Deutschland. Über. Alles.

Plattitüden, gutes Benehmen und Ordnung. Aber mein alter Spielplatz ist hier nicht.
Wenn Len auf seinen alten Spielplatz will, braucht er nur nach Kreuzberg zu fahren. Will er seine Sandkastenfreunde wiedersehen, wohnen die meisten von ihnen noch da, wo er sie das letzte Mal nach der Schule zum Spielen abgeholt hat. Oder zumindest nicht weit davon weg. Meine sind in Amerika, in Italien, in, in, in. Nur nicht da, wo ich bin.
Timur Hertz und Izy Lewin aus Berlin – eine ganze Flasche Wodka haben wir geleert und einander erzählt, davon erzählt, wie es uns hierher verschlug.
Meiner Mutter untersuchte man sämtliche Körperöffnungen, zerschnitt mein einziges Kuscheltier. Hätte ja sein können, dass wir, die für ein Stück Seife in kilometerlangen Schlangen anstanden wie die übrigen 90 Prozent der Bevölkerung auch, wertvolle Güter aus dem blühenden Land der wertvollen Güter zu schmuggeln versuchten, so ein tolles Stück Seife zum Beispiel. Und nach Ankunft im Schlaraffenland Germania aß ich direkt ein Kilo Bananen und eine ganze Familienpackung Toblerone. Und dann Asylbewerberheim. Ich im Osten, Timur im Westen. Im Osten waren wir und die anderen Barackeninsassen wahrscheinlich die ersten Ausländer, die die Dorfbewohner je zu sehen bekamen. Erst Wende, dann Russen. Auch noch jüdische. Dann ein Sexshop im Dorf. War auch für die nicht einfach bestimmt.
Als der Sexshop eröffnete, gingen alle hin, das ganze Dorf. Zogen sich feierlich an und gingen los.
Gab ja sonst auch nichts dort. Weder Kino noch Schwimmbad noch Fußballfeld. Und da weder die Russen noch die Ossis wussten, was das genau sein sollte, dieser *Shop*, und vor dem Shop Luftballons und hübsche bunte Päck-

chen mit unbekanntem Inhalt verteilt wurden, in denen, wie sich herausstellte, Kondome waren, was ebenfalls niemand geahnt hatte, nahmen alle ihre Kinder mit, und es wurde ein sehr schönes interkulturelles Familienfest.

»Aber denkst du nicht, dass das alles schon irgendwie seinen Platz einnimmt, wenn du dich nur auf das konzentrierst, was du tust? Klavierspielen? Dass das deine Mission ist?«, fragt Len nach längerer Auszeit.

»Vielleicht ist das so. Ich weiß es auch nicht. Ich träume immer wirres Zeug. Immer verfolgt mich jemand oder etwas, und ich wache davon auf.«

»Ja, das kenne ich.«

Wir sehen in die Ferne, auf die andere Seite des Ufers.

Und wo bist du gerade, Timur Hertz? Allein? Nicht allein? Wieder Überraschungsbesuch von Astrid? Leckst du Astrids Muschi im gleißenden Licht der durch dein Fenster hereinbrechenden Sonne? Und denkst an meine? Oder auch nicht?

»Und bei dir und deinen Männern? Was ist da so los? Gibt es Kandidaten?«, fragt Len.

Deinen Männern – er setzt einfach voraus, dass es unmöglich einer sein kann. Warum kann es nicht einer sein?!

»Ist schon 'ne ganz schöne Aufgabe, da mitzuhalten«, sagt er, als er merkt, dass von mir wohl nichts kommt. »Du kannst ja auch alles … und die Welt gesehen haben müsste er, irgendetwas Besonderes, Göttliches, Schönes können, damit es dir nicht langweilig wird nach einer Woche, und so weiter und so weiter. Und einen Riesenpenis muss er haben.«

»Was? Das stimmt doch gar nicht.«

Das stimmt wirklich gar nicht.

»Doch!«, sagt er, »aber mehr so für *ihn*, damit es keine Minderwertigkeitsproblematik gibt. Dein geistiger Schwanz ist größer als mein eigentlicher. Brauchst du gar nicht lachen. Ist so.«

Ein alter Mann bindet sein kleines Schiffchen vom Steg. Er steigt drauf, sucht irgendwas, macht irgendwas. Ein schönes Leben, so ganz allein mit dem Wasser, dem Boot. Er ist sicher sehr glücklich gerade.

»Doch«, sag ich, »gibt einen Kandidaten. Aber der is'n Schmock.«

»Verstehe. Was ist das denn für ein fürchterlicher Klingelton?«

»Entschuldige, das ist Fili. Der Ton ist Penderecki. Ich geh mal ran …«

»Klar, Byp.«

»Fili?«

»Izy! Das war nur so, oder?! Du lebst, ja? Also wegen leider verstorben et cetera …«

»Jaja, hörst du doch! Und wie ich lebe, Filkin! Aber ist nett, dass du mal nachfragst.«

»Gott sei Dank, ich dachte schon … Kommst du heute in die Kvartira? Andreas feiert Dreißigsten.«

»Welcher Andreas?«

»Dein Bassisten-Andreas, der jetzt Russisch lernt für seine Internet-Olga aus Minsk.«

»Ah, verstehe.«

»Ist ab acht. Kommst du?«

»Mach zehn draus, dann ja. So Gott will …«

»Bring ihn halt mit!«, lacht sie, »bis später«, sage ich, »bis später«, sagt sie.

Len schaut auf seine Uhr. Habe ich ihm geschenkt, er trägt sie unentwegt. Das hätte der Wahrsagerin nicht gefallen. ›Uhren darf man auch nicht verschenken, bringt das Verderben und tiefes Unglück‹, hat sie gesagt.

»Wie viel?«, frage ich.

»Sieben.«

»Andreas feiert heute Dreißigsten, in der Kvartira. Kommst du mit?«

»Welcher Andreas?«

»Das ist egal. Wird dir gefallen.«

»Aha, okay. Betrinken wir uns da sehr? Weil ich dann die Öffentlichen nehme.«

»Ja. Ist anzunehmen.«

3

(HUHN UND AFFE)

Nur für geladene Gäste steht an der Tür.

»Was für eine Begrüßung!«, sagt Len, »Ich zeig den' gleich, was richtig geladen sein heißt.«

»Ich auch«, sage ich.

Er öffnet die Tür und lässt mich vor.

Laute Musik, ein DJ in der Ecke des Raumes. In der Kvartira gibt es Pelmeni, Wodka, der eiskalt ist, und auch die dazugehörigen sauren Gurken gibt's. Alles, wie es sich gehört.

Laut. Sehr laut. Um uns herum ein wild gewordener Zoo: Alle im Raum tragen Tiermasken und tanzen zappelnd oder aufeinanderhängend zu *Dreams are my Reality*. Es wird lauthals mitgegrölt.

Lange nicht mehr gehört. Ist gut, das Lied, und alle hier sind augenscheinlich gerade wieder fünfzehn. Fili hüpft mir entgegen, der Kopf geht im Rhythmus hin und her, ihr Zopf wippt.

»Yaayyy! Du bist daaaa! Toll!«, sie überschreit die Lautstärke der Musik und händigt Len und mir ebenfalls Masken aus. »Hier, aufsetzen!«

»Muss sein, ja?«, frage ich. Es muss anscheinend sein, ja,

aber nur so halb, über die Stirn gezogen wie ein Barett. Das muss genügen. Ich habe den Pinguin genommen. Für Len bleibt der Affe. Wenigstens kein Schwein, kein Schaf. Schaf wäre wirklich schlimm. Len überlegt keine zwei Sekunden und klemmt sich das Affengesicht vor sein eigenes.

Fili schlingt ihre schlanken Arme um mich, drückt mir mehrere Küsse auf die Wange, in der einen Hand wie immer ihre Kamera, mit der freien Hand an meinem Hintern, greift ins Fleisch: »Yeah!«, bestätigt sie dessen Konsistenz und ihre Freude, mich zu sehen.

»Baby! Wieso sehe ich dich so selten?«, sagt sie traurig und übergießt ihr Kindchengesicht, das gerade kurz so hübsch geschmollt hat, mit einem Strahlen.

»Len, das ist Fili, Fotografin. Irre. I told you. Die ihre Models reihenweise. Weißt schon. Schlüpper-im-Automäßig.«

Fili ist stolz, grinst.

»Fili, das ist Len, guter Ton, Instrumente ... Du erinnerst dich.«

Papagei und Affe schütteln sich die Hand. Sagenumwobene Geschichten kennen sie voneinander. Sonst nichts. Hektik, Leben, Wirkungskreise. Geht alles immer aneinander vorbei. Wenn wir doch alle mal zusammen wären, irgendwo, alle meine Streuner. Und sie verstünden einander, denn sie verstehen mich, und liebten einander, denn sie lieben mich, und wir feierten das schöne Leben und uns und zeugten unheimlich begabte Kinder ... meine verstreuten Freunde, die nie zur gleichen Zeit am gleichen Ort sind und mit denen ich seit Jahren meine Erfolge und Niederlagen einzeln vor- oder nachfeiere.

»Trinkst du mit mir?«, frage ich Fili, sie nickt, löst sich von mir, ich gehe in Richtung der Bar.

Len unterhält sich bereits mit drei Damen gleichzeitig. Sie hören geduldig zu, während er wahrscheinlich Dinge erzählt, die sie nicht verstehen, deshalb aber umso faszinierender finden.
Ich bringe die Getränke, Fili sitzt auf einem der alten Sofas, die, weil alle tanzen, größtenteils leer sind, wartet, ich setze mich neben sie, wir starren in den Raum.
»Gin Tonic?«, fragt sie.
»Wodka Tonic«, sage ich.
»Top«, sie nimmt einen großen Schluck.
»Izybär!«, sagt sie, »du wirst nicht glauben, was heute passiert ist!«
»Doch«, sage ich, »ich glaube dir alles.«
»Hihi«, sagt sie, »dieser Typ jedenfalls, den ich letztens porträtieren musste, der Politiker, ja?! Der hat mir heute ein Bild geschickt ...« Rhetorische Pause. »Von seinem Schwanz! Das gibt es doch nicht?! Oder? Schickt der mir seinen beschissenen Schwanz mit der Nachricht: *War schön, dich kennengelernt zu haben! gerne wieder ...*«
»War es wenigstens ein anständiger Schwanz?«
»Nein. Eben nicht. Was denkt der denn, was ich jetzt mit dem Foto mache? Will der mir die Träume verderben? Oder versüßen etwa?! Oder findet er sein Ding selber lustig und will es für sich selbst sprechen lassen? Wie machen die das nur, die Typen?«
Trotz ihrer außerirdischen Schönheit, die sicherlich zur Abschreckung unkompatibler Partner von der Natur mitgeliefert wurde, fühlt sich jeder Horst auserkoren, ihr Avancen zu machen. Einer hat mal mehrere Tage vor ihrer Tür gewacht und ihr währenddessen geschrieben, was er glaubt, dass sie gerade tut: *Das Licht in deiner Küche ging gerade an. Kochst du etwas? Bist du allein? Was hast du an?*

Sie musste ihn polizeilich beseitigen lassen.
»Der Typ ist sechzig! Der hat Frau, Kinder ... Kinder, die so alt sind wie wir wahrscheinlich – der ist *Politiker*!«
»Los! Ich möchte Glas und Wort erheben auf die Märchenwelt, in der das alles anders läuft!«
»Ja. Bitte. Nur Großkalibriges!«
»So meinte ich das zwar nicht, aber ja, okay. Dann eben auch darauf.«
»Da wir gerade dabei sind«, sagt sie, hängt sich die Kamera um den Hals, stützt die Ellenbogen auf die Knie und erzählt mir, sie lese gerade ein Buch von Beatriz Preciado. Und diese behaupte, dass es kein männlich, welches sich als Subjekt versteht, und kein weiblich, was zum Objekt reduziert wird, mehr geben sollte. Und der Weg dahin sei, dass man den Anus als Hauptlustzentrum definiere. Weil ihn ja beide haben. Diese Verteilungen. Immer wieder fällt es Fili schwer, mit diesen Verteilungen umzugehen. Ich habe keine Probleme. Ich habe einen großen geistigen Penis. Ich bin ein stolzes Subjekt und Objekt – je nach Laune. Fili aber fühlt sich immer im Stich gelassen von ihrem schlanken Körper, wenn sie mal wieder so einem Typen nicht ebenbürtig muskulös entgegentreten kann und selbst für Recht und Ordnung sorgen, so ohne Polizei. Einfach runtergehen, sich den Spacko vornehmen und ihm ordentlich die Fresse polieren.
»Nun ... also«, sage ich, »hat die Frau dann eine überdimensionierte Klitoris zum da Reinpenetrieren? In den Anus? Als Penisgegenstück? Und dann kommt sie durch die Stimulation eines ihr bis dahin im Po gewachsenen G-Punkts? Als Äquivalent zur Prostata? Da hat die Beatriz wohl nicht zu Ende gedacht. Mund. Mund würde gehn. Gleichheit und so ...«

Ja, Izy, komm, denke ich, schön Öl rein da ins Feuer. Nimm dem Mädchen jede Hoffnung, jemals irgendwen adäquat durchzunehmen.
»Ja, ist richtig«, sagt Fili nachdenklich.
»Filkin, scheiß drauf.« Ich trinke den Rest aus meinem Glas.
»Ja. Scheiß drauf ... Oh!«, sagt sie, »der Wodka ist ja alle. Hihi ...«
Fili öffnet den Zopf, ihre Haare sehen aus, als käme sie direkt aus dem Dschungel, hat den blasspinken Haargummi in der Hand, spielt damit rum. Blasses Pink. Niemals hätte sie den gekauft. Dinge liegen herum, werden geparkt oder vergessen, und ohne einen weiteren Gedanken zu verschwenden, nimmt sie sich das, was sie grade braucht, einfach mit. Den Pullover, den sie trägt, hat sie aus dem Schrank eines Freundes, die Hose bei einer Anprobe für das *Vogue*-Cover entwendet und die Schuhe? Ich weiß es nicht. Ich frage nicht.
Sie habe gerade die Bilder vom heutigen Shooting durchgesehen, sagt sie. Und dann erzählt sie von den Models und schaut mich fassungslos mit ihren großen Augen an, sagt: »Mein Gott, was die unnütz sind im Kopf?!«, und dass die eine heute zu der anderen im Ernst gesagt habe ›Du magst doch die Oper, nicht? Diese ganz berühmte klassische Sängerin soll jetzt in der Stadt sein ... wie hiiieß die doch gleich, wie hiiieß die gleich, warte, gleich komm ich drauf ... Ach! Carmina Burana!‹
»Heureka!«, sage ich. »Die ist auch schon ganz schön alt, diese Sängerin, sollte man sich ansehen, bevor sie das Zeitliche segnet. Dass du bei so viel Dummheit einen hochkriegst ...«
»Geht schon«, sagt sie.
Fili lacht. Ich lache auch.

Fili schweigt. Ich ebenfalls.

»Jetzt erzähl ich dir auch mal was. Timurs Astrid hat mich angerufen.«

»Wie?!«

»Sie hat es nicht gewusst, also nicht, dass sie *mich* anruft. Telefoncheck. Unterdrückte Nummer. Ich geh ran, sie fragt ›Wer ist da?‹. Und weil ich so fantastische Reaktionsfähigkeiten besitze, habe ich es ihr direkt gesagt.«

»Im Ernst?«

»Im Ernst. Ich habe auch wirklich zu langsam ... Wenn es anonym anruft – immer mit Gegenfrage starten. Nicht mit Antwort. Jetzt weiß sie, wer sich hinter *Slava Belaya* verbirgt, die hin und wieder nachts anruft. So wie ich sie mir vorstelle, diese Astrid, hat sie sich einen Rufnummernnachweis zusenden lassen, rechnet jetzt alle ankommenden und abgehenden Telefonate durch und schleift gerade ihr größtes Küchenmesser.«

»Oh mein Gott. Und jetzt?«

»Na nix jetzt. Abwarten.«

»Nur Kacke überall«, Fili springt auf, »tanzen wir? Komm!«

Ihre schmale Hand zieht mich in die dicht besiedelte Mitte des Raumes. Ein Ellenbogen rammt mich in die Nieren, ein Arm streift meinen, jemand, der sein Gleichgewicht verliert, kommt mir im Fallen zu nah, rempelt mich fast um mit seiner ungelenken Art, tänzerische Kunststücke vollführen zu wollen, oh, Tschuldigung, schon okay, jaja, ich versuche weiterzutanzen, quäle mich zu jeder nächsten Bewegung. Gibt so Tage.

Wie eine dieser Ü30-Partys hier: die meisten kinderlos, alleinstehend, auf der traurigen, im Unsicheren stochernden Suche nach ihrem Glück, dessen Wahrscheinlichkeit mit jedem Jahr schwindet. Dreißig ist das neue

Einundzwanzig, sagt man sich und einander, um sich zu trösten. Und tatsächlich ist es so, dass kinderlose Dreißiger aussehen wie das blühende Leben – hat klare Vorteile für den Körper und den darauf positiv einwirkenden Schlaf, von niemandem gestört, dem plötzlich einfällt, rumzubrüllen in der Nacht vor lauter Überraschung, dass ihm da Dinge im Mund wachsen oder so. Jobs, Karrieren, Sorge um Geld, manche gierig beschäftigt mit der Jagd nach Statussymbolen, da kann man die biologische Uhr ja auch gar nicht hören. Tickt wahrscheinlich längst, aber alles konzentriert sich auf das Überleben im Dschungel der Eitelkeiten.

Und da geht sie auch schon los, unsre Polonaise. Dafür habe ich eindeutig nicht den richtigen Pegel. Hände an meinen Schultern, ich soll meine auf die des Vordermanns legen.

»Hey! Wo willst du denn hin?« Len ist eingestiegen, läuft mit den anderen im Kreis herum, Freude steht ihm ins Gesicht geschrieben, Maske hängt schief auf der Stirn. Fili hüpft auch herum. Ich winde mich heraus und setze gezielt meinen Weg zur Bar fort. Ich habe Pläne.

»Drei Wodka, bitte.« Ich nehme einen Hocker, der Tresen ist hoch, braun gestrichen. Die das Ensemble komplettierende dicke Bardame stellt sie mir nebeneinander vor die Nase, die Kurzen, sieht leicht verwundert zu, wie ich alle drei nacheinander trinke, jedes Glas leer auf seinen Platz zurückstelle. Ordentlich, in Reihe. Ich mag die Dinge ordentlich in Reihe. Du hast mich gut erzogen, Doitschland.

»Das ging ja schnell, Mädchen«, sagt die Dicke, als sie keine Minute nach Ausschank wieder abräumt.

»Ich komme bald wieder«, sage ich, sie schmunzelt, ich meine es aber ziemlich ernst. Ich habe Pläne. Mein Kopf

soll ausgehen. Das Stakkato soll ausgehen. Ruhe in meinem Kopf. Jede einzelne Synapse soll besoffen in der Ecke liegen. Und endlich die Schnauze halten.
Ich dränge mich durch die Menschen. Nix dabei für mich. Ich finde nur richtig schöne Menschen interessant. Und nur richtig interessante schön. Was das Erste angeht, ist nichts Offensichtliches in meinem Visier, und das Zweite lässt sich wegen des Geräuschpegels nicht ermitteln. Eine kleine Traube hat sich in der Ecke am DJ-Pult versammelt, alle der Mitte des Kreises, den sie bilden, zugewandt.
Ich schiebe mich durch, um etwas zu sehen. Andreas, Geburtstags-Bassisten-Andreas, hat sich herausgeputzt, steht in der Mitte, erzählt Großspuriges, trägt eine Kosakenuniform, sieht mich, zieht seinen Säbel, und ruft: »Dorogája! Teuerste! Auf dich habe ich gewartet! Po rússkij chotj' pogoworím!«
Ach, Andreas. Komischer Andreas. Und diese Passion für Russen. Jetzt müssen sich seine hier versammelten Freunde sowjetische Diskothekenklassiker reinziehen, Modern Talking, Wiktor Zoi – und Andreas ist glücklich.
»Milyi! S dnjom roschdénija! Ich habe ein Geschenk für dich!«, ich hole das dicke rote Buch aus meiner Tasche, Lenins Biographie, das findet er gleich entweder wenigstens lustig oder tatsächlich toll.
»Ich konnte nicht dran vorbeigehen, ohne es zu retten vom Flohmarkt.« Eine sehr fragwürdige Solidarität, die mich da ergriffen haben muss. Oder Melancholie vielleicht. Oder einfach das Gefühl, jetzt endlich größer zu sein als er, der Woschdj, über den ich seit frühster Kindheit so detailreich und ehrfurchtsvoll unterrichtet wurde und lobende Lyrik, preisende Prosa auswendig

lernte. Und jetzt konnte ICH Lenin davor retten, in Vergessenheit zu geraten! ICH! Zwei Euro. Definitiv aber war es nie meine Absicht zu lesen, was drin steht an privaten Details oder politischen Strategien dieses Typen, der es geschafft hat, im Ausland sitzend eine Revolution des Proletariats durchzuführen. Ich überlegte lange, welchem armen Mitbürger ich das überreichen kann, sodass der kleine Lenin ein neues Zuhause findet auf seine alten Tage. Geschenke kann niemand wegwerfen. Er wäre sicher. Müsste nie wieder in einer Pfütze rumliegen neben Ramsch, alten Türgriffen und stinkendem Nachlass seiner Zeit.

»Wow!«, sagt Andreas, und seine Freude ist tatsächlich echt, »Super! Ich bin gerade dabei, mit dem Bücherlesen auf Russisch anzufangen! Danke schön, Spasíbo. Komm, wir trinken einen zusammen. Du bist mein special guest heute!«, sagt er und zieht mich zur Bar.

Und da bin ich wieder. Menschen schubsen und drängen sich an uns vorbei, jemand steht so nah hinter mir, dass ich sein Geschlechtsteil im Rücken habe. Das kann doch nicht wahr sein. Berühr mich doch nicht mit deinem Kram! Ich habe keine andere Wahl, als mich näher an Andreas' Kram zu drängen. Ist wenigstens mein Freund, auch wenn sich so nah zu sein selbst mit ihm befremdlich anfühlt. Unsere Beziehung ist antisexueller Art. Zumindest meinerseits.

»Ja, freut mich sehr, dass du dich freust. Ist ein Zeitzeugnis, ein Stück meiner Kindheit sozusagen, ich musste in der Schule noch Gedichte darüber rezitieren, wie toll er ist, unser Wladimir Iljitsch, und wie das ganze Land seinen Namen jubilierend ruft … Habe es gesehen, und gleich an dich gedacht!«

Miese Lügnerin. *An dich gedacht.* Seit Tagen denke ich

an nichts anderes als an dich, Schmock, und du bist nicht hier: Mein Timur, der die erste Klasse nicht geschafft hat. Mein Timur, dessen Mutter dann natürlich etwas enttäuscht war. Mein Timur, dessen Mutter ihn darauf vorbereitet hatte, ein kluger Junge zu sein, der die griechische Mythologie auswendig konnte – und plötzlich musste er sprechen lernen. Von vorn. Als wäre er der einzige Zurückgebliebene unter Normalos. Und die anderen Kinder gafften und lachten. Timur, den man vor ein Memory-Spiel setzte und der dann sagen sollte ›Baum‹, ›Tisch‹, ›Katze‹ und eigentlich nur zu seinen Klötzchen zurückwollte, seine Hightech-Stadt weiterbauen. Timur, der aus dem Plattenspieler im Asylbewerberheim einen Detektor für Außerirdische bauen wollte. Timur, dessen Banknachbarin auf jede seiner Fragen nur mit Schweigen reagierte und eines Tages dann doch etwas sagte: ›Sprich mich nicht an, du bist dumm‹, sagte sie nämlich.
»Zwei Wodka«, sagt Andreas.
»Nachher zeige ich dir, wie man deiner Tracht entsprechend tanzt«, sage ich.
Ein weißes weites Hemd hat er an, mit Stickereien, seine rote Hose in die roten Stiefel gesteckt, Fellmütze.
»Und mach mal gleich vier«, sage ich. »Ist kein Tag für Zimperlichkeiten heute.«
Auf dem Tresen steht auf einer Tafel mit weißer Kreide geschrieben: *Na sdorówje! Ihr seid eingeladen!*
Das wird nicht billig, sein Russenfest.
»Na, ihr zwei Hübschen, wollt's wohl wissen heute, wa?!«, sagt die Dicke.
Wie sollte man bloß überleben ohne diese Anmerkungen, ernsthaft. Na, ihr seid mir ja, immer schön langsam mit de junge Pferde, nich' dass ich euch nachher vom Boden aufsammeln muss – die Liste ist schier endlos. Na

und? Dann zieht halt jemand gerade was ab, und du darfst dabei zusehen. Ist doch spitze. Aber nein – gleich ein Warnhinweis. Aufzupassen. Immer schön aufpassen. Ordnung halten, Disziplin, bloß nicht auffallen, es wie die anderen tun, wie die Nachbarn zum Beispiel. Ich verstehe das nicht. Das kann doch unmöglich von Bedeutung sein, was andere, die Nachbarn zum Beispiel, vom eigenen Tun halten, wenn man dabei glücklich ist. Und wenn es das Tragen von Unterhosen auf dem Kopf ist, was einen zutiefst befriedigt.

Im Russischen gibt es da nur einen Spruch: Nu ty dajósch! Und das heißt so viel wie *Du bist ja krass*. Ist eigentlich eher eine Aufmunterung, noch einen draufzusetzen.

Wenn du hier wärst, würde der Wodka anders schmecken. Nach Steppe, und Tundra, und Taiga, und Märchen am Ofen, und nach zu Hause. Wenn du da bist, ist es, als wäre es portabel – überall, wo du bist, ist es: zu Hause.

This is the rhythm of the night … the night … oh yeah …

Wundervoll. Meine Ohren wollen nach Hause.

»Was'n jetzt!? Trinken wir, oder was?!« Andreas hält in jeder Hand ein Glas bereit und gibt mir nickend zu verstehen, dass ich jetzt bitte meinen gedankenverlorenen Blick absetzen soll und lieber mal zur Tat schreiten.

»Kombination links rechts? Auf dein Wohl, moi dorogói! Saljubów!«

»Ja, auf die Liebe«, sagt er wehmütig und atmet schwer aus.

Na das hat er ja schon mal drauf. Russe ohne Wehmut und Pathos? Gibt's nicht. Und drin ist der Wodka.

»Schöne Feier, Andreas. Gefällt mir, auch die Musik, besonders schön.«

»Na wenn schon, denn schon«, sagt er und verdreht die Augen. Schon wieder so ein Spruch.
»Im Russischen, Andreas, wenn du schon so sehr da rein willst, da reden wir nich in Floskeln, Andreas …«, der Alkohol ergreift das Wort, gleich werde ich unangenehm, »im Russischen, da überlegt man immer sehr genau und versucht, sich möglichst individuell auszudrücken«, meine Lider werden immer schwerer, »und unsere Sprichworte sind ganze Gedichte. Pass auf, geb ich dir auch noch mit, von Nekrassow, über die russische Frau, kannst du dir merken, für deine Olga: Eine echte russische Frau begeht die Hütte, die in Flammen steht, fängt den rennenden Gaul im Galopp.«
Andreas is not amused. Ich sage wieder *ihr Deutschen, wir Russen*. Ist gar nicht meine Absicht. Muss der Wodka sein. Und die verzweifelte Machtlosigkeit. Aus der Machtlosigkeit Aggressionen zaubern. Das kann ich gut.
»Entschuldige bitte. Ich wollte hier nicht anfangen mit so was«, sage ich.
»Ich weiß, kenn das ja schon. Was soll ich denn sagen, es stimmt doch auch. Ein Land voller Luschen ist das hier. Nach dem Weltkrieg, den die selber angezettelt haben, kuschen die einen so sehr, als wären sie persönlich Hitler gewesen, und die anderen benehmen sich, als wären sie es noch. Aber auch vorher schon … Nationaltanz: Schuhplattler. Das ist doch Mathe mit Händen und Füßen … Apropos: Kasatschok! Los, zeig, wie's geht!«
Er nimmt meine Hand und zieht mich weg vom Tresen. War so gemütlich hier gerade. Zieht mich wieder auf die Tanzfläche mit den irre zappelnden Dreißig-Einundzwanzigern.
»Warte! Wir brauchen noch passende Musik«, lalle ich an ihm vorbei. »DJ! Folklore?! Dabei?!«

was wir lieben:

6. März 2022
Sonntag

offene Türen

Liebe Romy

auch wenn wir uns nicht
so oft sehen wirst du
immer meine Freundin
bleiben.

Liebe Grüße Fon

Sophia

»Nuuu!«, der DJ guckt mich an. »Beleidige misch nisch, déwotschka! Natjuuurlisch!!!«
Ah, russischer DJ, war ja klar eigentlich.
»So, Andreas, watch and learn!«, ich stütze einen Ellenbogen in die Hand und lege den Zeigefinger der gestützten Hand an die Wange. »Du müsstest jetzt eigentlich um mich herumspringen, erst Hocke, dann die Arme hinter dich, auf den Boden, und immer so abwechselnd ein Bein in die Luft!«, ich schreie meine Anweisungen, während mich mein Gleichgewichtssinn vor schwierige Aufgaben stellt. Andreas steht da wie ein Brett, während ich vor ihm im Takt hin und her wiege wie eine echte Aljonuschka. Aber da kommt auch schon der DJ hinter dem Pult hervorgeschossen, konnte jetzt auch nicht mehr an sich halten vor lauter Heimatgefühl, und macht es Andreas vor.
»Kohm! Kohm! Junge, Daváaai!«, schreit er ihm zu und wedelt und fuchtelt mit den Armen.
Andreas steht immer noch da wie angewurzelt, aber der Kreis, der sich um uns herum gebildet hat – lauter maskierte Betrunkene, grölend, klatschend –, duldet keinen Rückzieher mehr, will es jetzt sehen. Ich schiebe mich langsam rückwärts weg von den betrunkenen Kosaken, kommen sichtlich auch ohne mich zurecht.
Toilette jetzt. Wo ist die Toilette?
»Heeey, Izy!«
Auftritt Martina. Schlechte Überraschung. Martina, ich will dich nicht sehen, du Freundin von Freunden von Freunden, ich-will-dich-nicht-sehen! Du bist gar nicht da, bitte sei nicht da …
»Izy, wir müssen uns dringend mal treffen, ihr macht doch so Musik, nä? Meine Freundin heiratet demnächst. Wär toll, wenn ihr da spielt! Also: Die haben sich ge-

dacht, dass das Motto ›All we need is Love‹ ist. Und das wär super, das ist so im Juni, wenn ihr Beatles machen könntet, weeßte? Auf Jazz und so …«

Ich würde gern adäquat antworten, aber meine Gehirnzellen vermelden, dass sie jetzt nicht mehr am Arbeitsplatz sind. Ich solle mich begnügen mit den billigen Arbeitskräften aus den unteren Geschossen, die, die fürs Dummgucken zuständig sind. Also stehe ich da und starre sie an, die Martina. Du siehst gar nicht so verkehrt aus, wie du im Kopf bist, Martina. Immer auf harten Medikamenten. Alter Schwede, machen die dich heiter. Waren es drei Mal, die du dich selbst einweisen lassen hast? Oder waren es vier? Und heute gab's anscheinend Freigang.

»Martina. Ich will auf Toilette jetzt. Und generell spiel ich Hochzeiten nicht mehr. Das war einmal, vor zehn Jahren oder so. Also vergiss das wie einen schlechten Traum, okay?! Und deiner Freundin alles Gute. Love is all we need! Woohoo!«

Noch bevor ich meinen Sturm auf die Bastille fortsetzen kann, fasst eine Mädchenhand zart in die meine und zieht mich nach hinten, Martina verschwindet in der Menschenmenge, wird immer kleiner.

Ich kenne diese Hand, drehe mich um und blicke in die riesigen Mandelaugen von Jasmin, Jasi, Alah-Jasi.

»Wow! Gute Überraschung … Wie viele Jahre? Fünf? Sechs?«

Meine Zunge bewegt sich immer langsamer. Ich lalle ziemlich. Aber sie sieht mich so an, so voller Liebe.

»Sechseinhalb«, sagt sie und umarmt mich wie ein Mädchen einen Mann umarmt, legt ihre Arme um meinen Hals, greift in meine Haare, gibt ein leises, zufriedenes Schnurren von sich, direkt an meinem Ohr. Ich fasse an ihre Taille, schmal ist sie und sehr schön. Als wir uns im Studium kennenlernten, war sie einundzwanzig. Keine Veränderung. Als wäre die Zeit zwischen damals und jetzt nie vergangen.

»Du siehst toll aus, Izy!«

Ich sehe an mir runter – eine graue, viel zu große Jogginghose, die ich am Bund krempeln muss, damit sie unten nicht am Boden schleift, weiße Leinenschuhe, zerrissenes T-Shirt, eine Schulter fehlt gänzlich, die andere hängt runter, am Bauch ist es geknotet. Und über diesem Ensemble trage ich Trenchcoat, denn wie zu erwarten war, nieselte es. ›Vererbt ihr Jazzer euch die Klamotten gegenseitig?‹, hat Len einmal zu einer ähnlichen Aufmachung von mir gefragt.

»Ich nehme das als Kompliment, wenn du erlaubst.«

»Ich bitte darum.«

»Dann vielen Dank! Und? Jasi? Was ist – 'n Drink?«

Du kleines geiles Ding. Ich würde dir gern direkt zwischen die Beine fassen, ganz langsam. Genau da, und auch gern so, wie und wo du es magst.

»Logisch! Was nimmst du? Einen Wein?«

»Ich war jetzt bei Wodka, sollte wohl dabei bleiben. Niemals Gegorenes und Gebranntes mischen, sagt man doch.«

Als ob das jetzt noch einen Unterschied machen würde. Kannste stecken lassen, deine Weisheiten, du betrunkenes Stück Mensch mit deinen Hilfsarbeitergehirnzellen.

»Okay, dann nehme ich einen Wein, und du was Gebranntes!«

»Nein, beide das Gleiche! Zwei Wodka, bitte. Außerdem habe ich dich noch nie betrunken erlebt, und ich bin schon ganz schön drauf. Da musst du jetzt durch. Erzähl, wie kommt es, dass du hier bist heute?«

»Letzten Monat nach Berlin gezogen!«
»Sieht so aus, als sammeln wir uns alle doch wieder zusammen, was?! Na dann auf dich in Berlin! Willkommen im Dschungel, Jasi! Machen Sie uns noch zwei bitte ...«
Gott, siehst du niedlich aus. Deine Haut ist bestimmt ganz weich. Überall.
»So. Und? Die Hauptstadt?«
»Ganz gut so weit, habe jetzt einen Freund. Glaubt man das?! Er ist Schriftsteller und so.«
»Aha.«
»Ja ... Ich bin direkt zu ihm gezogen. Eine Wohnung zu finden, hat sich als ziemlich unmöglich herausgestellt in der Kürze der Zeit ... Naja, Victors Freunde sind cool und alles, aber ich versuche gerade, in die Araberkreise reinzukommen.«
»Warum das denn?«
»Weil ich mich mit denen verbunden fühle.«
»Aber Jasi, dein Vater ist Perser ...«
Mann, hab ich Bock, dich zu lecken jetzt.
»Das ist doch egal. Weißt du, ich gehe an deren Läden vorbei, die sitzen da, hören solche Musik, und wenn ich reingehe, habe ich sofort das Gefühl, dass wir uns verstehen, wortlos, weißt du?!«
»Weiß ich ...Verstehe. Is ja 'n Ding.«
»Naja ... und ansonsten suche ich jetzt Arbeit und schreibe nebenbei an meinem Album. Sag mal, kennst du jemanden, der Ukulele spielt?«
»Nein, leider nicht.«
Aber ich weiß, wer jetzt übel Lust hat, dich anzufassen ...
»Mein Gott, Izy! Wie toll, dich zu sehen! Ich merke erst jetzt, da ich dich sehe, wie sehr du mir tatsächlich gefehlt hast!«

»Du mir auch, Jasi. Waren schon gute Zeiten damals. Wie Kinder im Spielwarenladen, jeden Abend Session und alles, immer alle zusammen, aufregend war das … immer. Irgendwie hat das Leben sich … die Dynamik … is raus.«
»Naja, jetzt sind wir ja hier. Vielleicht dynamisiert es sich ja wieder …«
»Vielleicht.«
Sie trinkt auf ex, verzieht keine Miene. Ich muss aussehen wie eine gequälte Frucht. Die Übelkeit bereitet sich darauf vor, einen Weg aus mir zu finden.
»Jasi, ich muss dringend auf die Toilette, wenn du nicht willst, dass ich mich hier direkt … War eigentlich auf dem Weg, als du mich …«
»Oh, natürlich! Geh! Ich bin ja hier. Berliiin!«, schreit sie zu Allah und hebt ihre Arme zu ihm empor, dann lächelt sie mich an, winkt mir zu, als würde sie viel Glück wünschen auf meiner weiten Reise zum Klo, und sagt leise: »Bis gleich.«
»Bis gleich. Ich geh mal schnell«, sage ich, aber das hört sie nicht mehr, denn ich laufe längst von einer Seite zur anderen schwankend Richtung Erlösung. Marc. Mischt sich einfach rein in meine Gedanken. Marc Arschloch. Marc wäre es sicher ganz recht, wenn ich mich ihm anbiete, sage ›Hey Marc, lass es uns tun! Liebster Marc! Hier, meine Titten, Arsch, was du willst! Ma-a-arc, mein Schöner …‹ Du Fotzenknecht. Kannst du nicht jemand anderem das Leben schwer machen?! Du hast doch gar keine Ahnung, was du da weckst. Das ist hier keine Kuschelwiese mit kleinen Kackhäschen! Das ist ein Wald! Mit Wölfen! Und Bären auch!
Toilette, Schwingtür. Ich bin drin. Niemand sonst. Die Musik dröhnt bassig im Hintergrund, über meine Hände

läuft kaltes Wasser, dann sind die Hände so nett und verteilen es in meinem Gesicht.

»There's nothing you can do that can't be done, nothing you could sing that can't be sung …« Ich versuche es als Swing. Wer kann nur auf solche Ideen kommen?!

»Izy? Bist du das?«

»Nein.«

»Hier! Dritte Tür von links. Was singst du denn da? Der Beat des Liedes ist gerade und muss es auch bleiben!«

Ich öffne die Tür, Len kniet vor der Schüssel. Auf dem Deckel drei Linien Kokain.

»Hast du Bock?«

»Nein.«

Len sagt irgendwas von ›hast auch recht‹, und ›wenn du koksen würdest, würdest du dir wahrscheinlich zehn Männer einladen‹, dann irgendwas von ›dich vögeln lassen‹, und dann irgendwas von ›den Prozess auf Schadensersatz als dein eigener Anwalt gewinnen‹. Seine weißen Zähne zieren ein breites Lächeln.

»Len, ich muss brechen. Bin nebenan.«

»Bis gleich, meine Kleine«, sagt er, ich schließe seine Tür, sie knallt zu, kein Gefühl mehr für die feinen Abstufungen.

Vor der Kloschüssel schießt es wie von selbst aus mir heraus, aus fast einem Meter Entfernung, ziemlich präzise in die dafür vorgesehene Öffnung. Ich halte mich an der Wand fest, knie mich auf den Boden, reiße an der Klopapierrolle, das Papier rollt auf die Fliesen, ich wische mit dem Zellstoff das Danebengegangene auf, klare Flüssigkeit, Alkohol mit Magensaft. Alles dreht sich.

Die Bühne ist weit weg, ich sitze am Pult, neben meinem Vater. Er weist die Tänzer an, schreit etwas zu den Beleuchtern. Klatscht zweimal in die Hände, alle beginnen noch mal von vorn. Musik. Licht. Die Eröffnungsnummer der Show. Der Saal ist leer. Ich trage eine Hose aus grünem Kord, sie ist neu, haben die Eltern aus Amerika mitgebracht. Für mich. Die ganze Nacht war ich wach, habe gewartet, bis sie endlich durch die Tür kamen. Wie wunderschön sie sind, immer lachen sie, und bringen mir so schöne Geschenke mit. So eine schöne Hose. Papa Ari, Mama Mira ... Ari ... Aristarkh ... Aristokratisch ... Stark ... Und Mira ... Mir – der Frieden, Mir – die Welt. Mutter der Welt des Friedens. Meine Mutter ...

»Izy! Iz! Wach auf! Komm hoch da, du kriegst Nierenentzündung so!«

Drei Menschen in der engen Kabine. Und ich. Auf dem Boden. Filis Gesicht ganz nah. Zwei Fremde, die sie mitgebracht hat, helfen mir hoch.

»Sag mal, was ist denn mit dir los? Was machst du denn hier?«

»Heeey!«, ich versuche zu lächeln und die Augen zu öffnen. »... kann mich jemand nach Hause fahren?«

»Ja, klar. Warte. Komm! Wir finden jemanden!«

Die zwei Typen fangen an, ungelenk an mir herumzuzerren.

»Nein ... lasst mich mal hier sitzen ... okay? Ich glaube, ich brauche ein bisschen.«

»Du bist ganz blass.«

»Ja, bestimmt. Mir geht's auch nich so ...«

»Okay, okay, warte hier! Ich bin gleich zurück!«, sagt Fili und rennt davon.

Die Typen setzen mich stabil auf den Klodeckel.

Danke schön ... danke schön. Automatisiert wie bei diesem bekackten Jazzfrühstück. Danke schön ... ich bin ein verschissener, besoffener Roboter.

Ich sitze auf einer Kloschüssel und kann mich nicht be-

wegen. Ich sitze auf einer Kloschüssel und warte darauf, abgeholt zu werden. Wow, Izy. Groß. Marc ist immer noch da. Du auch, Timur. Plan hat nicht funktioniert.
Ein Huhn und ein Affe starren mich an. Was wollt ihr hier, lasst mich in Ruhe, Huhn und Affe.
»Izy! Wir sind's doch! Len und Martina!«
»O Fuck, Martina … geh weg, Martina, ich spiele nicht mehr auf Hochzeiten.«
»Na los, komm komm komm, wir bringen dich mal jetzt schön in dein Bett!«
Was ist denn das bitte nur … Martinahuhn bringt mich ins Bett … Scheiße …
»Könnt ihr bitte etwas schneller laufen? Ich habe keine Lust auf diese königliche Parade!«
Die Tiere räumen den Weg frei, damit Len und Martina mich gut durch den Raum tragen können. Tschüss, Partypeople! Es war mir ein Fest!
Und fick dich, Marc! Verpiss dich aus meinem Kopf! Fick dich ins Knie!
Und Timur, du dich gleich mit!
»Komm, Izy, hier, setz dich. Warte, ich schnall dich an … Fahr langsamer, Len! Ihr ist doch eh schon ganz schlecht, der Armen!«
Danke, Martina, das ist sehr mitfühlend erkannt. Du bist'n cooler Typ, Martina, Alter. Und ihr beiden geht heute noch zusammen in ein Bett? Ja? Und morgen erzählst du mir, welcher Körperteil Martina fehlt … Habe ich das gerade gedacht oder gesagt?
»Beides, Izy.«
»Ah …«
Tänzerinnen haben immer so schöne Beine … In glitzernden Strümpfen, hohen Schuhen … Tänzerinnen halten ihre Zigaretten zwischen den hübschen Fingern mit

den langen lackierten Nägeln … Tänzerinnen sind nicht besonders klug … Meine Mutter ist sehr klug. Wie viel sie immer weiß, über die ganzen Bücher, die ganzen Filme, meine schöne Mutter … Meine Mutter hinkt beim Laufen, die Gelenke sind alt, ihre Haut so dünn … Meine Mutter trägt die ganze Schönheit der Welt in sich, überstrahlt sie, all die übrigen Menschen, auch die Idioten, übergießt sie alle mit ihrer endlosen Liebe …
»Izy? Wir sind da.«
»Danke … Len …« Wie mühselig, zu sprechen und noch mehr sich zu bewegen.
»Vergnügt euch wohl. Den Rest schaff ich allein.«
Beine wollen einknicken. Ihr haltet das jetzt durch, verdammt, nur noch ein bisschen, bis wir oben sind. Gleich liege ich. Gleich ist Schluss.
Kalte Wand. Danke, dass du mich hältst, Wand. Danke. Und du, Flurboden. Auf dem Telefon 3.40 Uhr … Ich möchte mich von allem lösen, es tut weh. Du, sie, Marc, das Tier will mich holen, es wird mich niemand schützen, niemand beherbergen ohne seinen eigenen Willen, seinen Schwanz reindrücken zu wollen.
Wenn ich verschlossen wäre von allen Seiten, könnte ich allen Freund sein, allen ins Gesicht strahlen, nichts, aber auch wirklich nichts, was sie tun, könnte mich dann vergiften, könnte sich einschreiben in mich.
Timur! Wir sind ein Blut. Ich liebe dich.
Die Nachricht ist raus. Das werde ich morgen bereuen. Das bereue ich jetzt schon.

4

(BE ONE)

Der Boden ist nass, man sinkt ein beim Laufen, und es macht schmatzende Geräusche – wir sind am Liman. Jemand hilft mir aus dem hohen Geländewagen.
Es ist Nacht, Badeausflug. Die mir unbekannten Erwachsenen laufen im freudigen Taumel umher, tänzeln, scherzen, lachen, während ich einfach nur dastehe und nicht weiß, was als Nächstes passiert. Das um mich herum schwirrende Sommernachtsfest bewegt sich schnell vor meinen Augen, meine Körpergröße erlaubt mir nur, einen Ausschnitt davon zu sehen. Ich sehe keine Köpfe, nur Taillen, Beine, Brüste, behaarte Männerbäuche.
Hier wuchs mein Vater auf. Hier wollte er weg.
Hier sind sie alle noch, vergnügen sich des Nachts mit uns am Meer, seine alten Jugendfreunde. Meine Eltern erkenne ich zwischen all den anderen, den im Süden der Ukraine saftig und braun gewordenen fülligen Menschen, selbst in dieser Dunkelheit, an der noblen Schönheit der schlanken Großstadtkörper. Die Nacht ist tiefblauschwarz. Das einzige Licht sind die Scheinwerfer der Autos, vier an der Zahl. Auf einer Motorhaube stellt jemand Gläser hin und Flaschen. Schenkt aus.

Ein nach Wodka und Sommerschweiß riechender Mann mit dickem Bauch – er quillt über den Hosenbund, denn der Mann trägt kein Hemd – bückt sich auf meine Höhe und grinst mir ins Gesicht: ›Na? Wie viele Finger sind das?‹, fragt er, und ich begreife, dass er sich einen großartigen Scherz erlaubt, denn er hält die ganze Hand hoch, aber ihm fehlen Ringfinger und der Kleine.
›Fünf‹, sage ich. Ich bin nicht eins von diesen Kindern, das du mit diesem geschmacklosen Schubidu verarschen kannst, fetter Mann.
Die warmen Hände meiner Mutter legen sich auf meine Schultern.
›Anatolij! Lass mein Kind in Ruhe mit dem Quatsch!‹, sagt sie lächelnd zu ihm.
›Guck nicht so ernst, Izykind, er ist ein Doktor. Das sollte Spaß sein.‹
Der Liman ist flach, überall Seegras und Miesmuscheln. Ich untersuche sie, nehme sie in die Hand, auf manchen wachsen weitere Muscheln, weiße, sehen aus wie hohle Zähne.
Mit lautem Kampfschrei jagen die Männer in das kalte tiefschwarze Wasser. Es schießt in schäumenden weißen Wellen empor, als sie das stille Meer mit ihren wuchtigen Körpern spalten und aufwecken. Alle lachen, jemand betätigt zum Salut an die Nacht rhythmisch die laute Hupe des Zhiguli …
Es fiept und hört nicht auf.
Der Wecker steht auf Snooze. Seit zwanzig Minuten.

– Izy! Bist du am Leben?
Alles gut? Erwacht? F.

– Geht so, Filkin

– Wieso? wasn?

– Nee, das war gut gemeint

– Aha, ein gutes ›geht so‹?
Geht so im besten Sinne?

– Genau. Ein sehr gutes
Beschissen

– Iz, mein Hörnchen!
Du lebst wirklich, UND WIE!
Was war das bitte für eine Kacke
auf der Party? Du warst natürlich
Gesprächsthema, nachdem man
dich so feierlich heraustragen musste.
Was soll denn das? Und vor allem:
Wie hast du das hingekriegt,
so schnell so fertig zu sein?

– Gar nicht hingekriegt.
Antibiotika.

– Bist du krank?

– Nicht so, wie du denkst.
Alles bestens. Man sagt
doch immer, dass es eine
Wechselwirkung gibt mit
Alkohol. Und ich hatte
noch Tabletten da.
Was soll ich sagen …
Wechselwirkung hast du
live gesehen

– Ja, aber … Wieso?!

– Einfach so. Punkt.
Man muss Dinge wissen,
um sie zu wissen.

– Du bist irre

– I know

– I am besorgt

– I love you

Die Sonne schreit: Es ist längst Tag! Mach was Sinnvolles damit!
Das einzig wirklich Sinnvolle, was mir einfällt, ist, endlich meine Mutter zurückzurufen.
»Mama? Hallo?«
Stille, Kratzgeräusche. Aber immerhin Bestzeit, Mama. Sehr gut. Unter einer Minute. Lesebrille finden, aufsetzen, Hülle aufklappen, nichts sehen, noch mal nachschärfen, das Display mit ihren langen hübschen Tänzerfingernägeln betouchscreenen, um das grüne Symbol zu drücken.
»Izkin! Mein Mädchen! Ich habe gerade an dich gedacht, und da rufst du auch schon an.«
»Das sagst du immer, Mama. Als ob mir irgendwas diktiert, dich genau dann anzurufen, wenn du gerade an mich denkst. Ich glaube, dass du einfach *immer* an mich denkst, die ganze Zeit«, lache ich. »So wie ich an dich übrigens auch.«
»Ja«, sagt sie, »vermutlich ist das so«, sagt sie hastig. »Mein Mädchen, ich muss jetzt das Mittagessen für Oma vorbereiten, und es irgendwie in sie reinkriegen. Und dann noch deinen Vater …«, ich höre wie sie den Kochlöffel am Topf abklopft, »der Arzt sagt, er darf jetzt nur noch dieses und jenes essen, dabei liebt er genau alles andere. Ich habe mir jetzt extra so ein Kochbuch gekauft, und ich koche gerade für eine Woche vor, damit er auch allein zurechtkommt … Also wenn du magst, später, aber …«
Sie rattert ihren Text herunter, geht ihr gerade anscheinend völlig gegen den Zeitplan, so ein längst überfälliger Hallo-Mama-Anruf.

»Schon gut, schon gut … nur kurz. Wie geht es ihm?«
»Geht.«
Er also auch, so ein *Beschissen im besten Sinne*. Verstehe.
»Ich glaube, er nimmt das Ganze immer noch nicht richtig ernst. Mir hat er gesagt, alles sei bestens. Besser ginge gar nicht. ›Und der Zucker?‹, hab ich gefragt. Da meint er: ›Ist in der Dose!‹«
»Wenn es ihm gerade in den Kram passt, nimmt er es sehr wohl ernst«, sagt Mama, »hat verstanden, dass sich so eine Krankheit immer als Ausrede herausziehen lässt. Rote Karte. Alle Schnauze. Ich Ari, bin krank, lasst mich in Ruhe.«
»Soll ich kommen, Mama? Ich kann alles absagen und kommen!«
»Auf keinen Fall! Hier ist gerade sowieso nur Gewusel, Ärzte, Pfleger – Oma macht hier auch Zirkus gerade, sag ich dir …«
»Ich komme bald nach Hause. Küss Oma bitte von mir. Sag ihr, sie soll sich benehmen!«
Ich höre sie leise auflachen. Weil sie weiß, dass es rein gar nichts bringt, Oma Ella irgendwas zu erzählen, was sie zu tun oder zu lassen hätte.
»Natürlich, mein Kind«, sagt sie, »ich küsse dich auch, mein Liebling … Und kommst du denn voran, Izkin?«
»Jajaja, natürlich, alles bestens … Poká, mamulja, zelúju, ljubljú tebjá. Schrecklich sehr!«
»Ich dich auch, mein Mädchen! Zelúju.«
»Mama …?«
Sie hat aufgelegt. Ich stelle mir vor, wie sie jetzt zu Hause am Herd steht, im Fernseher die traurigen Nachrichten laufen, sie Gemüse schält, Zwiebeln im Mixer klein macht und ihr davon die Tränen kommen, wäh-

rend ihr Körper sich leicht im Rhythmus wiegt und sie singt.
Aufschrei der Seele, sagt Großmutter. Wenn das Herz weint.
Seit wir uns kennen, Timurkin, singe ich viel öfter.
Seit fünfundzwanzig Monaten. Immer trauriger.
Ich denke an Mamas Essen und kriege Hunger. Und an die Luft sollte ich.
Vielleicht Friedrichstraße. Take the long way.

—

Vor dem Bahnhof Zoo und innen drin, in den beleuchteten und warmen Räumen, zwischen Geschäften und Anzeigetafeln, Müllhaufen und Rolltreppen sind stehende, liegende, hockende, gebückte, unförmig fahle, müde Menschen – sie alle tragen blütenweiße T-Shirts und Strohhüte. Auf den T-Shirts steht: *Be One – Die Zukunft der Telefonie*. Auf den Hüten auch. Heimlose. Allesamt eingekleidet in die Geschenke einer Telefonfirma, die hier augenscheinlich einiges losgeworden ist. Be One. Sie sind schon eins geworden, mit der Straße, den Gebäuden, dem Dreck. Die feinen Herrschaften ... mit Strohhut heute also, ihr traurigen Gestalten, die ihr den Buckel der Gesellschaft heruntergerutscht seid. Ich bin noch oben auf. Ich kann mir noch vormachen, es wäre eine Vergnügungsfahrt.
Ich gleite durch die Menschen, sie ziehen wie eine Strömung an mir vorbei, manchmal bleiben Blicke auf mir haften und reißen sich wieder los, sobald ich den Orbit des anderen wieder verlasse. Wenn sich unsere Blicke für Millisekunden treffen und wir wortlos Projektionen austauschen in diesen Zeitbruchstücken, sieht jeder, was er sehen will. Aber nicht bis hier hinein, in diesen Action-

Suit, in diesen Körper, wo ich in klitzeklein in der Kommandozentrale sitze und die Hebel bewege. Und ich steuere den Gang, der dir so gefällt, und nachts auf den leeren Straßen auch den vorbeugend gefährlichen Gesichtsausdruck. Ich kann eine Fresse ziehn, als hätte ich einen Bombengürtel um.
Am Gleis stehen Fremde, so viele Fremde, ganz nah, zu nah neben mir. Sie reagieren nicht. Jeder tut so, als gäbe es die anderen nicht. Als würde man sich gar nicht sehen können. Als wären wir in voneinander getrennten, übereinanderliegenden Dimensionen. Ich rieche an den langen Haaren der Frau, die vor mir steht, fasse ihre Haarspitzen an. Im Glas der Fenstern und Türen einer vorbeifahrenden S-Bahn vibriert mein Spiegelbild, als würde es gleich in Millionen Teile zerspringen. Und weg wäre ich. Keine Nachricht von dir, Timur, kein Anruf.
Ein Hund und ein Wolf, die sich Arm in Arm unter dem Tisch besaufen – Timur und Izy aus Berlin. Timur und Izy sind Kinder der Straße. Schön kantig geschliffen vom Resistenzen bildenden Anpassungs- und Assimilationsprozess. Können gut mit denen, vor denen sich alle fürchten. Wir sind das Extra in diesem Land. Wir sind die, über die man redet. Wir werden niemals hier passen. Und dort, wo wir herkommen, passen wir längst nicht mehr. Wir sind immer die anderen. Die ganze Klasse lacht, während du nicht einmal verstehst, warum alle lachen, weil das Einzige, das du vielleicht kennst ›Hände hoch‹ und ›Heil Hitler‹ ist. Aus alten Filmen gemerkt. Und die fragen ›Wowohnstdu?‹, und du weißt nicht mal, wie viele Worte das sein sollen, geschweige denn, was sie bedeuten. Und dass du in einer verrottenden Baracke für Schachtarbeiter wohnst, mit einer Küche und einer Dusche auf 30 Fa-

milien, willst du nicht erzählen, selbst wenn du verstanden hättest, was die da fragen.

Russki, Russki, gar nicht dumm, kackt in die Ecke und fliegt drumherum. Ist doch ein schöner erster deutscher Satz. Blieb gut haften wegen der vielen Wiederholungen. Für immer. In der Baracke haben sie's mir dann übersetzt. Prima, dachte ich, dass man dem Russki von vornherein die Fähigkeit zu fliegen unterstellt. Aber warum sollte es ›gar nicht dumm‹ sein, schwebend über den eigenen Exkrementen zu kreisen?! Die kleinen Kackpratzen. Eine sehr schwammige Beleidigung ist das. Logik fehlt. Das kann ich gar nicht ernst nehmen, hätte ich gern gesagt. Damals. Aber die einzigen Antworten, die ich geben konnte, waren Schläge. Mit der Faust, mit dem Knie, jede Pause, jeder Heimweg. Haben es sich selbst so ausgesucht. Wussten doch, dass ich dem verbal nichts entgegensetzen kann.

Außer ›Heil Hitler, Hände hoch‹ vielleicht.

S-Bahn Richtung Ahrensfelde – Vorsicht, die Türen schließen. Bitte beachten Sie die Lücke zwischen Bahn und Bahnsteigkante.

Und zu Weihnachten kam die ganze Kackpratzen-Klasse dann vorbei, während ich von Windpocken gezeichnet und fiebrig meinen Anteil der in der Baracke ausgebrochenen Epidemie aussaß und alles juckte und meine Mutter mir verbot, mich zu kratzen. Ein wirklich schöner Moment, um fünfzehn Kinder plus Lehrerin bei uns zu empfangen. Sie standen in sicherer Entfernung um das Bett und starrten mich an. Und ich sie. Blickten sich um in den zehn Quadratmetern, auf denen wir zu dritt wohnten. Ein Bett, ein Schrank, ein Tisch, zwei Stühle. Bis auf das Bett, das wahrscheinlich aus einer Garnison stammt und schon etlichen Soldaten in den unbequemen immer bereiten Schlaf verholfen hatte, war alles ausrangiertes Büromobiliar, alles aus grünlichem DDR-Metall. Die Lehrerin sagte etwas auf Deutsch, wahrscheinlich etwas Nettes, die Kinder ließen selbst gemachte Geschenke da und gingen wieder.

Armes Asylantenkind, dachten sie sich bestimmt, als sie den langen Flur der Baracke zur Tür liefen. Jaja ... Migrationshintergrund.

Keine Ahnung habt ihr! Könnt ihr auch gar nicht! Und ich hätte euch gern fest in den Kiefer gegriffen, und in die starren angsterfüllten Augen geschrien – VORDERGRUND! MigrationsVOR-DER-GRUND!

Und kaum gesund, musste ich mich wieder prügeln mit den Kindern, die sich gerade noch so fein benommen hatten. Armes Asylantenkind, dessen Vater, statt vor dem Orchester zu stehen, Zeitungen austrug, während die Mutter sich in den Pausen ihres Tanzkurses für die Dorfjugend auf der Toilette einschloss, um sich vor den Konversation suchenden Kindern zu verstecken. Ansonsten lachen, nicken und hoffen, dass es keine Frage war. Jahrelang.

Der Platz am Fenster ist frei geworden. Entgegen der Fahrtrichtung. Das langsam ergrünende Berlin zieht von hinten nach vorn an mir vorbei. Monotone Ansagen der Stationen. Nächster Halt ...

Der dicke schwitzende Mann breitet sich mit seinem Hund und vier Tüten auf dem gegenüberliegenden Sitz aus. Sein Knie berührt meins, mein Körper weicht automatisch zurück. Unvermeidbarer Körperkontakt. Unvermeidbar in den Öffentlichen.

»MeinesehrgeehrtenHerrschaftenichwäresehrdankbarübereinekleineSpendeoderetwaszuessen«, nuschelt der zottelige Verkäufer der *Motz*, geht durch die Reihen. Er riecht, als würde er bereits verwesen. Seine tief hängende, ausgeleierte Jeans ist hinten so widerlich dreckig. Ich verdränge den Gedanken daran, wovon das kommen könnte. Er steigt aus, sein Geruch bleibt.

An jeder Haltestelle versuche ich so viel frische Luft wie möglich aus der sich öffnenden Tür hinter mir zu bekommen. Und egal ob verschwitzte Menschen an mir kleben oder Alkoholleichen – ich würde ganz Berlin für dich durchqueren, sei es auch nur für die verschissen kurze Zeit, die Länge eines Kaffees, den wir dann schweigend nebeneinander sitzend trinken, bevor unsere Realität zerplatzt und die Wirklichkeit alles verpestet. Mein Stück Heimat. Und ich deins. Wenn wir Russisch miteinander reden, wie eine Geheimsprache. Und die anderen fragen ›Was?‹, und wir sagen ›Nichts, nichts …‹

Wenn du mir alte sowjetische Kriegslieder vorspielst und Filme und ich manchmal weinen muss, und du verstehst, warum, und lachst über mich, weil ich selbst über mich lache, weil ich plötzlich weinen musste – so ein paar Worte, ein Bild, ein präzise in die immer offene, schmerzhafte Wunde treffender Reim. Als wollten wir alles nachholen, was unsere Eltern hinter verschlossenen Türen, in den Küchen bei Freunden gehört, gesehen, gelesen haben, als es verboten war. Interessiert heute keinen mehr. Ist vergangen und veraltet. Uns interessiert es. Es ist alles, was wir haben. Erinnerungen solcher, wie wir es sind, die man einfach in ein neues Leben gesteckt hat, die ihre Kindheit in der Heimat lassen mussten, einer Heimat, in die man nicht zurück kann, weil sie nicht mehr existiert.

Schönes, richtiges, sich selbst kasteiendes Deutschland – wir sind deine Wiederbesiedlung, Scheinjuden. Juden nach Schein, kommt wieder rein. Fluchtwelle 1991. Ein-

fach nur leben, uns entspannen, im europäischen Laisser-faire untertauchen. Weder Schläfenlocken wachsen lassen wie in Brooklyn noch Wehrdienst leisten in einem immerwährenden Krieg in Israel.
Meine Cousine in Uniform, stand ihr gut, schönes Foto, auf einem Panzer. Gedient hat sie. *Gedient.* Wie das schon klingt. Und dann einen russischen Grafiker geheiratet. Wären wir ein Jahr früher gegangen, gäbe es auch von mir so ein schönes Bild im Familienalbum – hätten wir nicht gewartet, hättest du dein Kontingent nicht aufgemacht, schönes, richtiges, sich selbst kasteiendes Deutschland ...
Und du, Heimat? Du bist ein Arschloch gewesen, and you know it.
Noch zwei Stationen. Gleich kommen die Musiker. Wie jeden Tag. Mit demselben Lied. Wie jeden Tag. Die Türen öffnen sich, und sie steigen ein, Vater und Sohn.
Der Vater beginnt zu spielen zwischen den Türen, hat einen Verstärker auf den Rücken geschnallt, vorn ein Saxophon. Er spielt wirklich okay. Dafür, dass er das, was er da macht, vermutlich von Urgroßvater zu Großvater zu Vater abbekommen hat, ganz ohne Noten wahrscheinlich. So zwischen Pferdeaufzäumen und Holzhacken. Rumänen, Zigeuner. Traurige singende Seelen, deren neue Heimat die Berliner Verkehrsbetriebe geworden sind.
Es ist sehr nett von euch, dass ihr den Menschen mit ihren kalten Fressen hier in der S-Bahn ein bisschen einzuheizen versucht. Es tut mir sehr leid, dass ich hier Privilegien habe, weil quotenjüdisch, und ihr nicht. Es ist nicht gerecht. Ich spiele auch vor Arschlöchern, die es nicht zu schätzen wissen. Ja, es nennt sich dann *geschlossene Veranstaltung*, und wird besser bezahlt. Aber die Arschlöcher sind dieselben. Ich bin eine von euch. Ich

bin auch ein Zigeuner, eine Heimatlose, Zugezogene. Ich wünschte mir, dass er all das aus meinem Lächeln herauslesen möge, aber sicher bin ich für ihn nur Teil der Masse, zu der er nicht gehört.

»Hey! Hello Ewribadi! Ohwenndesäins ...« Sein Sohn, ein viel zu wohlgenährtes und lustiges Exemplar eines in alle Richtungen vorpubertierenden Kindes, tänzelt mit einem Shaker-Ei, das er eklatant unrhythmisch spielt, durch die Sitzreihen und singt auf »nänänänä« laut zu Vaters Playbackversion von den Heiligen, die einmarschieren ... Dem ist auch schon alles scheißegal. Die Passanten, die normallebenden Zugpferde unserer gehobenen Zivilisation – nur Statisten. In der anderen Hand hat der Junge einen malträtierten, leeren Pappbecher, den er den Leuten nacheinander unangenehm nah vor die Nase hält. Als er bei mir ankommt, halte ich eine 2-Euro-Münze bereit, aber er geht einfach an mir vorbei.

Nächste Station Friedrichstraße, sagt die Roboterdame aus dem Lautsprecher. Der Pulk hinter mir schiebt mich in seiner Mitte durch die Tür. Überall, in den S-Bahn-Aufgängen, allein, mit Hund oder in Gruppen, mit vielen Hunden: Jungobdachlose. ›Scheißfotze‹ hat der gerufen letztes Mal, der eine da. Guckt schon wieder so komisch. Schön die Flasche bei dir behalten. Ganz cool. Nicht werfen. Bis ich auf Sicherheitsabstand bin. Und das Mädchen, das hier auch immer sitzt, sagt es wie immer auf einem Ton runter, ihr Mantra: Hastnbisschenkleingeldfürwaswarmeszuessn.«

Und dann gibt's da noch Kevin. Kevin möchte ich resozialisieren. Kevin stellt sich immer höflich vor, wenn er in der S-Bahn seinen *Straßenfeger* verkauft. Kevin ist schön. Sein Gesicht zart, die Hände aufgequollen wie bei allen Alkoholikern, die seit Jahren die Nacht in der Kälte

verbringen. Ich möchte ihn ordentlich putzen, ihm was zu essen kochen. Und bei Kerzenlicht vor dem Kamin, wenn er seine von mir gewaschenen und nach Persil duftenden Jogginghosen wieder anhat, von seinem Leben erzählen lassen. Warum bist du eigentlich hier und nicht bei Mutti unter dem schützenden Flügel? Oder bist du ganz allein auf dieser Welt?
Wenn ich nachher mit meiner Tüte voll von erlesenem gesunden Scheiß vom Lafayette an ihnen vorbeigehe, werde ich wie immer zeigen, wie schwer mein Schicksal wiegt, damit sie nicht traurig sein müssen, weil wir gleich alt sind und ich etwas habe und sie nicht so viel. Damit sie weiterhin denken dürfen, sie haben recht, denn ja, die da hat Waren, aber keine Freiheit, sollen sie denken. Sollen sie doch mich bemitleiden. Ich werde ihnen leibhaftig vorführen, wie es aussieht, wenn einen der Massenkonsumzwang in den Arsch fickt, und welche Mühe es bereitet, all diesen Ballast nach Hause zu schleppen, während die Saat des Kapitalismus einem noch frisch aus dem Hintern läuft. Das Gewicht der Tüten hilft immer beim Leidensspiel. Mein Essen hat einen weiteren Weg auf sich genommen, um in meinem Supermarkt zu landen, als ein afrikanischer Flüchtling. Und während dieser noch auf seinem Floß im Meer treibt, sammelt mein Obst Vielfliegermeilen. Ich bin widerlich. Die Avocados, fast zwei Euro das Stück, zwei Käsespezialitäten aus Boulogne-sur-Mer, zusammen zehn Euro, zwei Äpfel, Ingwerwurzeln, Salat, frische Minze, Maronen, Paprika, Muscheln in eigenem Saft. Oder fremdem Öl. Wasser aus einer französischen Quelle natürlich.
Und wenn ich ihnen etwas davon anböte, sie hätten keinen Bock drauf. Lieber aus gebückter Haltung bettelnd den Arm nach oben zu den Arschgefickten und dann

Pommes rot-weiß. Oder was von dem großen amerikanischen Clown. Wir sind alle widerlich.
Nur eine Woche nicht duschen, und schon kann man seine Widerlichkeit nicht verbergen. Tiere stinken nicht. Und sehen frisch gekämmt aus. Ihr Leben lang.
Ich also ekelhafter als ein Tier, höher als die Obdachlosen, aber weit unter dem Anerkennungswert eines jeden Durchschnittsangestellten. Von der Gunst des mir Zufallenden abhängig. Von der Gunst irgendwelcher Arschlöcher wie ExproDyn, die mir helfen, mein eingeflogenes Obst und Gemüse zu kaufen.
Ich verstehe, dass man da nicht mitmachen will. Weder bei dem ständigen Gerenne um Erfolg noch bei den verlogenen Smalltalks, in denen jeder sein vorzeigbares Lebenskonstrukt zum Besten gibt, welches er sich am allermeisten selbst glauben zu machen versucht. Lieber hier sitzen und ›Scheißfotze‹ rufen, wann und wie es einem passt. Hier sitzen und stellvertretend für uns alle, die widerlich sind und den Zusammenbruch herbeiführen, der *Society* 'nen Dicken zeigen.
Vor mir eine Frau mit Kinderwagen. Aus der Tiefgarage fährt ein Auto. Es bremst, die Frau passiert, er fährt weiter. Frauen und Kinder zuerst. Ganz normal, alles ganz ordnungsgemäß.
Aber wer weiß, vielleicht sitzt dieses Kind ja auch irgendwann hier. Sagt zu seinen Freunden: ›Zu meiner Mutter hab ich kein Kontakt mehr, ey. Is 'ne dumme Fotze.‹
Frauen und Kinder zuerst.
Und wenn das Schiff sinkt?
Ein Rettungsboot mit Platz für noch genau eine Person. Die Frau gibt ihr Kind in die Arme eines Fremden, sodass es die Chance zu überleben hat. Was aber, wenn das Kind dieser Frau so ein dämlicher Degenerillo wird, während

sich unter den anderen zu rettenden Personen ein Wissenschaftler befindet, der gerade an einer bahnbrechenden Erfindung für die ganze Menschheit arbeitet, so etwas wie Penizillin zum Beispiel? Und der geht dann drauf zugunsten dieses einen Kindes? Es hat noch nichts geschaffen, wird es vielleicht niemals, wird nur ein durchschnittlicher Mensch mit mäßigen Begabungen, von mäßigem Äußeren, mit mäßigen Träumen, und das Einzige, was dieses dank seiner Mäßigkeit vermutlich langlebige Exemplar zu erreichen vermag, und selbst das nur eventuell, ist der Zustand, zufrieden zu sein. Schön für ihn – aber der Mehrwert? Null. Und der, der eine ganze Welt verändern würde, war leider eben kein Kind und keine Frau.

Die Bahn fährt mit lautem Quietschen ein. Die Türen gehen auf. Ich habe gar nichts gekauft. Ich fahre einfach wieder zurück.

Ich kämpfe damit, meine Augen offenzuhalten, aber es gelingt mir nicht. Im Zurücklehnen auf die dreckigen Polster schließen sie sich.

›Iza!!! Izkin! Wach auf, du hast Konzert!‹ Das Zimmer ist dunkel, links, in der anderen Ecke des Zimmers, schläft Großmutter Valeria. Mama steht vor mir, und ihr Gesicht strahlt freudig. Ich bin benommen, hatte Albträume. Albträume von unbeweglichen Fingern, schweißnassen Handflächen. Ich werde spielen, vor so vielen Menschen spielen. Eine riesige Bühne, ein riesiger Flügel, Augen, die mich anstarren.

›Ihre Tochter ist ein Wunderkind!‹, sagt die Klavierlehrerin zu meiner Mutter, als wir im Saal ankommen. Ich drehe mich weg, will so tun, als hätte ich nichts gehört. Warum sagt sie das so über mich hinweg? Sieht sie nicht, dass ich da bin? Was ist, wenn ich versage, mich verspiele, stecken bleibe, nicht mehr weiterweiß? Ich halte die Hand meiner Mutter fest umklammert, drücke sie immer wieder zu, dann wieder auf, damit ich warm bleibe. Nur keine kalten Finger. Nur nicht verkrampfen. Die anderen Kinder sind so groß, ich komme mir winzig vor. Wir setzen uns in eine der vielen Reihen und sind still. Alle Eltern haben ihre Kinder und auch sich selbst feierlich geschmückt, wie Weihnachtsbäume – große Schleifen an Blusen, im Haar, glitzernde Broschen, rot lackierte Nägel, weiße Kniestrümpfe, Kinder mit Krawatten und weißem Hemd. Das Konzert beginnt.

›Heute spielt für Sie die Klavierklasse der 27. Leningrader Musikschule, Altersgruppe sechs bis neun.‹

Ich bin als Dritte dran. Der erste Junge, der die Bühne betritt, ist blass und dünn, hat dichtes schwarzes Haar. Er spielt eine Kinderetüde mit dem Titel *Das holpernde Pferdchen*. Als er fertig ist, bekommt er Applaus und verlässt, so lustlos, wie er gekommen ist, die Bühne. Dann ein Mädchen, ein schönes Kleid hat sie an. Ich hätte auch gern so eins. Mama sieht mich an und weiß, dass ich das denke. Ganz sicher wird sie mir schon ganz bald so eines kaufen und mich damit überraschen. Ich sehe runter auf meine nackten Knie, Jungenknie, Schrammen links und rechts, vom Rennen, vom Fahrradfahren, vom harten Asphalt, dazwischen die Hände, sie liegen einander wärmend still auf dem Rock.

Wir hören ein leichtes Stück, ich schaue zum Boden, entlang der vielen Rechtecke im Parkett, analysiere: kleine Melodie rechts, links nur einzelne Basstöne. Da reicht doch ein Finger. Sie benutzt zu viel Pedal.

Das Stück ist kurz und schnell vorbei.

›Es spielt für sie Izadora Lewin. Schumann, *Die Träumerei*.‹

Meine Hände sind feucht. Ich will die Beste sein, für

meine Mama. Ich darf mich nicht verspielen. Darf nichts vergessen, sie auf keinen Fall enttäuschen. Ich stehe auf, schiebe mich durch die Reihe, alle sehen mich an. Der Hocker ist noch warm. Diesen Flügel habe ich noch nie gespielt, ich weiß nicht, wie die Tasten reagieren werden. Ich bin so konzentriert, dass mein Körper fast steif ist, aber ich lasse mir nichts anmerken. Ich sehe auf die Tasten, die Finger spielen automatisch, mein Körper arbeitet auf Autopilot. Alles lege ich in diese *Träumerei*, alles, was ich kann.
»Is this the Zoologischer Garten?«
Zoologischer Garten? Ich schaffe es gerade noch rechtzeitig aus der sich schließenden Tür.
Noch fünf Minuten und ich bin wieder allein, bei mir, da wo die Welt nicht hinkommt mit ihrem lauten Gewimmel. Einfach wegschließen, die Welt.

—

Der Fernseher läuft, iPod an die Anlage, aufgedreht auf Anschlag, so laut, dass vom Fernseher nichts mehr zu hören ist. Lennys Playlist – *Für Byp von Bop* heißt sie. Ein Ozean aus Kakofonischem, Quietschendem und Trötendem. Wie lange meine Nachbarn wohl noch aushalten, dass ich seit Monaten ihre Nerven strapaziere, weil meine eigenen reißen? Und gestern habe ich für sie Rachmaninow gespielt. Um 3:40 Uhr nachts. Ich erinnere mich nicht richtig, frage mich, wie ich das noch geschafft habe, mich überhaupt auf den Hocker zu setzen, doch es funktionierte irgendwie, während stehen oder denken oder aus Lens Auto steigen so gar nicht mehr funktioniert hat. Aber am Klavier funktioniert alles. Immer. Gespielt. Ich habe den Rachmaninow nicht gespielt. Brachial zerlegt hab ich den!

Irgendwann müsste doch mal jemand kommen. Aber nichts.
Im Bad läuft die Wanne voll. Im Bad riecht es nach Zedernholz, Orange, Orchidee … *Erleben sie den Orient*, steht auf der Flasche. Das werde ich tunlichst vermeiden, euren Orient zu erleben. Als Badezusatz, das ist das Maximum.
Das grünlich blaue Wasser ist heiß, ich sehe, wie mein Körper darin umspült wird, die Arme wie schwerelos schweben. Ich tauche unter, öffne die Augen, der Orient brennt.
Jetzt den Mund, und das Wasser dringt in den Rachen. Eins … zwei … drei … vier … fünf … sechs …
Ich kann es noch so sehr wollen, ich kann weder unter Wasser atmen noch unten bleiben, bis ich nicht mehr atme. Huste das Wasser raus, lasse Sauerstoff rein.
Ein kleines Häuschen, eher wie eine Grabkammer, aber in blütenreines Weiß gestrichen, von innen und von außen. Im Traum. Ich musste mich bücken, um durch die winzige Tür zu passen. Und innen war mit Kohle eine Nachricht für mich in die Ecke gekritzelt: *Ich bin dein Kind! Warum hast du mich nicht geboren!*
Ich würde dich gebären. Wirklich. Mit allem, was dazugehört. Wenn ich zum Beispiel, wie in dieser Doku, in einer mongolischen Horde leben würde. Dann würde ich dich gebären. Um uns herum ein Stamm aus Kriegern. Du würdest Reiten lernen und Jagen, Prinz der Steppe sein. Ich würde vor der Hütte sitzen und dir aus Fellen ein neues Gewand nähen mit groben Nadeln. Und du würdest mit der Sonne aufwachen und mit ihr zu Bett gehen, die Vögel am Gesang erkennen und einen Adler und einen Fuchs als Freunde haben, sie würden zu dir kommen, freiwillig, und nicht weil man sie bezwungen

hat. Und ich gebäre dich nicht, weil dein Vater ein dämlicher Sack ist. Warum braucht er nur so lange? Wo ist er gerade, dein Vater?
Ich will, dass wir die Welt sehen und die Meere, wie Kinder der Ozeane, der Berge, der Wälder, der Großstädte, der Steppen – und nicht ein Elterncasting durch Berlins Kindergärten inklusive Bestechungsaktionen durchlaufen müssen, nur damit man dich dort aufnimmt. Und dich nicht auf eine Schule schicken, aus der du ohne deine neuen Turnschuhe weinend nach Hause kommst und wo beim Elternabend die hohe Quote ausländischer Kinder als Problematik durchgekaut wird, und wo dein Vater und ich nicht wissen werden, was tun mit den suggestiven Blicken in unsere Richtung. Und wo dir irgendein schlecht erzogenes Kind in deinen Hefter schmiert: *Death to all the Juice! Tod den Zitronisten!* Und ein anderes fragt, ob du Jude bist, weil es seine Eltern gesagt haben. Und du nicht wissen wirst, was du antworten sollst, weil der vielleicht Moslem ist oder ein Fascho, und beide gleichermaßen vielleicht nicht aus reiner Neugierde fragen, sondern …
Es ist ein Luxus, seine Herkunft verschleiern zu können. Ich kann es. Und du wirst es auch können. Sodass man dann nur sagen kann: ›Hey, das ist doch der kleine Junge, der so lustig in Reimen spricht.‹ Oder: ›Schau mal, jetzt kommt er immer in diesem Anzug zur Schule. Und was der manchmal so sagt! Wo nimmt er das bloß her?‹ Aus dem Universum! Direkt. Wie Gavroche wirst du sein. Wie ich. Kindersoldat mit Überzeugung inmitten einer wütenden Rebellion der Liebe gegen die Dummheit und den Starrsinn. Vielleicht wird man dich für einen Italiener halten wollen, vielleicht auch für einen Skandinavier. Je nach dem, wessen Gene aus deiner Vielvölker-

Hokuspokus-Holocaust-Familie gewinnen. Aber du, mein Kind, wirst das Kind der Sterne sein. Woher ich bin, errät auch keiner … Frankreich, sagen die meisten, wegen der Sprachmelodie. Weil ich die Worte singe, die Vokale in die Länge ziehe. Auf Russland kommt niemand, wenn man das R nicht rollt. Timur rollt das R.
Ich wasche meine Haare mit dem Shampoo, das er mag.
Im Netzwerk gibt Fili über eine Statusmeldung ihr momentanes Innerstes preis: Eine ausgeblichene Fotografie von vier Menschen in verschmierten Metzgerschürzen. Drei Männer, eine Frau. Wie aus einem amerikanischen Kettensägen-Massaker-Film sehen die aus. Hinter ihnen der Kadaver eines Schweins. Breitbeinig an den Hinterläufen aufgehangen und in der Mitte zersägt. Die groben Menschen lächeln leicht in die Kamera.

Izy Lewin:
oh no, not the German swine again
Filia Fasbender:
doooooch. ich will metzeln. kommste mit?
Izy Lewin:
naja, ich bin mit den Russn, und dit sin doch die SSler, oda täuscht das nur?
Filia Fasbender:
täuscht. preußen, 1904.
Izy Lewin:
wollte gerade sagen, ein Krieg früher. die lieben Eltern sozusagen …

Und es macht *pling*, und ich sehe, dass ihr der Kommentar gefällt.

5

(DU BIST)

Mittwoch. 14:00 Uhr. Noch Zeit. Eine Stunde noch bis: Beine übereinanderschlagen, aufrecht sitzen, ›Aha‹ sagen und ›Ich verstehe‹. Reden will er. Was will er schon reden. Die Luft riecht wie frisch gewaschen, ein leeres Café an der Ecke, die Sonne scheint, und der Tisch schräg links ruft mich. Ich muss trinken. Vielleicht lässt sich Marcs bekackte Replik dann leichter ertragen. Und in der Sonne trinken ist erst recht hervorragend. Mitten am helllichten Tag, während all die anderen um einen herum in ihren Läden herumstehen oder irgendwohin eilen und bis Sonnenuntergang nicht zur Ruhe kommen werden. Die Münzen in der Manteltasche ergeben zusammen einen Betrag von fünfzehn Euro zwanzig. Wer weiß schon, wie lange noch. So alles. So überhaupt. Hoch lebe er mit mir, der unangebrachte Lebensstil.

Du wirkst auf mich wie ein Schluck besten Cognacs, wenn man in der Kälte steht, hast du im Winter zu mir gesagt. Und deine Augen geschlossen und deinen Körper neben meinen gelegt.

»Einen Weißwein hätte ich gern.«

»Chardonnay?«

»Was haben Sie denn so da?«
»Chardonnay.«
»Naja, dann den.«
Der Wein schmeckt sauer und kostet vermessene fünf fünfzig.
Ich trinke ihn trotzdem aus. Auf dich.
Immer sehe ich dir nach, wenn du aufstehst, dir deine Zigarette anzündest, dich verabschiedest mit einem Soldatensalut. ›Tschüss, Malýsch‹, sagst du immer, ›auf ein Baldiges‹, und vor mir stehen die halb leeren Getränke.
Und ich wiederhole deine Geste, wenn du gehst, einfach um zu fühlen, wie es ist. Und sehe dir hinterher, bis du abbiegst und verschwindest. Als wärst du nie dagewesen.
Die Welt verschiebt sich schon ein bisschen. Jetzt kann mir Marc alles erzählen. Jetzt kann ich sogar lächeln.

—

Alle Theater riechen gleich.
Grau ist es, und groß. Kleiner, schäbiger, nach Schweiß und Kunst und ein wenig nach Leder riechender Diensteingang.
Ich bin jetzt doch etwas zu klar, muss nachlegen. Sonst isser gleich hin, der schöne Tag. So gut ist der Tag gar nicht. Aber immerhin nicht schlecht. Immerhin habe ich geschlafen und nicht ständig in meinen Rechner gestarrt, ob du da bist.
»Hallo«, sagt der Pförtner grimmig.
»Hallo«, sage ich.
Rote, zerfurchte Nase. Rot unterlaufene Augen. Steht das eigentlich so in den Jobanforderungen? *Suchen dringend einen Pförtner! Alt und alkoholkrank sollte er sein … permanent schlecht gelaunt ist auch sehr willkommen.*

»Wo ist die Kantine, bitte?«
»Hier durch, dann rechts, und zweimal links. Durch die Glastür.«
Durch, dann rechts, und zweimal links, durch die Glastür. Und die normalen Menschen arbeiten jetzt immer noch ein paar Stunden. Und ich stelle mir jetzt noch einen rein.
»Einen Weißwein und einen Kaffee, bitte.«
»Sind Sie vom Haus?«
»Ab jetzt schon.«
»Vier Euro zwanzig.«
Auf dem Tresen liegen Zeitschriften, Rezensionen gespielter Stücke. Ich greife wahllos zwischen die Zeitungen. Immer noch eine halbe Stunde totzukriegen. Irgendwas lesen.
Warum vergeht die Zeit ohne dich so schleichend, und mit dir rennt sie weg, rennt so furchtbar schnell davon?
Die kleinen Buchstaben vor meinen Augen verschwimmen zu einem grauen Wirrsinn, während am Nebentisch eine ausgediente Schauspielerin, eine mit unkündbarem Vertrag, exaltiert und anschaulich mit Beispielen und Zitaten untermalt, einem jungen Kollegen, kaum zwanzig, erklärt, wie man die Julia spielt. Und auch den Romeo gleich dazu.
Während sie seine Hand tätschelt und mit ihrem Gesicht dem seinen sichtlich zu nah kommt – ihr eigenes Alter hat sie vergessen, glaubt, auch immer noch zwanzig zu sein, weil ihr inneres Mädchen das so fühlt – sieht er ihre Hülle und versucht, ihr durch gekonnte Blicke mitzuteilen, dass sie, und nur sie, glaubt, dass da noch ein Mädchen drin ist in ihr. Julia, meine Julia. Schlaf mal mit einer sechzigjährigen Julia, wenn du gerade dabei bist, die Zwanzigerhürde zu überspringen. Er wird heute be-

stimmt noch davon träumen, wird sie sich küssend und beim Liebesakt vorstellen. Angenehm oder nicht, testen wird es sein Gehirn trotzdem.
Das, was in der Jugend durchgeht, muss man im Alter anders verpacken. In Geld oder Geist. Körper? Nicht mehr gut. Traurig. Trauriger welkender Körper.
Wie meine Großmutter. Sie schrumpft dahin wie eine Rosine, die einst eine Traube war.
Zwei von Staschas Tänzerinnen kommen herein.
»Hallo!«, winke ich ihnen zu.
»Hi«, winken sie zurück, ihr ›Hi‹ zieht sich als langes Glissando mindestens eine große Terz abwärts. Die Mädchen drehen sich zum Tresen.
Kaffee. Mit Sojamilch. Ohne Schaum bitte. Zum Mitnehmen. Danke. Die haben kein Problem mit Körper. Die können noch lange die Hunde hinter sich herrennen lassen.
Vierzehn Uhr dreißig.
Marc. Komm bitte in die Kantine! Ich bin hier. Iz.
Ich bin auch da, im hinteren Raum, antwortet er.
Marc allein im Raucherbereich, liest *Theater heute*. Da ist eine Kritik über sein letztes Stück drin. Er sieht nicht erfreut aus.
»Hallo Marc«, ich setze mich ihm gegenüber, er legt langsam und überheblich seine Lektüre beiseite.
»Guten Morgen, Izy«, sagt er ernst. »Ich muss mit dir reden«, sagt er und schaut sich um, ob niemand kommt.
»Jaja, das hatte ich schon verstanden«, sage ich.
»Es ist so, Izy …«, er fährt sich mit der Hand durch seine verklebten Haare, diese immerzu schmierigen Haare, weil er sich ständig mit seinen krampfigen Fingern darin rumfummelt. »Ich spüre …«, sagt er und stützt seine Hand auf sein Knie, schaut nach unten, als wäre ihm die-

ses Gespräch etwas unangenehm, als hätte ich ein böses Bähbäh gemacht und er müsste mir jetzt die Leviten lesen. Als täte es ihm ja mehr weh als mir. »Ich spüre da eine latente sexuelle Energie von deiner Seite, und kann das nicht gebrauchen im Arbeitsprozess.«
»Bitte was spürst du?!«
»So wie ich sagte«, er sieht mich wieder so an.
Will er mir irgendwas in das Hirn eingravieren mit dem Blick? Was ist das jetzt?! Habe ich Dinge getan ohne geistige Anwesenheit? Ich überprüfe das gern – wir sind uns bislang genau zwei Mal begegnet. Das erste Mal war in einem Restaurant, Zufall. Er setzte sich an meinen Tisch. Er an meinen. Nicht umgekehrt. Fili war da und einer ihrer Kollegen. Die einzige sexuelle Energie, die er dort wahrgenommen haben könnte, muss er geträumt haben. Hat sich vermutlich vorgestellt, wie wir miteinander ins Bett gehen, Fili und ich, weil sie mich immer so anfasst. Und das zweite Mal war auf der Filmpremiere dieses einen … vergessen wessen. Er mit Frau – schaut her, schaut her, alles perfect harmony. Ich hab es doch geahnt, dass so was kommt. Hab mich doch schon da nur auf seine Frau konzentriert, bestellte ihr Drinks, öffnete die Tür, Smalltalk, diesdas – das volle Ich-bin-nett-zu-dir-Baby-Programm. Wenn *sie* was von sexueller Energie erzählen würde, könnte ich's verstehen. Will er mich verarschen gerade?! Wahrscheinlich hat mich Marcs Schwanz für diese Produktion angefragt, gar nicht sein Hirn. Und die beiden kooperieren schlecht.
Er lehnt sich zu mir vor, und ich kann seine klamme Haut und das Eau de Cologne riechen.
»Ich möchte dir vorschlagen, mit mir essen zu gehen«, flüstert er, und wieder sieht er mich so an, »ich kenne ein sehr gutes und diskretes Lokal. Mit Hotel. Was sagst du,

Izy?«, er legt seine kleine feuchte Hand auf meine. Ein paar Speicheltropfen fliegen in mein Gesicht, während er mir seinen Vorschlag unterbreitet. Du lehnst dich vor, und traust dich diese Sätze vorzutragen?! Was zur Hölle glaubst du nur, du verkackter ... Das ist also dein Vorschlag für eine fruchtbare Zusammenarbeit ...
»Ich werde jetzt so tun, als hätte ich nicht verstanden, was du meinst, und sobald ich aufstehe und gehe, hat das hier nie stattgefunden, Marc«, sage ich, so ruhig ich kann, sehe ihn jetzt auch so an. Mal sehen, wer zuerst wem was in den Schädel brennt.
»So?! Na wie du meinst ...«, er zieht seine Hand zurück. »Dann denke ich, ist es für die Produktion das Beste ...«, er streicht erneut über seine aaligen Haare, »ich werde die Proben so legen, dass wir einander nicht in die Quere kommen.«
Was passiert hier gerade? Er wird jetzt wahrscheinlich nach der Kränkung seines von Gott-weiß-was gestärkten Egos auch noch allen erzählen, dass ich ihn angemacht hätte und er genau deshalb, aus seinem, hey, ja schon väterlichen Verantwortungsgefühl heraus, wird er sagen, die Proben teilt, um mich zu schützen vor meinem wilden Verlangen. Und schon wäre sie im Keim erstickt, meine noch nicht vorhandene Reputation. Das läuft ja fantastisch.
»Gut«, sage ich.
Was soll ich ihm da erklären, wenn sein Kopf ihm so Streiche spielt?! Das muss ein Arzt machen, nicht ich. Und schlage die Beine übereinander, wie ich es mir vorgenommen habe, verschränke dazu noch die Arme. Das macht ein hübsches Dekolleté – hier! Zieh's dir rein, du Knilch.
»Dann lass uns zu den Verträgen kommen. Ich hoffe, du

hast sie dabei«, sage ich. Einen kleinen verschrumpelten Penis hast du bestimmt, so einen, der sich vor dir in die eigene Vorhaut verkriecht. Und kriegst deine eigene Frau nicht in Griff. Und ich muss jetzt ausbaden, dass er dir steht, wenn du mich siehst?!

»Nein, habe ich nicht. Hole ich jetzt aber, sind im Büro oben. Bei der Verwaltung.«

»Na dann. Ich bin hier. Stascha kommt auch gleich zum Unterschreiben.«

Er geht. Ich wische die Spuren seiner feuchten Berührung an meiner Hose ab.

Wie läufst du denn bitte, Marc?! Wie ein scheiß Gorilla zur Brunftzeit. Napoleon-Syndrom. Kaum größer als ich. Ich dachte immer, Männer über vierzig werden besonnen, aber anscheinend bleibt alles, wie es ist. Wenn man ein Arsch ist, bleibt man ein Arsch. Wird nur ein älterer Arsch. Wie ich mich freue auf unsere gemeinsame Arbeit.

Die Tür öffnet sich, mit schnellen kleinen Schrittchen kommt Stascha auf mich zu.

»Das Lächeln kannst du gleich sein lassen. Unser großartiger Regisseur hat mir gerade eröffnet, dass zwischen uns eine derartige sexuelle Energie herrscht, dass er die Proben ohne mein Beisein machen will.«

»Was?! Wie soll denn das gehen?«, sie starrt mich an und setzt sich, ohne hinzuschauen. Glücklicherweise stand da gerade ein Stuhl.

»Für die erste Zeit wird es gehen, da sind wir ja eh allein. Aber danach, mein Liebes, musst du den allein ertragen. Ich habe dann sozusagen sexuelles Hausverbot. Ist das nicht schön?! Sag aber nichts dazu, soll er doch seinen Scheiß abziehen. Ist mir egal. Er kommt gleich wieder mit den Verträgen. Hauptsache wir unterschreiben jetzt endlich. Ich habe alle Gigs abgesagt. Sollen mich nie wieder anrufen, hab ich gesagt. Das muss jetzt werden mit dem Quatsch hier.«

Der Sexgott kommt mit einem Stapel Papier zurück, alles in doppelter Ausführung. Ich überfliege die Zahlen.

»Ihr könnt das durchlesen und unterschreiben. Bringt's dann bitte wieder hoch, ins Büro. Hallo Stascha.«

Ganz so, als wäre nichts gewesen, ganz geschäftig und resolut benimmt er sich jetzt.

Stascha nickt. Ist ganz fassungslos, hat ihr die Sprache verschlagen.

Marc geht ab. Toller Auftritt. So insgesamt.

»Jaja, bla, sexuell hin und her ... Ich fasse meine Freunde gern an, das wissen doch alle!« Ja, ich küsse sie, und ich quetsche sie bei jeder Umarmung, und ich berühre gern Hände, Beine, Schläfen, Gesichter. Oft. Einfach, um mich zu vergewissern, dass sie real sind.

»Ich bin wie eine Kuh.«

»Was meinst du?«

»Dass sie raus muss aus mir, die Liebe. Wie bei der großen netten Kuh die Milch halt. Wenn sie keinem davon abgeben kann, platzt sie«, sage ich. »Aber Marc, so viel steht fest, ist vor meiner ›sexuellen Energie‹ ganz gewiss sicher. Jedoch ...«, sage ich, und verweise auf mein Vererbt-ihr-Jazzer-euch-die-Klamotten-gegenseitig-Outfit, »wer soll da widerstehen? Was will man tun ...«

»Unterschreiben wir?«, fragt Stascha leise.

»Ja, na klar«, sage ich, »was sonst. Ist doch alles schon fast fertig jetzt. Und meine Jungs kriegen das auch ohne mich hin, steht ja alles in den Noten.«

»Na gut, wenn du meinst ... Was machst du da?!«

»Nichts. Warte.«

Eine Gabel ist kein gutes Gerät, um sich in die Haut

zu stechen. Viel zu stumpf. Aber wenn man will, geht alles.
Ich klopfe den mit Strenger und Lewin unterschriebenen und mit meinem blutigen Fingerabdruck besiegelten Pakt zu einem bündigen Stapel, gebe ihn in Staschas kleine Hände.
»Du bringst das ins Büro? Wir treffen uns auf der Bühne.«
»Okay«, sagt sie leise und geht mit ihren kleinen Schrittchen davon.
Scheiße. Das wird nicht gut. Das wird genauso nicht gut wie damals, als alle nach Israel ausreisten. Die Israel-Verlockungen – man kann im Meer einfach liegen! Oben drauf! Wow! Als meine Eltern zu Freunden vor deren Abreise gingen, mit einem Spielzeuggewehr aus Holz mit der israelischen Flagge drauf, da habe ich es auch gewusst. Gleich gewusst: Das konnte nicht gut sein. Und als die gleichen Freunde dann wiederkamen und ich zum ersten Mal eine Kindergasmaske zu sehen bekam, das Gegenmitbringsel für meine Eltern, bestätigte sich, dass ich ein ziemlich gutes Gefühl habe für solche Dinge.
Wo sind die denn immer alle, diese magischen Helden, die zu Hilfe kommen, wenn einem bitter und bang ist? Wo ist *Das Gute siegt, das Böse wird bestraft*-Ding?! Wo ist der ganze Kram? Wo ist der kack Ritter, der Marc für sein unflätiges Benehmen in einen fensterlosen Kerker sperrt, bis er brav ist und vielleicht wieder raus darf zum Spielen?! Aber nein. Nichts. Stattdessen: Du bist so, ich bin so, du machst dies, ich mache das, manchmal versuchen wir es zusammen und stellen doch fest, dass alles eine Frage der Wahrnehmung ist, und während du dieses empfunden hast, empfand ich jenes, dann versuchen wir

wieder mit Worten und Erklärungen einander entgegenzukommen. Und es gibt Pläne und ein Soll zu erfüllen, ein Gesicht zu wahren. Und mich juckt es oft in den Fingern, so ein Gesicht zu prügeln, bis es so richtig blutet. Ein diskretes Hotel. Meine Festplatte zumüllen. Mit so was.

—

Auf der Bühne steht der Flügel. Ein Fazioli. Der Klavierstimmer hat noch zu tun, ich setze mich in die dritte Reihe. Er ist fertig mit Nachziehen, er beginnt zu spielen. Revolutionsetüde.

Sein Körper wiegt sich wie in Trance, er meint es mit der Revolution wirklich ernst – noch ein bisschen mehr, und irgendetwas geht kaputt. Er sieht aus wie Nosferatu an der Orgel, setzt die letzten Töne zielsicher auf ihre vorgeschriebenen Plätze – Schluss, Nosferatu hat den Körper des Mannes wieder verlassen, er sinkt in sich zusammen, löst seine Finger langsam von den Tasten und sitzt still da.

Er sieht aus wie alle Klavierstimmer – Klavierstimmer sehen nicht aus. Typ Busfahrer oder Heizungsinstallateur, schütteres Haar, hinten zu einem dünnen Pferdeschwanz zusammengebunden, ein ausgewaschenes T-Shirt mit dem Aufdruck *Beck's*, graue Cargo-Hose, Wanderschuhe. Jetzt aufspringen, laut Bravo schreien, applaudieren – dann erschrickt er bestimmt und rennt davon. Beim *Discovery Channel* würden sie sagen *Nur wenn man ganz still ist, lässt sie sich gut beobachten, die scheue Natur dieser nicht allzu possierlichen Gattung. Sie kommen allein, sie arbeiten allein, und sie gehen einsam wieder ihres Weges.*

»Hallo«, rufe ich ihm zu, hebe meine Hand. Ganz vor-

sichtig, um das scheue Geschöpf nicht zu verschrecken.
Er ist sichtlich irritiert. »Ja, ich bin dann fertig jetzt«, sagt er, seine Stimme versagt, er räuspert sich.
Ich laufe zur Bühne.
»Sie haben fantastisch gespielt! Wirklich schön. Ist das Teil jetzt bereit?«
Ha! Es scheint meine Sprache nicht zu verstehen.
»Wirklich schön. Ist das Teil jetzt bereit?«
Wieder nichts. Er schaut mich nur fragend an.
Dritter Anlauf: »Izy mein Name. Ich bin die musikalische Leiterin des Balletts. Ich meinte, ob jetzt alles sitzt bei dem Gerät?!«
Ich will ihm doch nur ein freundliches Gesicht entlocken. Klappt aber nicht. Er traut mir nicht, kleine komische Frau, denkt er bestimmt, während ich ihn dämlich angrinse und mich freue, gleich selbst den Instrument-Everest zu besteigen.
»Also ich denke«, spricht der ernste Mann, »es hat jetzt alles seine Ordnung. 440 Hertz, alles einwandfrei.«
Einwandfrei ist hier gar nichts. Du bist wieder in meinem Hirn. Keine Nachricht.
»Danke schön«, sage ich, und er packt sein Werkzeug und verlässt in traurig gebückter Haltung, als wäre im Boden ein ungeheuerer Magnetismus, die Bühne in Richtung der dunklen Regionen, dorthin, wo die Techniker wuselnd und einander Nummern und Buchstaben zurufend ihrer Arbeit nachgehen.
Et voilà – der Grund, warum ein Mann mit Talent gerade hier mein Klavier gestimmt hat und nicht auf den Bühnen der Welt konzertiert. Es ist ja kaum möglich, ein Gespräch mit ihm zu führen. So werden keine Superstars gemacht. Wagner, Mozart, Beethoven, Liberace – alle-

samt merkwürdig, Exzentriker, Choleriker, ohne jeden Zweifel etwas tralala, aber eben schillernd tralala.
Das hier war aber eher so ein Kasper Hauser, Inselbegabung. Ganz nach innen hat er sich verkrochen, so wie Marcs Penis, so sehr hat ihn die große komische Welt verschüchtert. So einen kann man in keine Fernsehshow schicken. Und das soll ja wohl bitte schon möglich sein, wenn sie dich vermarkten, dein fröhliches Gesicht und gelungenes Image für Product-Placement von Apple, Rolex, Coca-Cola verwenden wollen, Big Hyperdeals, wichtige Giga-Kampagnen, während wir alle als riesige wimmelnde Sinnlosigkeit ganz ruhig auf einer Kugel im Weltall hängen.
»Verzeihung!? Hallo?« Irgendwo da in der Tiefe des Saals muss ein Tonmeister sein. Ich kann ihn nur ahnen, nicht sehen, weil der Spot mir die Augen ausbrennt. »Ich würde jetzt gern mit dem Soundcheck beginnen. Geben Sie mir bitte den Raumklang unverändert auf die Monitore, ja?«
»Jooh, Mädschn! Machnwa allet gleich. Nur die Ruhe«, ruft es zurück.
Irgendwas raschelt, der Flügel glänzt in frischem Lack, über mir Traversen, Licht, Licht, Licht. Ich warte.
»Sooou … is jetze an, die Anlage. Spiel ma wat.«
Spiel ma wat. Wir sind ganz offensichtlich nicht bei Tschechow. Da nämlich hätte der Mann gesagt: Fräulein, könnten Sie sich eventuell jetzt dazu ermuntert fühlen, ein paar zarte Tönchen hervorzubringen? Aber nein. Spiel ma wat. Hier haste, Keule, Bach, Prelude BWV 847, eat this …
Das Instrument ist brav. Klingt wie ein junges Pferd. Dämlicher Vergleich. Wie ein glitzernd donnernder Regenbogen aus dem Elfenabenteuerland vielleicht.
Die Tänzer kommen auf die Bühne, fangen an, sich zu dehnen.

Hinter dem schwarzen Vorhang kommt auch Stascha hervor, verheddert sich, schafft es aber, das Hinfallen abzuwenden, stellt sich neben mich, blättert beiläufig in meinen Noten herum.
»Izytschka, wir arbeiten doch heute zu deinen Aufnahmen, ja?«
»Ja. Das meiste schon. Nur das Adagio würde ich spielen.«
»Okay … Dann lass uns doch gleich damit anfangen«, sie faltet die Hände.
»Wie lange brauchen deine Schwäne noch?«
Sie lacht.
»Schwäne! Wie lange braucht ihr noch?!«
Von den Tänzern kommen verschiedene Zeitangaben, und man einigt sich auf eine Viertelstunde.
»Izy, sag mal, können wir uns nachher kurz treffen? Also nichts, was mit Arbeit zu tun hat, nur mal so …«
»Natürlich. Ist alles gut?«
»Ja … also nein … ich erzähle es dir dann, okay?«
»Gut.«
»Ach so: Und ich habe so Salat gemacht, mit Brot und Mayonnaise, Huhn, Käse und trockenen Pflaumen! Isst du so was?«
»Ich esse tendenziell alles, weißt du doch.«
»Sehr gut! Habe ich ganz viel gemacht, für dich!«, Stascha klatscht vor Freude in die Hände, wie ein dressierter Seehund. »Weil du immer dünner wirst.«

—

»Sehr gut«, schreie ich zwei harte Stunden später zu Stascha in den Saal, »funktioniert doch«, schreie ich, und dass ich sie später anrufe und dass sie ihren Salat meinen Musikern anbieten soll, wenn sie kommen. Die würden

sich freuen. Sie sollten sich bitte mit dem Techniker begnügen, wissen ja, wie alles funktioniert.
»Ich mach noch ein, zwei Stunden«, sagt sie, würden uns ja gleich treffen.
»Ist gut«, sage ich.
Die Tänzer stehen in Grüppchen und unterhalten sich über die einzelnen Hebungen, Sprünge. Im Vorbeigehen streichen mir manche von ihnen lobend über den Rücken, danke, sage ich, danke schön, ein Lächeln hier, eins dort, ich bin außer Sichtweite. Auf der Probebühne praktiziert man gerade Gemeinschaftsyoga, bevor dann zusammen darüber sinniert wird, wie man den Weltschmerz möglichst wirkungsvoll und appetitlich auf die Bretter zimmert.
»Auf Wiedersehen, junges Fräulein! Schön sehen Sie aus«, sagt der Pförtner.
Das muss Ironie sein. Aber wer weiß, für alte Männer sind vielleicht alle jungen Frauen schön, da geht's auch mal ungeschminkt und in ausgeleierten Trainingshosen.
»Auf Wiedersehen«, sage ich. Und dass gleich ein paar verwirrt aussehende Jungs kommen, Musiker, leicht zu erkennen am Instrumenten in der Hand. »Sagen Sie denen bitte, ich bin weg, ja? Sie sollen sich technisch einrichten, Soundcheck machen, ma wat spielen«, sage ich.
»Kein Problem, junge Dame! Wird jemacht!«
Prost.

—

Die frisch gewaschene Luft war wieder gut zu mir. Ich bin fast so etwas wie glücklich gestimmt. Fast will das Leben mir Spaß machen. Fast macht es mir Versprechungen.

Wie ein Häufchen Etwas sitzt sie jetzt da. Ein kleines, liebes Häufchen Stascha.
»Na gut, komm«, sag ich, »gehen wir zu Aki. Ist ja auch Abendbrotzeit, und du musst ja immer essen.«
»Ich muss *immer* essen, ja«, lächelt sie, während ihre Augen mal wieder schauen, als würden sie vor Überwältigung explodieren bei allem, was sie erblicken. »Dreimal am Tag«, sagt sie, »ist eigentlich ganz üblich so.«
Ich muss nie essen. Komisch. Ich erinnere mich daran, dass ich es müsste, wenn mein Magen anfängt sich zusammenzuziehen. Tagelang habe ich schon nichts gegessen, und nichts, keine Probleme. Ich bin gemacht für die Dürre, für das Herumgeführtwerden in der Wüste, für das Überleben. Wüstenvolk-Gene.
Das Leuchtschild von Aki ist aus. Sommerrollen, Algensalat, Set 1 bis 27, Miso Sake, Yakitori. Zu jedem Gericht gibt es ein Foto. Und wenn es schon dunkel wäre, würden die Bilder leuchten im dem Schaukasten.
Wir nehmen unseren Stammtisch. Sind die einzigen Gäste auf der Terrasse. Stascha völlig aufgelöst. Vor lauter Nervosität zappelt sie sowohl mit ihren Füßen als auch mit den Händen herum.
»Okay, Stasch«, sage ich, »let your shit run wild.«
Und sie beginnt. Und erzählt, sie sei jetzt in einer massiven Krise. Seit drei Monaten schon. Und ich solle nicht lachen. Und ob ich denn an Gott glaube. Und an ein Leben danach.
»Sitzen wir deshalb etwa hier? Wegen des Lebens danach? Seriously, Stasch?«
»Ja … auch …«
»Bitte, hör auf zu zappeln.«
»Okay«, sagt sie und verknotet jetzt die Hände zur Sicherheit auf dem Tisch.

»Also ich hab immer an ein Leben nach dem Tod geglaubt«, sagt sie. »Und eines Tages wache ich auf und hab plötzlich verstanden, dass es das alles gar nicht gibt! Dass wir einfach leben und sterben. Das war's. Dass ich irgendwann nicht mehr bin. Und auch gar nichts von mir übrig ist ... Diese Erkenntnis!«, die Augen könnten nicht größer werden, gleich explodiert was.

»Hm«, sage ich und presse meine Lippen so stark zusammen, dass es wehtut, um nicht den Hauch eines Lächelns zuzulassen.

»Hat mir völlig den Boden unter den Füßen weggerissen! Und dann habe ich mir versucht vorzustellen, *warum* es dann *überhaupt* alles gibt ...«

»Es gibt alles, weil alles voneinander abhängig ist. Ist nicht sofort ersichtlich, die vielen Formen sind verwirrend. Vielleicht, damit es noch Bock macht, zu leben, damit man nicht gleich dahinterkommt, dass alles eh nur eins ist. Oder vielleicht auch Null. Wenn man Nihilist ist. Und das, was du da machst, ist ungefähr so, als würde sich die Ameise, die da unten läuft mit ihrem Brotkrümel, ernsthaft so eine Frage stellen. Das Sichtfeld ist doch viel zu klein, um irgendetwas zu begreifen. Wenn es denn da etwas zu begreifen gibt.«

»Du rauchst schon wieder ...«

»Ja. Wieder.«

»Das sollst du nich ... das ist schlecht ...«

»Schon gut. Weiter ...«

»Der Gedanke also, dass ich nicht mehr bin, so gar nicht mehr, war jedenfalls ganz ganz schrecklich ... Und dann dachte ich mir: Na gut, dann stirbt man eben, Tiere könnten einen essen, verdauen, man wird als Abfallprodukt eins mit der Erde, Käfer kommen, Fliegen ... alles wird zersetzt – und dann ist man ja doch ganz weg! Dann bleibt *nichts* mehr von einem?! Ich hatte mich sogar schon damit angefreundet, als Bakterium weiterzuleben, nur um nicht durchzudrehen ...«

»Hm.«

Was Besseres als ›Hm‹ fällt mir dazu nicht ein. Ich hätte nicht vermutet, dass gerade Stascha so vehement am Leben festhält – Stascha, die keinen Alkohol trinkt und immer pünktlich um elf im Bett liegt und niemals ja sagt, wenn ich sie aus ihrer Komfortzone rausziehen will in die Nacht, zu den komischen Gestalten.

»Ja ... wie siehst du denn das? Wonach lebst du?«

Ach, weißt du, Stasch, ich rechne selber gerade damit, dass ich ziemlich bald austicke, scheint mir keine gute Antwort in Anbetracht ihrer Verwirrtheit.

»Mein Gehirn ist ein recht amüsanter Geselle«, sage ich, »langweilig wird es da nicht. Und Ekstase, weißte?! In Ekstase ist der Aggregatzustand des Menschen der ursprünglichste ... glaube ich ... meiner zumindest. So in etwa.«

»Verstehe. Und du hast wirklich nie an Wiedergeburt geglaubt? Niemals?«

»Glaubst du, je öfter du fragst, desto mehr verändert sich meine Antwort?«

»Naja ...«

»Stasch ...«, ich rauche gleich die Nächste. Diese Fragen, die mich immer zwingen, mir über Dinge Gedanken zu machen, auf die ich im Traum nicht käme, »verändert doch nichts, ob es hypothetisch einen Neuanfang hinter der Grenze des Erfassbaren gibt. Führt höchstens dazu, dass man weniger den Drang verspürt, noch lebendig, im ersten Durchlauf, alles Wichtige erledigt zu kriegen ... Und wie konntest du denn bitte überhaupt so vehement und hingebungsvoll an dem Gedanken festhalten, wie-

dergeboren zu werden, wo es doch so gar keinen Anhaltspunkt dazu gibt?!«
Sie zuckt mit den Schultern.
Wenn wir wiedergeboren würden und es Einfluss auf uns hätte, dann hätten wir ja Erinnerung an etwas, von vorher. Ein nutzbares Wissen oder so. Aber es ist doch immer alles von Null. Also spielt es auch gar keine Rolle, *ob* und *wie* und *als was* man noch mal wiederkommt, angenommen, es gäbe sie denn tatsächlich, diese Wiedergeburt.
Stascha ist traurig. Denkt nach. Guckt nach rechts, guckt nach unten, guckt verächtlich auf mich, die gerade tief an der Zigarette zieht.
»Wusstest du schon mal etwas einfach so, ohne es selbst erlebt oder gelernt zu haben, Stascha?!«
»Nein ...«
»Also irrelevant, ob du zum ersten Mal lebst oder zum fünfzigsten. Musst du schon selber finden, in dir, deinen Glauben, Wiedergeburt hin oder her.«
Und wenn du es dann hast, rede lieber nicht zu laut drüber. Die Menschen haben sich da ganz komisch. Man hängt schon mal ganz schnell am Kreuz. Wie der vorlaute Sohn. Ist ja auch zu erwarten, wenn ich ständig durch die Gegend spazierte und von mir gäbe ›Ich hab's so was von raus, alles verstanden, und jetzt zeige ich es euch allen. Und woher ich das weiß? Von Gott persönlich! Er persönlich zeugte mich übrigens auch. Und nicht irgendein Handwerker‹ – und nun kriegte er die Wahrheiten direkt ins Ohr geflüstert. Keine Strategie, um Sympathiepunkte zu sammeln. Eher ein paar aufs Maul früher oder später. Als er ›Ja, ich bin der Sohn Gottes, aber ihr auch, ihr auch‹ einschob, war es dann irgendwie zu spät.
Alle haben sie Blut an den Händen, die dich belehren wollen. Alle.

»Du sieht zornig aus, Izy. Was ist denn mit dir?«

»Alles gut, Stasch. Gib mir mal den Aschenbecher.«

»Die is nich aus. Das stinkt.«

»Is ja gut«, sage ich und verbrenne meinen Fingernagel an der Glut. Das riecht noch schlimmer.

»Das Einzige, was du hast, Stasch, ist das *Jetzt*, das Einzige, was übrig bleibt, ist das, was du jetzt erschaffst. Und nicht einmal das ist sicher. Zwanzig *Ave Maria* gegen Betrug, tu dies und jenes und reinkarniere als Schmetterling, tu das Gegenteil, und ein Leben als Kot ist dir sicher. – Alles schön und gut, und ich bin ja dafür, dass alle wissen, was für fantastische Geschichten man sich früher ausgedacht hat, als keiner lesen und schreiben konnte. Da war ja der einzige Sehende unter den Blinden weit im Vorteil, konnte ganze Horden gutgläubiger Blinder ganz easy zähmen mit seiner eigenen Vision von dem, was die Welt im Innersten zusammenhält,. Der so, in so 'nem Duktus wie die Boxansager: ›Passet auf, Menschen! Warum, Menschen, glaubt ihr, dass das HERZ als einziges Organ keinen Krebs bekommen kann!?‹ Und alle so ›Öhm, keine Ahnung, sag es uns, sag es uns‹. Und der: ›Weil GOTT … darin wohnt!‹ – Hübsch, nich? Dass man generell in den Muskeln keinen Krebs bekommt und das Herz dazugehört, war irgendwie uncool zu erwähnen. Und bis heute zieht sich das genauso durch. Ich meine, bitte sehr, früher gern. Damit die Menschheit nicht irgendwie aus dem Ruder läuft oder abkratzt. Dass man Schweinefleisch nicht essen sollte, weil es in der Wüste verdorben ist und alle plötzlich wegstarben nach dem Abendbrot, wohingegen Rind zu Top-Trockenfleisch wurde. Aber es gibt halt Tripper, Aids und Hepatitis, da will ich in keine Mikwe steigen und unterstelle dem Papst den Willen zum Massenmord, falls er

sich mal wieder gegen Kondome aussprechen sollte. Wir sind nicht mehr in der Wüste! Und die Erde ist keine verdammte Scheibe. Und Rothaarige können nicht zaubern. Was ich übrigens sehr schade finde. Sie gehören abgeschafft, diese Guerilligionen.«
»Oh. Deshalb bist du so böse.«
»Nein. Ich bin nicht böse, Stasch. Ich habe nur die Schnauze voll. Wenn du mir mit Glaube anfängst, naja, dann aber auch ran da. Ist so. Thomas-Evangelium? Ganz geil. Kennste das? Macht nichts, die meisten Christen auch nicht. Die erzählen sich die sicheren vier Evangelien, weil die so schön simple sind. Nach dem Prinzip müsste man an Schulen Max und Moritz unterrichten statt Goethe. Verstehst du? Aber das ist alles eh nur Bildung und Wissen. Das doch nich Gott. Gott gibt einen Kackhaufen auf uns, interessiert ihn einfach nicht, hat viel Größeres zu tun. Wir sind nur Punkte in einem Netz. Koordinaten, Synapsen, die vergehen, erlöschen oder ersetzt werden.«
»Ich dachte, du bist ...«
»Ach komm jetzt, *du bist* ... Was'n?«
»Na ...«
»Nix *na*, Stasch. Okay, das Wer-bin-ich-Theorem: Borsch oder Sauerkraut?«
»Wie meinst du das?«
»Ich meine, was gibt's *zu Hause*?«
»Borsch.«
»So sieht's aus. Man hat mich hier reingelassen, weil ich stellvertretendes jüdisches Blut habe, gut. Und dich, weil deine Vorfahren anscheinend große blonde Wikingertypen waren, obwohl eher der Anblick eines Samowars warme Gefühle in uns auslöst und Oktoberfest und Dirndl dir eventuell sogar etwas Angst machen. Und ich

habe als Kind eine grüne Tanne umtanzt und mit Lametta beworfen und nicht den Siebenarmigen angezündet. Fertig. Und wer sind wir da?! Deutschland erkennt unsere Herkunft trotzdem an, da reicht ein Schein – Anastasia Strenger, Izadora Lewin, willkommen bei uns, ihr ehemaligen Germanen und unbewusst Jüdischstämmigen. Aber die Juden, für die bin ich doch ein *Gar nicht echt*. Falscher Elternteil vom auserwählten Volk. Buhu. Den Russen war ich nicht russisch genug. Judenbrut. Das weißt du doch alles. Das heißt, dein ›Aber du bist doch‹ kannst du vergessen. Ich verstehe zwar nicht, was der Scheiß soll, aber sollen sie doch alle. Was die alle so denken, wer ich bin oder nicht. Und auch du solltest so was lassen. Lass die mal schön mit ihrem Gotteskack weiter ihren Babel-Turm bauen. Alles nur Heldensagen, Abenteuerliches und eine fette Schippe Moral. Diese geilen, wirklich geilen Märchen. Da kann ich aber auch im Namen von Hans Christian Andersen, weil ich so sehr glaube an die Herrschaft der Eiskönigin, die jeden Winter Schnee über uns streut, anfangen, gegen alle, die das nicht so sehen wie ich, Krieg auszurufen. Wer den besseren imaginären Freund hat. Da streiten die sich drum …«

Stascha beginnt nervös in ihrer Tasche zu kramen. War eh schon ganz ermüdet von meinem Anfall.

»Was ist denn los, Stasch?«

»Ach, mir ist was eingefallen. Mist. Muss heute für meine Visumverlängerung Papiere nach Minsk wegschicken, und habe die neuen Passbilder zu Hause vergessen … Ich sehe schrecklich aus auf denen.«

»Glaub ich nicht. Du siehst immer vollkommen in Ordnung aus. Im wahrsten Sinne.«

»Nein. Schrecklich. Ich kann es dir zeigen!«

»Du hast sie doch vergessen?«

»Ja, aber ich kann es dir ja so zeigen«, sagt sie und legt ihre Haare streng hinter die Ohren und glotzt starr nach vorn, mit weit aufgerissenen leeren Augen, als wäre ich die Kamera. »So sieht das aus!«

»Ist doch gar nicht so schlimm!«

»Ja von wegen. Du lachst doch.«

»Jedenfalls, Staschkin: Es ist Zeit für etwas Neues! Größeres. Klügeres. Einheitliches«, sage ich und bringe ihre Haare wieder in Originalzustand, »im Endeffekt ist deine Frage vollkommen unbeantwortbar, denn selbst die, die behaupten, Bescheid zu wissen, haben nicht den leisesten Schimmer. Wir leben alle hier, in diesem Leben, und darüber hinaus hat noch niemand schauen können.«

»Ja, kann sein … Aber wenn man immer dran glaubte, dass man … Ich dachte immer, ich hab noch so viel Zeit.«

»Dachte, glaubte, vertraute darauf, BLA! Vertrauen auf das richtige Wissen der anderen schaltet das eigene Denken ab. Du bist wirklich lustig. Lies mal lieber ein paar andere Bücher als deine ständigen Gehirnverknoter. Und steig endlich ein ins Leben. Du kannst nicht ständig allein rumhängen und dir auch noch mit solchen Fragen den Lebenswillen aussaugen. Und vögeln musst du mal wieder.«

»Ja, das stimmt«, sagt Stascha kaum hörbar und kratzt mit dem Fingernagel einen Wachsklecks vom Tisch.

Die Scheidung hat ihr, entgegen ihrer eigentlichen Vermutung, alles würde jetzt besser werden, nicht gutgetan. Sie ist wie versunken in eine Welt des Entdeckens neuer Materie, an sich und um sich herum. Aber alles kollidiert mit ihrem ambivalenten Charakter, und so besteht ihre Hauptbeschäftigung darin zu zweifeln. Die Anzahl der Ansätze ist ja schier ungreifbar – positionieren? Erst recht bei dieser opulenten Auswahl? Unmöglich! Verstehe ich. Aber deshalb wie gelähmt dastehen und gar nichts mehr tun? Kann man sich auch direkt begraben. Wenn schon, dann alles machen, statt nichts. Und wenn schon nichts, dann richtig.

»Mein Exmann hat letztens gesagt, da er jetzt ja nach China fliegt, das nähme er noch mit. Und da habe ich mich gefragt: Wohin?! ... Oh Mann, Izy! Jetzt lachst du ja doch über mich ... Hör auf«, sagt sie wehleidig.

»Entschuldige, entschuldige ...«

Sie fragt sich ernsthaft, was er wohl gemeint haben könnte. Aber ja klar. Ihr Exmann ist fast siebzig, Wiedergeburt gibt's ja jetzt nicht mehr, also – wohin auch?!

»Vielleicht ist es ja so«, sagt sie und popelt an einem weiteren Wachsfleck auf der Tischplatte, »dass der Urknall so was war wie die Befruchtung. Und das Universum dann der Embryo. Der wächst ja. Dehnt sich aus und so. Und die Planeten nur Organe ... Dann sind wir vielleicht wirklich nur die Bakterien, die sie besiedeln«, sie hält inne. »Das ist zumindest so eine Theorie, über die ich gerade fantasiere ...«, sagt Stascha und streichelt jetzt ein Plastikblatt des kleinen, geschmacklosen Tischgestecks.

»Marc macht mich fertig«, sage ich, »der ist ganz sicher ein Bakterium. Seine Vorstellung von Theater ist mir auch nicht ganz klar. Da werden doch bestimmt wieder irgendwelche Fäkalien eine Rolle spielen. Ich habe eigentlich kein Bock auf *Doppelabend* mit dem. Ich will nicht, dass wir an so einem Kretin dranhängen.«

»Ja, aber nur wegen ihm dürfen wir das machen ...«

»Ist mir auch klar. Steigert meine Lust auf dieses Projekt aber nicht im Geringsten.«

»Vielleicht wird es ja gut.«

»Na klar: Was lange nervt …«
»Sag es ihm doch! Sag ihm doch, dass das so nicht geht! Was soll er denn schon tun … Das kann man doch machen, oder nicht?! Lass es uns doch riskieren!«
»Weißt du, was man noch machen kann? Man kann auch richtig schön verkacken.«
Stascha überlegt und stellt sich Verkacken vor. Sie den Job los, ich den Job los, beide wieder mit einem Fuß im Sozialamt.
»Ich finde es immer noch komisch, dass unsere Tänzer und Musiker mindestens fünfhundert weniger kriegen.«
»Musst du nicht. Gewöhn dich lieber dran. Die kommen in ein gemachtes Nest. Unser beider Köpfe rollen, wenn etwas nicht klappt. Das ist mindestens fünfhundert wert.«
»Ja, so gesehen hast du recht … Sehr schöne Sachen hast du geschrieben. Das Adagio vor allem.«
»Danke. Wenn es mir schlecht geht, lässt sich aus der Kiste der Melancholie die eine oder andere gelungene Melodie herauswühlen.«
»Dir geht es nicht gut?«
»Nicht *nicht gut*, einfach nicht *gut*. Und es ist immerhin Frühling, Sommer bald …«
»Und was ist es?«
»Das frage ich mich auch … Ich kann es nicht stillen.«
»Aber so bist du doch immer.«
»Ja sicher. Aber Stasch, sag mal, so im Ernst: Soll das normal sein, dass mein Leben im Radius von 300 Kilometern um meine Eltern herum stattfindet? Ich mich wie gekoppelt nicht wegbewegen kann vom Mutterschiff, weil dann alle lebenswichtigen Funktionen bei mir versagen? Glaubst du, ich könnte irgendwo hin?! Die dicke Kohle scheffeln in Paris-New-York-wo-auch-immer?! Weiter weg als zwei Stunden Fahrtzeit? Einen Scheiß kann ich.

Und hier? Was will ich denn *hier* eigentlich? ›Entscheidung des Momentes, in dem sie die einzig richtige war‹, hat meine Mutter gesagt. Aber gehöre ich jetzt hierher, nur weil hier schon länger als dort?! Ich habe mich so bemüht zu passen, man … Mehr geht doch nicht. Aber es reicht nicht. This is not …«

»… home?«

»Ganz genau.«

»Ich weiß nicht, was ich sagen soll darauf.«

»Eben. Ich auch nicht. Ich merke nur, dass irgendwas massiv daneben ist. Und so reizbar wie jetzt … Ich habe mich meistens noch im Griff, aber eigentlich … Ich fürchte, dass ich sehr knapp davon entfernt bin, eine wirklich schlimme Grenze zu überschreiten. Als hätte ich noch ein paar Leben bis zum *Game over*. Ich könnte jemanden töten, wenn es die Situation erfordert. Völlig hart. Du siehst also, jeder dreht am Rad. Ist nur die Frage, wo der Pfeil dann stehen bleibt – Rot oder Grün.«

»Oh, wow.«

»Ja … wow.«

Ich habe nicht das Gefühl, Stascha aufzumuntern. Das tut mir sehr leid. Aber ich sage, wie sie es verlangt hat, was ich denke. Ihr kann ich alles sagen. Und selbst wenn ich gestern bereits einen Mord begangen hätte und ihr jetzt soeben knallhart erzählt hätte, wo die Leiche liegt – sie würde schweigen wie ein Grab. Immerhin findet sie alles interessant. Das sagt sie auch immer – *interessant.*

– ›*Ich konnte nicht rangehen, Stascha, weil ich gerade in der Dusche war.*‹

– ›*Interessant.*‹

»Es ist auf jeden Fall komisch, dass du dir über so was Gedanken machst.«

»Ja. Ganz genau.«

»Sag mal, irgendwie kommt keiner. Interessant. Haben die überhaupt offen?«
Ich sehe durch die Scheibe ins Lokal, es ist menschenleer, am großen Tisch in der Mitte sitzt der ganze Familienbetrieb, drei Frauen, drei Männer, drei Generationen. Die jüngsten zwei sprechen reineres Deutsch, als der Führer es sich hätte je von den Seinigen erträumen lassen. Liebe Asiaten, sagt doch mal: Und? Wie geht es euch so? So deutschlandtechnisch? Zufrieden? Wahrscheinlich. Ihr macht keinem Probleme, eure Kinder sind Klassenbeste. Integration gelungen, sollte man meinen. Nix. Ihr bleibt doch auch nur unter euch, heiratet untereinander, esst mit Euresgleichen. Keiner geht zum Döner-Imbiss oder eine Currywurst kaufen zum Mittag, nicht wahr?!
»Weißt du, Stasch, ich habe sowieso keinen Hunger.«
»Ich irgendwie auch nicht mehr ... Oh Izy! Wieso legst du dich denn auf den Boden?«
»Weil ich Lust habe.«
»Ich könnte das nie«, sagt sie.
Wie kann ein Mädchen, dessen Vater im Ural ganze Bären schlachtet, nur so zögerlich sein?
»Ich kann!« Wo ich nicht schon überall lag. Ganz Berlin ist mein Wohnzimmer. Ich lege mich hin, und die Menschheit wuselt um mich herum, und unter meinem Rücken rattert die U-Bahn, und die Decke, an die ich starre, ist der Himmel.
»Leg dich doch auch hin. Auf die Bank wenigstens.«
»Okay«, sagt sie, und es klingt mehr wie eine Frage als ein Einverständnis.
»Stascha, Mensch ... Es geht hier doch nur darum, sich in dem sichersten Bezirk Berlins horizontal auf eine saubere Bank zu legen! Mach schon jetzt!«

Als Kind wollte ich meiner Mutter unbedingt ein Stückchen Wolke schenken, ein ganz kleines, in einer Schatulle … Wie sie da so langziehen im immer dunkler werdenden blauen Meer – fast zu schön, ist doch alles fast zu schön. Und dann doch wieder das endlose Stakkato – Timur/Timurs Hände/seine Augen/Wimpern/sein konzentrierter Ausdruck/sein breiter Rücken/wenn er vor dem Computer sitzt/arbeitet/die Leichtigkeit/die Muskulatur seiner Brust. Schon in den ersten zehn Minuten, da hast du mich gehabt. ›Privét, déwotschka‹, Hallo Mädchen, hattest du gesagt. So einfach. Alles würde ich aufgeben, um dich dann, viel viel später, wenn unser Leben ein Märchen ist, es war einmal, durch den Park zu schieben, wenn wir beide grau sind, du wahrscheinlich sogar kahl. Und wir würden Brillen mit dicken Gläsern aufsetzen müssen, um einander vorzulesen, und an der Küste eines fernen Landes stehen und in die Wellen schauen und Kaffee trinken nachmittags um halb vier und feine Dinge essen und Erlesenes trinken und uns so freuen, beieinander zu sein. Wie immer. Und ich höre dich so gern sprechen, ich höre dir zu und fühle mich wie eingehüllt in eine warme, weiche Gebärmutter, mit Extradecken und Kakao, Flatscreen … Und auch Schweigen. Bei allen anderen war Schweigen immer merkwürdig. Ich war mir sicher, dass sie und ich unmöglich das Gleiche denken können in der Stille.

»Iz! Izy!!!«

»Ja? Was?«

»Bist du eingeschlafen?«

»Nein, nur etwas abgedriftet.«

Inzwischen hat der Abend das Licht umgeschaltet – die Laternen sind an. Ich will dich sehen. Warum schreibst du nicht. Irgendwas.

»Was ist mit diesem Timur eigentlich?«
»Weiß ich nicht. Kennst du das Gefühl, wenn alles so stimmig zueinander gehört, wie ein Puzzle?«
»Ja. Deswegen sagen ja alle *Duale! Duale!*«
»Wer *alle*?!«
»Na in den Büchern ... Die einen sagen, ich brauche kein Dual, und die anderen wieder: Jaja, warte, bis du dein Dual triffst, wirst schon sehen. Und die Dritten sagen, ich dualisier mich selbst. Und Timur ist vielleicht deiner?!«
Du frisst dich durch alle Gedanken, die ich habe. Es gibt nur dich, und jetzt musst du sie mir alle ersetzen – all die Kindheitsträume, all die Matrosen, in die ich als Kind verliebt war, in der Metro auf dem Weg zum Klavierunterricht, all die nicht erlebten Rendezvous an der Neva, die weißen Nächte ...
»Stasch.«
»Ja?«
»Ich gehe mal nach Hause lieber, ich möchte noch ein paar Dinge vorbereiten für die nächste Probe. Bist du da?«
»Eigentlich nicht, aber wenn du magst ...«
»Lass den Shit zusammenbringen.«
»Gut, gut.«
»Sei nicht böse. Ich hoffe, ich konnte dir wenigstens etwas ... Zu mehr bin ich momentan nicht ...«
»Neinnein, alles bestens, ich danke dir. Ist immer schön, mit dir zu reden ... sehr interessant. Klopf dich mal ab da. Jaja, genau da. Und hier noch ein bisschen, links, dort. Ja.«
»Gut so?«
»Ja.«
»Poká, mein Staschkin! Bis gleich. Und pass auf, bitte.

Du kannst über der ganzen Kacke auch den Verstand verlieren. So höhere-Schwingung-neue-Welten-mäßig.«
Stascha sagt nichts mehr, faltet die Hände im Schoß. Klimpert dreimal mit den Wimpern, als sagte sie ›Tschüsstschüsstschüss‹, und ich verbeuge mich wie der gestiefelte Kater mit gefiedertem Hut, setze den Unsichtbaren wieder auf mein Haupt, drehe mich weg und gehe. Die Straße ist leer.
Lass mich in Ruhe, sagt das Telefon, hier ist keine neue Nachricht für dich. Dafür eine E-Mail von meiner Mutter. Großmutter hat zu trinken aufgehört. Wie lange bleibt einem da? Vier Tage?! Notarzt, Tropf, Blutdruck. Alles wieder halbwegs stabil. Aber es geht steil bergab.

6

(SCHALOM, BABY)

Es klingelt. Hertz. Dann noch einmal, und ein weiteres. Okay, sag es mir, Hertz. Ich komme schon klar. War übertrieben von mir. Wie immer. Ich weiß. *Wir sind ein Blut* – blaha …
Ich gehe ran. Und warte.
Vielleicht ist es ja wieder Astrid, die dein Telefon durchkontrolliert. Meine Hände zittern leicht. Aber nein, du bist es, und du sagst: »Malýsch! Privét! Ich weiß nicht, was ich sagen soll. Danke für deine Worte …«
Danke für deine Worte?! Bitte. Guten Appetit. Sag mal, Timur, könntest du meine Familie sein, könnten wir einander eine werden?
»Sag mal, Timur, können wir uns heute noch sehen? Ich könnte ein paar Drinks und eine Umarmung vertragen … Also … Kann ich dich buchen?«
»Buchen, Baby!? Du hast ein Vollzeit-Abo!«
»Ja, aber dann bitte nur eines, dass man alle drei Monate kündigen kann, ich glaube einen Jahresbeitrag kann ich mir nicht leisten.«
»Mach dir keine Sorgen. Ich werde dir nie das Gefühl geben, dass ich auf die Uhr schaue«, lacht er.

»Du Arsch.«
»Easy, Izy! Können wir machen. Ich bin hier noch bei der Arbeit, aber so gegen zehn ist realistisch, da kann ich irgendwo hinkommen. Wo bist du denn?«
»Jetzt bei mir. Sagen wir zehn am Kottbusser? D'accord?«
»Dobro. So machen wir das. Dann bis gleich. Und zieh dir was Wärmeres an, es soll wieder regnen.«
»Wie nett von dir, das zu erwähnen, liebste Mami.«
»Komm schon ... Genderquatsch jetzt? Von dir?«
»Ich finde es toll, dass du so bist! Ich freue mich.«
»Ja, ich mach mal weiter jetzt. Alles Weitere später! Und ...«
Am anderen Ende Besetztzeichen. Wahrscheinlich wieder Empfang verloren in seinen Katakomben. *Alles Weitere später* – Astrid, die Furie, darum wird's gehen. Mal wieder. Astrid, von der man sagt, sie sei klug und scharfsinnig, aber kalt wie ein Stein, während ich all meine Wärme für ihn herausdampfe wie ein scheiß Petschka-Ofen, Tag und Nacht wird geheizt. Sie die Peitsche, ich das beschissene Zuckerbrot ... Ich will nicht über Astrid reden, nichts von ihr hören. Sie ist Fremdmaterie zwischen uns. Warum entfernst du sie da nicht?
Beinahe durchsichtig, so dünn ist die Baumwolle des weißen Kleids. Dich mach ich fertig heute, Schmock. Wie ein bodenlanges Hemd mit kurzen Ärmeln, da stehst du doch drauf, wenn ich Hemden trage. Kein Schnickschnack, Taschen auf der Brust und im Rock. Das ist gut. Taschen sind immer gut. Man kann seine Verlegenheit in die Hände stecken, und die dann in die Taschen. Noch ein Gürtel, Boots. Mit Mühe fährt die Bürste durch die nassen Haare. Warum nicht mit der Küchenschere überall drei Zentimeter abschneiden. Liegt dann besser. Und

einen Pony noch. Ein Schnitt – fertig. Alle kleinen Mädchen wünschen sich ein Pony, dabei ist es so einfach. Dämlich, aber nicht unamüsant, was die Gedanken so machen in Anbetracht dessen, dass ich mir lieber mal überlegen sollte, wie ich dir gleich entgegentrete, woher ich meine Souveränität nehme.
Es soll heute bitte nicht regnen.
Izy Lewin! Timur Hertz aus Berlin möchte mit dir befreundet sein.

—

So voll, die S-Bahn, lehne mich an die Tür, um mich nirgends festhalten zu müssen. Eine alte Frau drängt ihre nach pudrigem Festiger riechende Hochsteckfrisur vor mein Gesicht. Ich drücke mich noch fester an die Tür, damit sie mir nicht auf die Füße tritt, aber bei der nächsten Kurve schafft sie es doch. Ihr Fußabdruck lässt sich nicht wegwischen aus dem hellen Wildleder. Jetzt bitte noch jemand, der irgendwas an mir abwischt im Gedränge. Der beinlose Würstchenverkäufer am Alexanderplatz in seinem alten handbetriebenen Rolli mit Schirmchen, Menschen von links, von rechts, von vorn, drängen, quetschen, rennen. Und ich. In weiß. Irgendwie nicht die Toskana hier, hier flaniert man nicht im Sommerkleidchen, hier eilt man und mault und rempelt Touristen an, die die Logistik der sich stromlinienförmig bewegenden Menschenmassen Berlins noch nicht verstanden haben und mit ihren aufgefalteten Stadtplänen den Weg versperren. Ich versuche einen großen Bogen um sie alle und gliedere mich doch wieder in den Strom:
»Rechts stehen, links frei lassen oder gehen!«, schnauzt ein Mann auf der Rolltreppe hinter meiner Schulter zu

den Nichtberlinern vor mir, die es einfach nur gelassen genießen, gemütlich heruntergefahren zu werden.
»Oh! Excuse me please«, sagt der ältere Herr in freundlichem Oxford-Englisch und bewegt sich näher zu seiner Frau.
Und der Mann hinter mir rennt jetzt runter. Irgendwo wartet irgendwer auf ihn. Wer wartet da wohl? Someone to love oder vielleicht einfach nur die Sportschau. Ein Fernseher ist im groben Vergleich durchaus kein so schlechter Freund. Als keiner spielen wollte mit der Russin, die um die Kacke flog, habe ich auch immer Fernsehserien geschaut. Den ganzen Tag. Der Vater eines der Mädchen dort war Außerirdischer und kommunizierte mit ihr über eine Kugel, aus der seine Stimme herauskam. Die hatte es auch nicht leicht. Und dazu aß ich Pommes. Sehr viele Pommes. In Russland gab es auch Pommes, allerdings nur als Hauptgewinn beim Preisausschreiben einer Kinderfernsehshow. Und hier? Jeden Tag nach der Schule! Und dann den neuen Sandwichtoaster mit allerhand eigenwilligen Kreationen gequält, Bananen-Schokoladen-Käse-Toast. Und Kakaopulver mit Sahne und Eis zu einem Shake vermischt. Weil die Eltern auch in Deutschland nie da waren und ich immer wartete, bis sie von ihrer neuen Arbeit nach Hause kamen. Schlüsselkind nennt man das wohl. Ich wurde ein ziemlich dickes Schlüsselkind.
Und deshalb, ja genau deshalb will ich nun die, die ich die Meinen nenne, am liebsten an mich drantackern. Damit mich nie wieder einer von ihnen verlässt.
Ich will das alles gern vergessen, aber es funktioniert einfach nicht.
›Siehst du? Die große schlanke Frau da? So muss man aussehen, wenn man Erfolg haben will im Leben!‹, sprach

der Vater zu seinem dicken Schlüsselkind, das in einem Freizeitanzug der Farbe Pistazie steckte und nur traurig zusehen konnte, wie der Vater alles besser fand als eine Tochter, die aussieht wie ein langhaariger Junge, während andere kleine zwölfjährige Mädchen stolz in Röhrenjeans und Micky-Mouse-T-Shirts umherliefen.
Dachte ich, das geht schon irgendwie durch, weil es aus jeglicher Wertung rausfallen muss, so strange, wie das aussieht?! Die Turnschuhe an den Füßen sahen auch komisch aus, fand ich auch selbst. Und ich wünschte mir so sehr echte Adidas zu meinem Pistazienanzug. So coole, wie die der Sportlehrerin. Schon mit fünf hatte ich mir so sehr echte Adidas gewünscht, doch als die Tochter der Nachbarin endlich aus ihren blauen mit silbern reflektierenden Streifen rausgewachsen war und sie sie abtreten wollte an einen auserwählten Emporkömmling der Sowjetunion, waren meine Füße zu klein – um ganze sechs Nummern. Zur Pistazienzeit wären sie zwar endlich groß genug gewesen, aber da war bereits Schlaraffenschland, und weit weit weg rannte irgendein glücklicher Penner in Turnschuhen mit den reflektierenden drei Streifen durch die zerfallenen Reste des Sozialismus, während ich nun Reno trug. Hier, Vater, jetzt bin ich Bantam. Ich hoffe es gefällt.
Im U-Bahn-Schacht der U8 Richtung Neukölln stehen einige bedrohliche Gestalten. Ab und zu mischt sich ein deutsches Wort in den mit Üs überlasteten Sound. Die Deutschen selbst reden ganz still. Wollen keine Aufmerksamkeit auf sich lenken. Sind hier in der Minderheit. Da sollte man nicht zu sehr aufmucken.
»Ey, Puppe! 'Sch kann dein Arsch sehen! Bist echt ein sexuellen.«
»Kannst du nicht. Eine Sexuelle, heißt das«, sage ich

leise und drehe mich weg und hoffe, dass der Typ kein Messer dabeihat.

Der tätowierte Mann neben mir, in Lederhose mit Papagei auf der Schulter und Hund an der Leine, stellt sich vor mich. Er macht es mit Absicht, will mich beschützen, tut aber so, als wäre das nur so, müsste eh mal einen Schritt nach vorn, Beine bewegen und alles, stehen ja schon 'ne Weile. Sein Hund ist neidisch auf den Papagei, möchte auch auf der Schulter sitzen und hopst bettelnd auf den Hinterpfoten herum. Und so warten wir auf die Bahn zum Kotti. Sprachbarrieren, klaffende soziale Stufen? No fucks given. Wer sich hier herumtreibt, kann was ab. Berlin, die Hure, die jeden reinlässt, der keine Angst hat vor Dreck.

»… für so'n Streetgirl wichtich! Wichtich, dass ma auch ma ›Fuck you‹ sagt, dass man auch ma Härte zeigt!«, sagt der hübsche Junge neben mir zu seiner Klassenkameradin.

Sie lacht.

—

Quietschend öffnet sich die Tür des Cafés. Aus dem stadtbekannten Sozialbau Kreuzbergs ragt seine kleine Terrasse, von jedem Balkon empfängt eine Satellitenschüssel. Innen Araber, Shishas, süßer Tee aus kleinen Glasbechern – und alles, was das Osmanenherz begehrt. Selbst die Musik richtet sich nach Mekka. Ich muss Jasi hierher mitnehmen, einsozialisieren. Die Bedienung sieht an mir vorbei. Ihre Arme tätowiert mit Rockabilly-Motiven, buntes Hemd, lange Kette, an der eine Brille hängt, Fingernägel grün lackiert, die blondierten Haare zu einem Dutt gebunden, aber im nachwachsenden Haaransatz kommen sie heraus, ihre türkischen Wurzeln.

In jeder ihrer gelangweilten Bewegungen die übliche überhebliche Genervtheit – *Wir sind so Berlin, wir sind so yeah*. Die fährt auch nicht im Benz durch die Stadt. Die hört sich auch Tag für Tag die Obdachlosen und die Musikanten an. Da wird man schon mal komisch.

»Kommt man hier auch rein ohne Migrationshintergrund?«

»Hä?!«

»Schöne Nägel«, sage ich. »Ich hätte gern einen Moscow Mule und einen Kaffee.«

Timurkin. Kaffe am Kotti. Terrasse, schreibe ich und warte. Warte, bis du auftauchst. So selten in der letzten Zeit, dass es beinah unwirklich ist, dass du gleich erscheinst.

Das Glas ist leer. Ich habe schnell getrunken. Vor Aufregung. Ich habe Absichten, ich will deine Liebe. Immer. Man darf mir das nicht anmerken, aber es strömt aus jeder Pore. Ich trinke den letzten Schluck, ein Eiswürfelstück zerbricht knackend zwischen meinen Zähnen. Niemand ... Niemand ... Schon eine Viertelstunde zu spät ... Jemand, der dir ähnlich sieht. Timur? Nein, doch nicht ... Wieder eine Horde Niemands.

Ich erwarte dich am oberen Ende der Treppe. Das hat mehr Dramatik.

Jetzt endlich biegst du um die Ecke, läufst die Treppe hoch zu mir.

»Na, Malýsch, was geht?«, fragst du wie immer, diesmal aber ganz leise in mein Ohr. Ich lege endlich meine Arme um dich. Du bist hier. Du vergräbst dein Gesicht in meinen Haaren, ich halte dich fest, du bist sehr müde. Du schläfst zu wenig.

»Alles und nichts geht«, antworte ich wie immer, aber diesmal auch ganz leise.

Du löst dich von mir, hältst mich bei den Händen auf Abstand, dein Blick prüft, ob alles an mir immer noch an den Stellen ist, an die es gehört, sagst: »Du siehst fantastisch aus.«
»Vielen Dank, Herr Hertz. Hier, setz dich doch bitte.«
»Mein Gott, was ein Tag.«
»Ja, ich seh's schon. Wird also ein kurzer Abend ...«
»Naja, ich habe noch Dinge zu tun, aber lass uns doch einfach sehen.«
»Gut. Man muss drin bestellen.«
»Dann geh ich mal. Was magst du haben? Was war das?«, fragst du, zeigst auf mein leeres Glas.
»Moscow. Bring doch bitte nur einen halben ...« Heute keine Entgleisungen.
»Alles klar.«
Ich sehe dir nach. Wie ein Gangster, gebückt, trägst Schiebermütze heute, darunter sieht man deine schwarzen Locken. Groß, breitschultrig, Karohemd, nein, kein Gangster, du siehst aus wie ein israelischer Holzfäller, falls es so etwas gibt.
In deiner Tasche, die halb geöffnet auf dem Stuhl neben mir steht, sehe ich ein kleines Buch, *Kaukasische Märchen* steht drauf. Diese Tasche ist immer voll – darin sind Bücher über wesentliche und unwesentliche Dinge des Lebens, immer hast du mehrere dabei, weil du ja nie wissen kannst, welche Laune dich überkommt, hast du mal gesagt. Immer sind da Werkzeug, Schreib- und Zeichenutensilien und meistens auch ein Apfel, eine Apfelsine oder andere handliche Früchte drin. Oft bietest du mir die an, diese Äpfel und Arbeitsapfelsinen, weil du sie meist doch vor lauter Hektik zu essen vergisst.
»Malýsch! Mir ist der Strohhalm unterwegs abhandengekommen ...« Du stehst im Eingang und wartest, ob du

nicht noch einmal zurückgeschickt wirst. »Willst du meinen nehmen?«
Du bist es gewohnt, von der Peitsche herumgeschickt zu werden.
»Ist okay, komm, setz dich, nehme ich. Du findest die Dinger doch sowieso schwul.«
Ich trinke, du rauchst. Ich nehme deine Zigarette, du bietest mir an, mir eine zu drehen.
»Astrid hat mich angerufen. Und aufgelegt«, sage ich. Bringen wir es hinter uns.
»Ich weiß. Das hat sie mir in einem dreistündigen Einlauf am Telefon heute auch erzählt.« Und du drehst dir selbst eine neue Zigarette, da ich deine wohl nicht zurückgeben werde.
»War es sehr schlimm? Was hast du gesagt?«
»Ich habe gesagt, dass du bei unserer Produktion die Musik machst. Und dass deine Nummer in meinem Telefon ist, weil sie mit der Stabliste mitkam. Das hat es zwar nicht besser gemacht, aber ist immerhin plausibel. Sie ist ja schon seit einer Woche weg, kann ja alles sein, wir sind ja immerhin im gleichen Metier, du und ich. Vorerst hat sie keine andere Wahl, als mir zu glauben.«
»Und was sagte sie dazu?«
»Dass ich dich meiden muss, dass sie sonst weg ist. Das Übliche. Ich habe zu ihr gesagt, dass wir nicht einmal reden miteinander …«
»Und jetzt?«
»Keine Ahnung. Noch ist sie in London. Wenn sich das ändert, sehen wir weiter.«
Ja, noch ist sie in London. Und weiß nichts. Noch ist sie in London, wie so oft schon, und du leckst nachts meinen Hintern, in der Küche, selbst wenn ihre Freundin Lana anruft, und du gehst ans Telefon, und du sagst ›M-hm, Lana,

M-hm …‹, weil dein Mund beschäftigt ist. ›Mhm, Lana‹, sagst du und leckst meinen Arsch, meine Muschi, so genüsslich, als wäre es was Schönes zu essen. Und ich ziehe die Jogginghose wieder hoch und gehe. Und du folgst mir, folgst mir ins Schlafzimmer. Und sie ist in London. Und sie weiß nichts. ›Ja, Lana. Das können wir so machen. Und du werde gesund, bevor der Zirkus wieder losgeht‹, sagst du und kommst in das Zimmer, zu mir, zum Bett, und öffnest deine Hose und kommst mit deinem harten Schwanz in der Hand auf mich zu, und ich muss lachen und halte mir die Hand vor den Mund, damit Lana mich nicht hört. Und du siehst mich an, siehst mir in die Augen, und gibst Lana noch ein paar Anweisungen zum Gesundwerden, während wir langsam anfangen zu ficken.
»Mit niemandem kann ich so wie mit dir. Als hätte ich dich mir persönlich ausgedacht«, sage ich.
»Ich auch mit keinem, Malýsch.«
»Es ist mir eine Ehre, Hertz!«
»Ganz meinerseits, liebes Fräulein Lewin.«
»Nein, im Ernst.«
Er schaut verlegen zu Boden. Ja. Lass uns nicht darüber reden. Lass uns lieber so tun, als gäbe es nur uns in den seltenen Momenten, die wir haben. Und um besser so tun zu können, treffen wir uns immer nur allein.
»Nun gut, dann lass uns den traurigen Bestand zelebrieren, Murkin.«
Und wir halten die Gläser in der Luft, und ich singe leise – *S schewó natschináetjsa ródina,* was ist es, womit Heimat beginnt?
Und wieder schweigen wir. Und du nimmst meine Hand in deine. Und wir sitzen nebeneinander. Und wir sehen beide in das Dunkel. Deine Hand ist so warm, wirkt auf mich wie eine mit Tranquilizern geladene Spritze.

»Und wie geht es dir, Timurkin? … So innen drin, mein ich?«
»Ich bin mir nicht sicher. Ich bin mir mit nichts mehr sicher«, sagst du und trinkst. »Ich meine, die Typen, für die ich arbeite, begreifen selbst nicht, was sie wollen. Und ich stresse mich ab für Dinge, die die Welt nicht braucht, mit Menschen, die nichts im Kopf haben, es sei denn, man ahnt es aus ihnen heraus und legt es ihnen formatiert in den Schädel zurück. Ihre Konzepte sind konzeptlos, und die Ideen einfach nur fade und dumm. Bei dem, was die so hervorbringen, da kann ich oft nur große Augen machen, sprachlos die Unzulänglichkeiten hinnehmen und stupide ausführen, was die mir da so aus ihrer Autorität heraus diktieren. Vielleicht bin ich anmaßend jetzt … aber: so.«
Wie er ›so‹ sagt: Die Hände machen eine präsentierende Bewegung, stoppen ab, seine Augen fixieren einen Punkt in der Umgebung, und er verharrt eine halbe Sekunde in dieser ›so‹-Position. Das sieht lustig aus, weil er es so ernst meint, dass seine Augen emporzukommen scheinen. Und klingt gepaart mit seiner tiefen Stimme sehr überzeugend. Nach einer Zäsur, einer Fermate, kündigt er mit den Händen dirigierend an, dass seine Replik weitergeht, da es anscheinend keine Rückfragen gibt: »Und die Typen, mit denen ich befreundet bin, sind entweder zu weit weg – geographisch – oder zu weit abgedreht von der Realität. Oder ihre Vorstellung von Freundschaft zu weit weg … zu weit weg von meiner.« Er dreht sich und mir noch eine Zigarette: »Letztens hatte ich folgenden Gedanken«, er leckt das Blättchen an, wickelt es fest, »wenn ich nachts, und sagen wir, es ist eine deutsch-unchristliche Zeit, nehmen wir an zwei Uhr, das dringende Bedürfnis habe, zum Telefon zu greifen, einen Typen an-

zurufen und zu sagen ›Alter. Komm raus‹, sodass dieser Jemand ohne Widerworte sagt ›Na klar, sofort‹, und man geht und trinkt einen, weil es einfach so ist, keine Ausflüchte, keine Aufschiebungen – da ist mir aufgefallen, dass es niemanden gibt, den ich anrufen kann.«

»Doch natürlich! Mich!«

»Ja. Das stimmt«, sagt er traurig.

»Ja, das stimmt! Ich bin vielleicht kein Typ, aber …«

»… aber du bist doch einer. Ich weiß.«

»Genau«, lache ich. Dass ich sein einziger einsatzfähiger Partner bin, um nachts durch die Straßen zu streunen, wenn es gar zu wehmütig wird im Herzen, und er eigentlich gern einen draufmachen würde mit einem Wasja oder Petja, die ihn mit seinen 95 Kilo Körpergewicht notfalls nach Hause schleppen könnten, wenn er es übertrieben hat, gibt ihm zu denken.

»Weißt du«, sage ich, »im Endeffekt haben wir Glück. Also ich zumindest habe Glück, dass ich dich habe.«

»Ich weiß … Ich auch«, sagt er.

Hinter Timurs Rücken taucht wie aus dem Nichts, als hätte er sich direkt aus dem Schwarz der Nacht materialisiert, ein alter Mann auf. Sein Gang ist zielstrebig, und je näher er kommt, desto mehr verspanne ich mich im Widerwillen gegen diese unausweichliche Begegnung. Das geht ab von unserer Zeit, und man kann nicht abschätzen, wo so etwas endet – sich Handgreiflichkeiten stellen? Einen Krankenwagen rufen? Einfach nur schnell rennen müssen?

»Timurkin!«, sage ich und nicke in die Richtung des Fremden.

»Alles im Griff«, sagst du. Er kommt immer näher, der Mann, wir sehen nicht zu ihm. Sehen einander an. Jetzt aber steht er zu dicht an uns, um ihn zu ignorieren. Seine

Oberschenkel drücken gegen die Tischplatte. Worte beginnen aus ihm zu strömen, während er scheinbar an uns vorbeisieht. Sein rechtes Auge schielt nach außen, die Pupille des anderen hängt zu tief nach unten, zuckt ein wenig.

»Ihr jungen Menschen! Sitzt hier einfach so rum! Habt noch gar nicht das Gefühl, dass das Leben endlich ist …«

Wir sehen zu ihm hoch, wir sind bereit – es ist noch nicht ganz klar, ob er betrunken ist, geistesgestört oder beides vielleicht. Ich schaue auf den Tisch, da liegen unsere Telefone, mein Portemonnaie. Ich lege für alle Fälle meine Hand drüber, schiebe es weiter weg von dem Mann.

»1947! Wir haben aus drei Zigarettenstummeln eine ganze gedreht! Und wenn wir neun Stummel hatten, wie viele Zigaretten haben wir wohl daraus machen können?!«

Du siehst mich an und grinst – Matheaufgabe.

»Drei?!«, sagst du, ich nicke zustimmend.

»Nein!«, steckt der Alte den Zeigefinger in die Luft, »überlegt noch mal genau!« Er schaut immer noch keinen von uns an, eher ist es ein Blick ins Nichts, er fixiert das Nichts. Bemerkenswert. »Wenn wir eine neu Gemachte fertig geraucht hatten, blieb ja wieder ein Stummel.« Er sagt es mit allem Stolz, den man haben kann, wenn man eine solch wichtige Überlebensstrategie als Raucher an junge Menschen weitergibt. »Also kriegt man aus neun Stummeln vier, eigentlich sogar viereindrittel Zigaretten!!«

Mit einem plötzlichen Blick in die Ferne, als ob ihn etwas gerufen hätte, ist sein fahler Körper aufgerichtet und angespannt, er dreht sich weg und setzt schnellen Schrittes seine Odyssee fort.

»Na das war ja schön … Wieder was gelernt, für den

nächsten Krieg«, sagst du und streichst mit der Hand über meine Hand auf unseren Wertsachen, dann über die Tischplatte.
Ich sehe, wie du sie liest, die Dinge, die du anfasst, wie sie durch dich durchgehen.
»Die sind hier neu, riechen, als wären sie gestern noch Baum gewesen. Das ist ein Bausatz von Enzo Mari, den gibt's auch für Stühle.«
»Schön. Gefällt mir. Cooler Typ anscheinend. Wie ist der Name?«
»Mari. Ja, cooler Typ. Der hat sich irgendwann gedacht: So! Ich mach mal was Sinnvolles und gebe es der Welt zur freien Verfügung, und zwar geiles Design – minimal Material, maximaler Nutzen. Er hat auch eine Zeichnung rausgegeben, die man auf eine Holzplatte überträgt und dann den Linien nach aussägt. Und heraus kommt ein ganzer Zoo, alle Tiere, die es gibt. Und wieder, minimaler Materialaufwand. Jedes Tier bildet die Begrenzung des anderen! Wirklich toll ...«
»Ja, das klingt alles sehr entzückend. Ein guter Mensch. Und? Wie ist es bei dir am Theater?«, frage ich, schiebe unsere Sachen wieder in die Mitte des Tisches.
»Am Theater? Rückenschmerzen. Ich habe gestern überdimensionale Holzkisten getragen. Allein. Und vorgestern haben die sich einfallen lassen: Der Schauspieler springt durch das Fenster. Aber die Typen, die das Fenster gebaut haben, eine Glasscheibe unten, eine oben, haben das erste Mal mit Silikon gearbeitet. Wenn also die untere Scheibe wegbricht, ist das eher mehr so 'ne Guillotine. Ich hoffe für das Leben des Jungen, dass denen doch noch was anderes einfällt, wie sie die Szene dramatisch gestalten können. Nur mal angenommen, der Typ springt da wirklich durch und verliert dabei nicht schon

einen Körperteil, hat er große Chancen, danach in zwei Hälften gesäbelt zu werden. Und hinter dem Fenster ist Off, Betonwand. Bei der Geschwindigkeit, die man aufnehmen muss, um die Scheibe überhaupt zu durchbrechen, wird man spätestens da abrupt gestoppt …«

»Hahaha! Super! Durakí. Was für Idioten.«

»Mda … wót takíje delá, so sieht's aus. Aber sonst: Top Sache. Und bei dir?«

»Gestern erste Probe … Würdest du jemanden hart verprügeln für mich, Timurkin?«

»Ein Typ?«

»Ja.«

»Mit Grund?«

»Sehr.«

»Nein.«

»Nein?!«

»Nein!«, sagst du todernst. »Ich würd ihm den Hals brechen.«

Die Gläser sind wieder leer. Ohne Trinksprüche, ohne Pathos.

Du holst eine Flasche aus deiner Tasche, »Nastoy«, sagst du, »selbst gemacht«, sagst du, »Wodka, Cognac, frische Beeren, stand jetzt drei Monate, es ist Zeit«, sagst du, »ist reif jetzt«, und machst unsere leeren Gläser wieder voll.

Der Nastoy schmeckt sehr gut, stark, geschmeidig.

»Weißt du, wie man Nastoy auf Deutsch übersetzen würde?«, frage ich.

»Abgestandenes.«

»Genau. Oder Stehengelassenes.«

»Komische Sprache, nicht?«, sagst du, »Entbehrt an den wichtigsten Stellen jeder Grandezza.«

Du fragst: »Malýsch?«

Ich bin ganz still, will hören, wie er es sagt, noch einmal und wieder. Ich präge mir den Klang seiner Stimme ein, so genau ich nur kann. Malýsch, mein Kleiner.
»Was ist denn los, Malýsch?«
»Schön mit dir. Nichts. Und … Timurkin? Wenn du müsstest – wie würdest du dich aus dem Leben befördern?«
Ich sehe auf meine leere Kaffeetasse. Da sind wieder Schlieren vom Trinken geblieben. Wie bei der Wahrsagerin. Großes Glück wirst du haben, Mädchen. Ganz großes. Wann denn? Wann denn? Geht gleich los. Jaja.
»Kalter Lauf einer Knarre in den Mund. Boom. Fertig. Ich könnte mich weder erhängen noch ertränken. Auch nicht die Adern aufschneiden oder Tabletten nehmen. Alles zu bewusst, der Übergang zu gefährlich, könnte ja doch was schiefgehen, und dann bleibt man am Leben, und alles geht weiter, nur dass man jetzt vielleicht behindert ist, sich windeln lassen muss oder wieder Sprechen lernen von Null … Mit Memory«, lachst du. »Wer weiß. Das isses nich. Wieso fragst du?«
»Nur so …«
Ich bin traurig und will es nicht sagen, will es nicht sein, will nicht getröstet werden. Will nur, dass du bleibst. Darauf trinke ich. Und auf die Eltern, mögen sie einem erhalten bleiben, und auf den Scheiß mit denen und das Glück mit uns, darauf, dass ein Leben zu leben nicht so leicht ist, wie ein Feld im Ritt zu durchqueren. Das sagt Ella immer.
Wenn einem die guten Sprüche ausgehen, trinkt man auch schon mal auf die hübsche Tischdecke, aber ich habe genug, worauf ich trinken kann.
Wir trinken auf ex und sagen nichts.
Timurkin verzieht das Gesicht. Es gibt gute Wodkatage und solche, an denen es echte Arbeit ist. Es tut ein biss-

chen weh im Rachen. Und jetzt kommt doch ein Kellner vorbei, wischt den Tisch ab, fragt, ob wir versorgt sind.
»Ja, alles bestens. Danke sehr!«, sage ich.
»Hast du das gesehen?«, fragst du, als er weg ist.
»Was?«
»Dass der Typ nach deiner Ansage zu mir gesehen hat, überprüft, ob das auch so stimmt. Das kannst du nicht bringen. Lass doch den Mann bestellen.«
»Wir sind hier nicht im Orient, Liebster, auch wenn es so aussieht manchmal. Ich mache das, wie es mir passt. Die werden's schon lernen müssen ... ich lasse ihnen allen gern auch noch ein wenig Zeit.«
Ich sehe dich an und kann nichts Verkehrtes an dir finden. Nichts. Da kannst du noch so sehr aussehen wie welkes Gemüse getarnt als Holzfällergangster.
»Willste was Lustiges zur Abwechslung, Murkin?«, frage ich.
»Ja selbstverständlich«, sagst du und schenkst uns noch einmal nach.
»Mich hat letztens Onkel Vadim angerufen«, sage ich, »und gebeten, ob ich für einen Freund, der Architekt ist, nicht vermitteln könne zu einem verrückten Russen, den die aus seiner Wohnung ausquartieren müssen.«
»Wieso ausquartieren? Weil er verrückt ist?«
»Das mit dem Verrücktsein ist ja Ansichtssache. Aber in diesem Fall soll er vorwiegend deshalb raus, weil das Haus saniert wird. Da lebt keiner mehr drin. Und der Typ will partout nicht raus. Ich komme da an mit dem Bauleiter, stehen im Flur, da sagt der zu mir: ›Er ist menschenscheu, wir haben den einfangen müssen, als wir mit ihm sprechen wollten ... Schau an, jetzt hat er die ganzen Türen ausgehängt!‹«
Deine Mundwinkel ziehen sich hoch, kannst es dir bild-

haft vorstellen, haben schon ein paar extreme Vertreter, die jetzt Deutschland in schieres Staunen versetzen.
Und dann erzähle ich von der Wohnung, und wie ich mich vorstellte, sagte ›Guten Tag, ich bin hier zum Übersetzen‹, die Hand des Besiedlers schüttelte. Und wie wir dann so in der Küche standen, alles abgedunkelt, Fenster verhangen. Alles grau und karg, wie Russland 1944. Der einzige Farbfleck in der ganzen Wohnung eine ordentlich gestapelte Pyramide aus Apfelsinen. In der Ecke ein Spritzbenzinkocher, eine große Taschenlampe. ›Verzeihen Sie‹, hab ich zu dem Waldmenschen gesagt, ›aber die Baugesellschaft ARGO-Bau möchte gern auch Ihre Wohnung renovieren, neue Leitungen verlegen. Und man offeriert Ihnen, eine adäquate Behausung zu finden. Es ist ja auch kein Zustand so, wenn um sie herum gebaut wird, der Strom ist ja auch schon abgestellt.‹ Darauf der Waldmann: ›Wenn ich Strom brauche, hab ich Generator! Und ist herrlich, wenn gebaut wird: Keine Kinder! Und Heizung brauch ich nich. Warm hier! Auch im Winter. Sibirien viel krasser!‹
Und der Kanister sei für Wasser aus dem See, benutze er auch für die Toilette zum Spülen. Dem deutschen Leitungswasser könne man ja nicht trauen. Und die würden ihn doch bestimmt in einen Plattenbau umsiedeln – Plattenbau sei aber gefährlich, sagte er, erstens wegen der Menschen, die drin wohnen, und zweitens überhaupt wegen der gesamten Konstruktion. Er habe hier letztens Betrunkene vom Gerüst gehauen, flüsterte der Bauleiter mir zu. Wollte das Haus verteidigen. Sei ja nett gemeint einerseits, sagte der Bauleiter, aber wer solle denn so was der Versicherung erklären?!
Jedenfalls der Waldmensch blieb dabei. ›Ich zieh nicht aus!‹, meinte er. ›Vielleicht gefällt mir ja Wohnung da-

nach.‹ Und als ich fragte, wie ein solcher Waldmensch sich denn die neue Miete leisten wolle, erklärte der Bauleiter, der Typ sei Arzt, Militärarzt, und sei irgendwie übrig geblieben, als die Russen abgezogen sind. Ein Militärarzt also, in seinem eigenen Krieg hinter den Mauern von Berlin-Treptow. Schön, nicht?«

»Du bist schön«, sagst du und küsst meine Stirn. »So. Und jetzt erzähl mir endlich, was los ist. Ich sehe doch, dass was ist.«

»Ich erzähle dir nicht, was los ist, weil ich es selbst nicht verstehe. Wo ist zu Hause, Timur?«

»Da, wo meine Mutter ist, und die Großeltern.«

»Das ist alles?«

Er denkt nach.

»Wahrscheinlich. Wo soll es auch sonst sein? Ich war zu Hause, auch auf dem Friedhof. Ich kannte keinen, der dort begraben liegt. Sie mich schon. Als Kind. Sie sind meine Familie. Das war ein ganz merkwürdiges Ding. Und dann kam ich zurück und habe das Astrid erzählt. Sie und ihre WG haben mich nur mild belächelt. Sie ist in Afrika mit Bediensteten aufgewachsen. Und ich?! Mit Forschmak, Salo, 'ner siebensaitigen Gitarre und 'nem grauen Böckchen. So übertragen gesehen. Es gibt Bereiche in mir, die werden wohl nie zugänglich sein für sie. Und auch umgekehrt nicht.«

»Ist wohl so. Selbst wenn man die Sprache lernt, du Zulu oder so, oder sie Russisch samt ukrainischem Dialekt – die Ethnik ist 'ne miese Sache, kann man nicht nachholen … Also was? Nur Seinesgleichen heiraten? Dann wird das nie was mit einer einheitlichen, gemeinsamen Welt … Mit der Gesamtrasse. Keine Ahnung.«

»Ich auch nicht.«

»Meins ist leer.«

»Die Flasche auch«, sagst du und schüttelst die letzten drei Tropfen im dunkelbraunen Apothekerfläschchen, dessen Etikett sagt *Lavendel.*
»Wie geht es den Eltern?«, fragst du.
»Ach naja, gut. Sagen wir mäßig. Keiner richtig gesund, aber allesamt richtig gut drauf. Ich weiß gar nicht, wie die das machen. Als wär die Welt aus Rosen gemacht. Die paar Stacheln, naja, aber so duftend und schön … Können dem Ganzen was abgewinnen irgendwie. Unglaublich. Und bei dir, alles gut?«
»Ähnlich. Haben einander, sie sind ihre eigene Insel inmitten der Fremde.«
»Ja. Komisch das alles, nicht?«
Wir schweigen wieder, und ich weiß, dass wir das Gleiche denken.
Für uns haben die Eltern alles verlassen. Alles und alle – Freunde, Familienangehörige. Ein Koffer in der Hand, und ab ins Ungewisse. Und jemand pflegt fernab die Gräber, die sie nicht mehr besuchen können.
Und wir stehen jetzt in der Bringpflicht, da was Ordentliches draus zu machen. Und wir schweigen und wissen beide nicht wie. Und du denkst an die Peitsche, und daran, dass sie dich nie verstehen wird. Und ich denke an dich, und daran, dass …
»Wollen wir ein bisschen laufen? Bezahlt ist ja …«

—

Wir laufen los, ich schiebe meine Hand in deine Armbeuge, lehne mich an, deine Schultern sind wie gemacht zum Anlehnen. Und du riechst nach Liebe.
»Komm, ich zeige dir meine Lieblingsstelle in der Hasenheide«, sagst du.
Es ist dunkel und die Schilder der Dönerbuden leuchten

wie Discoeingänge. Drin ist auch sehr laute Musik. Und die Spieße drehen sich. Dönerverkäufer sind friedliche Menschen, lächeln, sind offen für einen schnellen und leichten Plausch. Und man erkennt sich gegenseitig als Ausländer. Am Nettsein ohne Grund. Hihi dort, Haha da. Das ist der Geheimcode.

Wir laufen über den Hermannplatz, immer geradeaus, von dort aus in den dunklen Park.

Ks-ks! Braucht ihr was?

Nein, danke schön, haben alles.

Die Ticker stehen hier in Grüppchen Tag und Nacht. Was für Themen haben die wohl, wenn sie da so abhängen die ganze Zeit? Du kennst sie alle, manche sogar beim Namen. Dein Park hier. Wir treten aus dem Dunkel der hohen Bäume, vor uns ein offenes Feld.

»Hierher gehe ich manchmal morgens raus, mit Kaffeetasse, stehe genau hier, in der Mitte. Totale Ruhe. Sogar Kamele gibt es hier. Dort, gleich da hinten im Gehege. Ich habe da so den leisen Zweifel, ob sie sich hier heimisch fühlen.«

Unwirklich ist es hier, so still, man hört nicht mal die Autos, die gleich hinter den Bäumen die Straße entlangrattern.

»Schau mal da! Fuchs!« Ich bin ganz aufgeregt. Der Anblick eines echten freilebenden Tieres macht mich leicht irre, ich fühle schon wieder diesen Drang, jagen zu gehen und Kleidung aus Pelzen zu nähen.

»Ist ja ganz grau. Völlig verdreckt.«

»Müsste mal gewaschen werden. Guck mal dort! Hasen! Ich glaube, wir werden gleich Zeugen eines Nahrungskettenschauspiels.«

Aber entgegen meiner Vermutung passiert rein gar nichts. Die Hasen bewegen sich nicht vom Fleck. Auch der

Fuchs nicht. Bis er endlich gelangweilt um sich schaut und langsam in eine andere Richtung davongeht.
»*Da* sind die Hasen, Fuchs!«, rufst du ihm nach und zeigst auf die friedlich im Gras hockenden dicken Hüpfer, aber den Fuchs interessiert das herzlich wenig, und er macht sich einfach seines Weges davon.
»Großstadt … Haben auch schon alles verlernt. Komm. Wir müssen da vorn durch.« Du schließt deine Hand fest um meine und leitest mich vorsichtig über die Unebenen.
Wir durchqueren das Feld, kurzes Gras, einige Stellen der Erde sind feucht, meine Schuhe sinken hier und dort ein, und, ohne es sehen zu können, weiß ich, wie viel Schlamm schon dran kleben geblieben ist auf den hellbeigen Wildlederboots. Es ist mir egal. Du bist hier, wir sind allein in einem dunklen Park, über den furchteinflößende Geschichten erzählt werden, und mich beschleicht nicht der kleinste Anflug von Angst. Dafür Adrenalin. Als würden wir hier etwas aufregend Verbotenes, etwas Mystisches tun – vielleicht kommen sie ja doch noch raus und gesellen sich zu uns, holen auch was Selbstgebranntes raus und trinken mit uns auf die Eltern – die Kobolde, die Elfen.
Kleine Steinchen knirschen unter unseren Schritten.
»Gleich sind wir da«, sagst du.
»Okay«, sage ich, so leise ich kann, und folge weiter in die Tiefen der Dunkelheit. Man sieht nichts. Keine Laterne leuchtet hier den Weg.
»Hier«, sagst du und öffnest ein quietschendes Tor.
Ein winziger chinesischer Garten, weiße Blumen, überall dieses Weiß, in einem Rondell angeordnet, in der Mitte ein Pavillon aus Holz. An den äußeren Enden des Kreises stehen sechs Bänke um den Pavillon herum.

»Ein Elysium!«
»Passt nicht wirklich rein. Ich weiß.«
Du setzt dich auf eine Bank, holst den Tabak raus, willst eine Zigarette drehen.
»Dreh gleich zwei, bitte«, sage ich.
»Natürlich«, sagst du.
Und ich renne los.
»Jagst du mich ein bisschen? Bittebitte … nur ein bisschen.«
»Malýsch, ich falle direkt hin, wenn ich auch nur irgendeine Anstrengung körperlicher Art unternehme …«

Special agent Izy Levin XX24ΩZERO betritt die Erdoberfläche.
Der Boden ist hart, die Vegetation als üppig, grün, nicht flächendeckend auszuweisen.
Special agent Levin XX24ΩZERO erfragt Genehmigung zur Assimilation.
Spezies: Mensch
Herkunft: Sumpf
Mission: Lokalisation und Aussonderung konklusiver Materie.

Diese Blumen, kleine weiße Blumen – die Blüten sind winzig wie Flieder, aber sie wachsen aus dem Boden als bauschige Büsche und wirken pummelig, lieblich und weich wie Zuckerwatte. Viele der Blätter sind bereits verblüht und auf den Boden gefallen, bilden zusammen mit den schwarzen Kieselsteinen einen gepunkteten Teppich, den die Nacht und der Mondschein illuminieren und zugleich verschleiern. Was für kuriose Welten erschafft die Nacht, die Stille. Wenn die Orte, die man am Tage mit Menschen besiedelt sieht, in der

Dunkelheit leer sind, ist es wie in Tschaikowskis *Nussknacker*, als würden die Dinge ein heimliches, nicht für das menschliche Auge bestimmtes Leben beginnen. Die Nacht gefällt mir viel besser als der Tag. Wie ein Portal, das sich öffnet und pünktlich zum Sonnenaufgang wieder schließt. Und wir sind gerade in dessen Kern.

Ich bin einmal im Kreis gelaufen um den Pavillon und stehe wieder an der Bank, auf der du sitzt und rauchst. Du lässt mich einfach machen. Fragst nicht warum, erwartest keine Zweckmäßigkeit. Du siehst, dass ich sehe, suche, finde – und lässt mich einfach.

»Siehst du? Hatte ganz vergessen, dass man auch so sitzen kann«, sagst du, als ich mich hoch auf die Rückenlehne der Bank setze.

Der weiße Qualm tanzt vor unseren Gesichtern, wir schweigen.

»Schau mal Timurkin! Der Mond ... Schön ... Ich würde gern dahin jetzt.«

Du lachst.

»Wir sind Russen, wir wollen zum Mond. Das ist ganz normal«, sagst du.

»Noch lieber will ich zu dir. Ist auch der kürzere Weg. Langsam ist es doch sehr kühl.«

»Mädchen ...«, sagst du und ziehst deine Jacke aus. »Warum hast du denn nichts gesagt?! Hier, nimm. Sieht sehr gut an dir aus. Sehr homogen irgendwie. Gut, dann komm.«

—

Haus Nummer siebzehn. Timur sucht lange den Schlüssel in seiner voll gestopften Tasche. Er öffnet das alte Schloss, drückt die schwere Tür mit seinem Körper auf.

»Ich muss immer noch an den Typen denken, von dem du erzählt hast. Der Survival-Arzt.«

»Ja, vergisst man nicht so leicht«, sage ich und drücke meine Brust an seinen Rücken, schiebe ihn in den Hausflur.

Das Treppenhaus ist dunkel, und als er das Licht sucht, stelle ich mich absichtlich in seinen Weg. Sein Arm streift meine Taille. Ich bin betrunken, ich will, dass er mich anfasst, überfällt, direkt, jetzt. Aber dafür ist er zu korrekt. Lass es doch, deine Nettigkeit, mir den Vortritt lassen, mich immer von jeglichen Lasten, selbst einer Handtasche, befreien zu wollen, lass das Besorgtsein um die Ordnung in deiner Wohnung, wenn ich komme! Dreh bitte einfach durch mit mir! Fick mich im Flur und auf der Treppe und zwischen den Bäumen im Park und im hohen Gras am See und in der verwinkelten Ecke eines Restaurants. Das Treppenhaus ist schmal, und ich rieche an deinem Nacken. Vor den Wohnungen steht Gerümpel.

Wir wissen beide, dass wir gleich den sicheren abschließbaren Raum seiner Wohnung betreten werden. Niemand wird uns sehen können, niemand kommen, um unsere Ruhe zu stören. Hier sind wir immer wir selbst, ganze Tage lang, ohne einander im Weg zu sein, ohne, dass uns die 52 Quadratmeter zu eng werden, in Jogginghosen oder ganz nackt, barfuß, Seite an Seite arbeiten, Mittagessen kochen, Abendessen ordern in letzter Sekunde vor Bestellannahmeschluss, wir nehmen Telefongespräche entgegen, erzählen einander, wer es war und warum derjenige anrief, und streiten zwischendurch, aber nur wegen des Staates Israel, was immer darin mündet, dass du sagst ›Das, Malýsch, ist deine Meinung und keines Streites wert‹ und ich sage ›Gut, lassen wir das‹. Wieso sagst du, du würdest auch dienen, dich dem Krieg stel-

len? Das seien ja unsere Leute irgendwie, sagst du. Aber Israel kommt nicht häufig zur Sprache. Wir sind gut darin, für uns zu sein.
»Willst du einen Tee? Ich habe fantastischen Tee«, er dreht die drei Schlösser seiner Tür nacheinander auf. Ich gehe vor, stelle meine Tasche auf das im Flur gestapelte Holz, sage im Umdrehen, dass ich lieber Kaffee möchte. Und dass er das doch wissen müsste. Aber er versucht es immer wieder. Die Tür schließt sich hinter uns.
Er geht in die Küche, ich in das Wohnzimmer, schaue, ob sich was verändert hat seit meinem letzten Besuch, ob es Spuren gibt von ihr. Astrid kommt hier nicht oft her. Sagt, es sei ihr zu ungemütlich. Ungemütlich.
Ich finde es schön, wie alles ist, alles ist im Entstehen, alles unvollendet, man muss sich keine Sorgen machen, dass irgendein Teppich verunreinigt wird oder der Wein auf der Couch umkippt. Gibt ja weder Teppich noch Couch. So einfach ist das. Das Zimmer sieht immer noch aus wie eine Holzwerkstatt – mit Maschinen, Entwürfen, Werkzeug und Materialien. Das wird sich hoffentlich nie ändern. Hier bin ich verliebt. In jeder Ecke sind unsere Erinnerungen eingraviert – wir standen zusammen und bauten Tische, lackierten Platten, schraubten Modelle. Ich trug deine Hemden, und wir wuschen die Späne, das Öl, die Farben voneinander ab, und du küsstest meine Hände, meine Stirn, saßt neben mir und last mir vor, liebtest mich um fünf Uhr am Morgen und sieben Uhr des nächsten Tages, und wieder, wenn wir gefrühstückt hatten und du die Zeitung durchhattest, und wieder, wenn es Abend wurde und Nacht. Ich fahre den Rechner hoch – Musikwiedergabeliste *Ironie des Schicksals*. Der alte russische Film. Wie unsere beschissene unendliche Geschichte. Eine nicht enden wollende Ironie. Du suchst

in Astrids Händen nach Zärtlichkeit, und ich halte sie hier, direkt hier, vor deine Nase, und du siehst direkt daran vorbei.

Der Sänger beginnt: *Irgendetwas Komisches passiert mir in letzter Zeit: Mein alter Freund lässt sich nicht mehr blicken, stattdessen schauen in der Festlichkeiten hektischem Getümmel zahllose andere vorbei …*

Ich stoße mich mit den Füßen ab, gleite in dem grünen knopfbeschlagenen Ledersessel über die Dielen, es rattert, das Zimmer dreht sich um mich. Ich liebe diesen monströsen Sessel, wie aus Stalins Privatkabinett, mit Rollen, Stalinsessel beta. Das Leder fühlt sich angenehm kühl an, ich ziehe den Rock des Kleides hoch, sodass meine Haut das Leder berührt. Wenn du wiederkommst, wirst du zwischen meine Beine fassen und fühlen, dass ich dich will, du wirst es mögen und mir in die Augen sehen, mit Anerkennung für meine Schamlosigkeit.

Ich höre dich kommen und ziehe das Kleid wieder runter. Du trägst in jeder Hand eine Kanne, ich stehe auf, mache dir Platz, du stellst die Getränke ab, und ich hole Tassen, Zucker und Milch, stelle alles auf den langen Schreibtisch, lehne mich an die hier und da zerkratzte Tischplatte, und mit dem Messer, mit dem du immer spielst, wenn du telefonierst, ritze ich meine Initialen in das Holz: I. L. Damit was bleibt, wenn ich nicht mehr bin. Und irgendwann wirst du es sehen und an heute denken, dich erinnern, wie es war, mit mir, mit uns. Aber dass ich weg sein werde, davon ahnst du jetzt nichts. Du schaust einfach nur in deinen Laptop. Als ob alles in Ordnung wäre und keine drohende Macht im Anmarsch, dich und mich zu zermalmen, unter sich zu begraben, uns auszuradieren. Alles wird bald ausradiert, aber du schaust nach Kuriositäten – ob sich da nicht etwas finden lässt, was du mir

zeigen kannst. Und du stellst fest, du hast mir bereits alles gezeigt.
Jetzt öffnest du eines der Schubfächer des Tisches und ziehst eine schwarze Waffe hervor. Walther Competition steht drauf. 88.
»Guck mal«, sagst du, »Hat mir der Pole geschenkt. Meinte, wenn sie ihn damit erwischen, muss er wohl direkt nach Hause, vielleicht noch ein Aufenthalt in einer Deutschen Anstalt zwischendurch. Ich als deutscher Bürger dürfe ja ...«
Er hält die Waffe am Lauf, gibt sie mir zur Begutachtung. Schwer ist sie. Kalt und schön.
»You like?«
»Yes.«
Ein Auge zugekniffen, das andere reduziert das Ziel auf einen winzigen Punkt, der Arm durchgestreckt, Finger liegt locker am Abzug, visiere das gegenüberliegende Gebäude an – es gibt jemanden, der gerade genau das Gleiche tut. Irgendwo auf der Welt. Es gibt viele. Und sie meinen es verdammt ernst. Und sie drücken ab. Und das Gebäude brennt, und die Menschen stürmen heraus, und die Kinder schreien, und alle und alles fliegt in die Luft, wird zu schwarz-grauem Rauch, und die Politiker schicken neue Munition.
Ich gebe dem Gewicht der Waffe nach, lege sie auf dem Tisch ab.
Du erzählst von den neuen Nachbarn.
»Sagt der Typ: ›Du bist doch Russe! kannst du uns 'n paar Waffen verkaufen?‹ Ich: ›Ja, klar, aber die Kleinen sind raus, wir haben noch ein paar Panzer stehen im Keller, wenn du magst.‹ Hast du die schon gesehen? Die krassen Jankels hier im Nebenhaus? Hängen immer am Kiosk ab. Die haben Davidsterne auf den Fingerknöcheln. Stas,

Taras und der Dritte, hab ich vergessen, wie der heißt. Fresch from Rascha und sich schon mit ganz Neukölln anlegen. Ich sehe fast jede Woche mehrfach die Polizei wegen denen anrücken. Wie krass muss man eigentlich noch sein, um ausgewiesen zu werden? Deutschland … Zu den Zuwanderern wie diese verständnisvollen Eltern: ›Moritz, du weißt doch, dass die Mama das nicht mag. Bitte lass das, ja!? Okay?‹ Und Moritz nimmt 'n Topf und schmeißt ihn der Mutter an den Kopp. So. Und sacht noch ›Schnauze, du Bitch!‹ – Sag mal, Malýsch, alles okay?!«

Du merkst an der Art, wie ich ausatme, dass etwas nicht stimmt.

»Timur, mir ist übel. Glaube ich …«

»Déwotschka!«, und du betonst das *e*, ziehst es länger als erforderlich, meine Mutter würde es genauso sagen, die Tranquilizer schießen eine weitere Dosis durch meine Venen.

»Ich kann nicht mehr stehen, die letzten Tage waren irgendwie … zu hart.«

Das Warten auf dich war zu hart. Viel zu hart. Und jetzt bist du endlich da. Und jetzt bin ich endlich glücklich. Und alle Anstrengung, zu *sein*, entgleitet mir. Und die Kraft auch. Ich habe so lange gewartet. Jetzt bist du endlich da. Und der Rest der Welt kann mir nichts. Du. Nur du kannst.

Du stehst auf, sagst: »Setz dich doch bitte.«

Ich bleibe stehen. Du hältst mich an den Schultern, ich lehne meinen Kopf in die Kuhle zwischen deinem Hals und Kinn, deine Arme umschließen mich, verbergen mich vor dem heranrollenden Massaker, dem ultimativen Final Battle. Wir werden beide draufgehen. Aber jetzt, jetzt ist alles gut.

»Gut, Malýsch. Ich bringe dich ins Bett«, sagst du. Erinnerst du dich noch? Unsere erste Nacht, als du sagtest: ›Malýsch, du schläfst heute hier.‹ Als wir uns nebeneinanderlegten, zwischen die ganzen Bücher, das Holz, das Werkzeug und die Geräte in der Werkstatt und im Hintergrund Don Rendell und das Ian Carr Quintet *Shades of Blue* spielten, während hinter den Fenstern auch ganz Berlin in grauem Blau mit uns zwischen Illusion und Wirklichkeit schwebte.
»Komm, mein Kleiner, komm. Du kannst ja nicht mal mehr die Augen offenhalten.«
Er trägt mich in sein Schlafzimmer. Ganz vorsichtig, so als wäre ich aus Glas, legt er mich auf sein Bett. Ich fühle mein Körpergewicht, drehe mich auf den Bauch, mein Gesicht versinkt in der Dunkelheit des Kissens. Ich höre es klicken. Die kleine blaue Lampe neben dem Bett, er hat sie angemacht. Ich kenne dieses Zimmer auswendig. Jeden Gegenstand darin.
»Bleibst du bei mir?«
»Ja, Malýsch, natürlich.«
»Timur … Liebst du mich?«
»Sehr … Sehr liebe ich dich. Hörst du, Malýsch?«, er nimmt mein Gesicht in seine Hände. »Bis zur Besinnungslosigkeit liebe ich dich. Besúmno. Entspann dich doch. Ich bin hier. Alles ist gut.«
Ich höre die Sirenen, das Pfeifen der Bomben, ich höre Granaten und lautes Geschrei.
Der mit dem Finger am Abzug hat abgedrückt. Und wieder und wieder und wieder.
Deine Hand streicht über meine Haare, meinen Rücken. Flache Hand, gleitet mit leichtem Druck, langsam, wie bei einem Kind, das einschlafen soll. Du bist hier. Du bist endlich hier. Und ich trage ein weißes Kleid, ein Kleid,

dessen Schlitze so hoch sind, dass man, wenn ich laufe, fast bis zum Oberschenkelhalsknochen sehen kann. Bestimmt siehst du mich jetzt an. Bestimmt zeichnen sich bei dieser Beleuchtung die Umrisse meiner grauen Sportwäsche darunter ab, für dich, gefällt dir.
Mir ist schwindlig, alles gleitet, die Berührung deiner über mich streichenden Hand, Dynamik der Stille. Die Stille ist eine Drohung. Alles ist langsam und leise, wie die im Hintergrund kaum hörbare Musik. In meinem Kopf eine wirre Masse, undefinierte Übelkeit. Mein Körper reagiert und schließt für dich auf.
»Timur?«
»Ja?«
Deine Stimme gleitet an meinem Ohr vorbei, während du hinter mir das Kissen zurechtschiebst. Du bist müde, und ich höre an deinem Ausatmen, dass du froh bist, gleich endlich liegen zu dürfen. Du schlepptest Baumaterial, bautest hohe Wände, schraubtest Lichtanlagen an, strittest mit Regisseuren, dirigiertest die Requisiteure, rauchtest dazwischen etwa 17 Zigaretten, zu viel Kaffee, und dann, nach langer Fahrt durch die Stadt, eine Flasche Nastoy mit mir. Er war sehr gut, dein Nastoy.
»Timur … ich … es tut mir leid. Ich hätte nicht gedacht, dass ich unseren Abend so ausklingen lassen …«
»Ist doch alles gut. Alles gut. War ein fantastischer Abend.«
Und deine Hand fährt weiter meinen Rücken entlang, noch immer als beruhige sie ein Wesen, das in deiner Obhut ist – schwach, nicht ebenbürtig. Und ich frage mich, ob es möglich ist, dass du keinen Hauch von Aufregung verspürst, während ich vor dir liege, durchdringlich und verfügbar, und das vielleicht der letzte Augenblick ist, Timur. Der allerletzte …

Ich schiebe meinen Körper nach hinten, an deinen. Ich will, dass wir sind wie Enzo Maris Bausätze, wie aus einem Stück geschnitten – die Begrenzung des einen exakt an der des anderen. Ich höre, wie die Knöpfe deines Hemdes aufgehen, der Gürtel der Hose, wie du beides neben dem Bett ablegst.
Gefühlte tausend stille Minuten vergingen damals. Erinnerst du dich? Wir lagen nur da. Atmend. Glücklich, ohne zu wissen warum – bewegten uns wie in Zeitlupe, wie in Trance, markierten einander mit dem eigenen Geruch. Und du küsstest meinen Hals, als du dachtest, dass ich schlafe. Und ich küsste dich. So langsam und innig ich nur konnte. Und jetzt liegt meine Hand in deiner, in deinen Fingern fühle ich winzige unregelmäßige Zuckungen, weil die Muskulatur den Tag loslässt. Ich weiß, dass du nicht schlafen wirst.
Ich erinnere mich, wie ich meine Stirn an dein Gesicht drückte, drücke meine Stirn an deine Wange. Timurrrr … glückliche russische Katzen sagen Murrrr.
Mein Unterhemd verrutschte in der Drehung, nackte Haut, die schon den ganzen Abend, seit den ersten Sätzen, die du sprachst, zu erahnen versuchte, wie es wohl ist, von dir berührt zu werden. Immer nur von dir. Und ich sah die dichten Stoppeln deines Bartes, sie kontrastierten mit deinem Mund, dem zarten Fleisch, diese feine dünne Haut, Millionen Rezeptoren, der Schwung der Lippen, zum ersten Mal sah ich sie damals so nah, leicht geöffnet, ich sah die weißen Eckzähne. Immer will ich hinein, mit meiner Zunge, rein in deinen Mund, der so schöne Sachen erzählen kann, so geistreiche, aus dem die tiefe Stimme kommt, die mit einem Wort meine ganze Welt zu einem warmen Ort werden lässt. Am Gaumen entlang, in die Mundwinkel. Mein Name soll sich in deine Haut ein-

brennen, unter deine Haut, in deinem Blut sein. Zu mir gehörst du.
Ich sehe dich an – du hast die Augen geschlossen. Ich sehe die Konturen deines Kinns, dein Atem fließt genau in meinen Mund, ist so rein, das Kohlendioxidgemisch deiner Lunge. Du fühlst, dass ich dich ansehe. Du gibst auf. Du ziehst den Rock meines Kleides hoch, ich fühle deinen Schwanz, du hältst ihn in der Hand, hältst ihn mir hin. Er ist warm, er zuckt.
»Bitte fick mich … Wýjebi menjá, murkin, hörst du?«
Und ich beiße in deine Schulter, in deine salzige Haut, so stark, als würde ich Stücke herausreißen wollen. Und deine Hand umgreift meinen Nacken und zieht sich zu, fester, drückt sich ein in meine Venen, meinen Hals. Fester. Wenn du wolltest, könntest du mich jetzt töten. Nur ein kleines Stück noch, und du brichst mein Genick. Los, töte mich, schaff mich aus dieser Welt.
Deine Finger in meinem Mund, und wir essen, trinken, atmen einander.

—

Die Sonne strahlt direkt in das Zimmer.
Du bist wach. Nicht neben mir Die Gardine über dem Bett fehlt. Samt Stange. Das ist neu. An einer Seite ist die Halterung noch da, auf der anderen sieht es aus, als wäre sie mit Gewalt herausgerissen worden. Du streitest oft mit Astrid in letzter Zeit, sagtest du. Ich frage nicht, ob das die Folgen einer dieser Auseinandersetzungen sind. Der Abdruck deiner Faust in der Wand und die kaputte Schranktür sind solche Erinnerungsstücke.
Ich höre dich unter der Dusche. Mein Kleid liegt in der Ecke, zerknüllt. Ich hänge es auf einen Kleiderbügel zu deinen Hemden. Der Dielenboden knarrt.

»Hello!«, sagst du, ich sehe dich durch die milchige Plastiktür der Duschkabine.
Neben dem Waschbecken liegen Rasierutensilien, die Spiegeloberfläche ist matt vom Dampf, am Nagel daneben hängt deine Kette mit dem Stern. Ich öffne die Kabinentür, steige vorsichtig ein, du gehst zur Seite, schaffst mir Platz in der Enge, sodass ich unter dem Strahl der Dusche stehen kann.
Ich drehe dir meinen Rücken zu, das Wasser rauscht, läuft runter an meinem Körper, über mein Gesicht.
»Heute Nacht hing Jesus ständig in deinem Mund beim Küssen ...«
»Ja, habe ich gemerkt. Jesus is our friend. Das schon okay.«
Ein Plastikverschluss öffnet sich, schließt sich. Wie bei einer rituellen Säuberung wäschst du mich, streichst den Schaum über meine Haare, die Schläfen. Deine Hände werden immer gröber. Deine Hände pressen mich gegen die Fliesen, deine Hände krallen sich in meine Haut. Ich bewege mich nicht. Ich kann mich nicht bewegen. Und du kommst hart in mir, als wäre es ein Gewaltakt, hältst mich so fest, dass ich das Gefühl habe, du brichst meine Knochen, ja, halte mich. Weil sich sonst meine Seele aus dem Körper lösen würde. Löst sich immer, wenn wir uns lieben, löst sich und ist endlich frei.
Du lässt mich los. Du küsst mich auf die Stirn und streichst mit der Handfläche über meine Brust, wie über die glatte Oberfläche einer Skulptur. Ich fühle mich schön, wenn du mich berührst. Und du bist verlegen – als wärst du es nicht selbst gewesen, sondern ein Dämon, der sich deinen Körper vorübergehend zu eigen gemacht hat. Ich wische deinen Schweiß, das Wasser von deiner Stirn, drücke meine Brust an deine. Du sorgst dich, dass

ich warm genug angezogen bin, und fickst mich wie ein Dämon. Liebesbekundungen.

»Wollen wir raus? Alles, was man innerhalb der Kabine tun konnte, ist getan, nicht?« Mein Mund lächelt, und mein Herz blutet vor sich hin.

»Ja ... Willst du was essen?! Ich habe tolle selbst gemachte Marmelade da, Brot auch. Und Hering. Unfassbare Lust auf Hering gerade ... Soll ich uns was machen?«

Ich habe Gänsehaut. Du legst ein Frotteehandtuch um meine Schultern, bleibst einen Moment in dieser Umarmung hinter mir stehen, legst deinen Kopf an meinen.

»Wir essen jetzt, ja? Ich mach mal.«

Er geht in die Küche. Ich bleibe stehen, sein Abbild verschwindet aus dem Spiegel. Übrig bleibt meins. Ich nehme Jesus vom meinem Hals, lege mir jetzt seinen Stern um.

Izy Lewin, Blut steht höher als Moral.

Izy Lewin, die Jüdin liebt einen Juden.

Izy Lewin, die Russin liebt einen Russen.

Izy Lewin, die Deutsche liebt einen Deutschen.

Izy lewin, die arme Sau liebt einen Schmock, der nichts versteht.

Izy Lewin trägt den Stern auf der nackten Brust.

Izy Lewin, das privilegierte Kind, das arme Asylantenkind.

Ich nehme die Kette wieder ab, hänge sie an ihren Platz.

—

Und du setzt Wasser auf, in Unterhose, schaust in den Kühlschrank.

»Wie spät?«

»Halb drei.«
»Ich muss gleich los«, sage ich.
›Aber bleib doch, Malýsch, bitte bleib, geh nie wieder, lass uns dies zum Tag eins unserer endlich begonnenen Zeit auf dieser Erde ernennen und zur Feier dieses Tages was einritzen in einen Baum oder einen Drachen steigen lassen‹, wäre jetzt dein Text.
»Aber bitte trink doch wenigstens noch einen Tee.«
»Ich trinke keinen Tee. Das weißt du doch.«
»Du bist eine schlechte Russin.«
»Na klar.«
Ich küsse deine Wange, fest, damit meine Lippen durch die Stoppeln des Bartes auch deine Haut berühren. Du legst deinen Arm um mich. Wir stehen, minutenlang, schweigend. Um uns das Chaos unseres Mikrokosmos, hinter der Tür das Chaos der unbezwingbaren Wirklichkeit.
Ich weiß, dass du schon planst, wie du deine Astrid vom Flughafen abholst, wenn sie morgen in Tegel landet. Ich weiß, dass wir uns länger nicht sehen werden, und ich weiß, dass auch du es gern anders hättest. Ich weiß, dass deine Astrid das nicht versteht, nicht versteht, dass du mich brauchst. Wozu?! Was kann sie dir schon sein, diese Izy Lewin? Kennst sie ja kaum. Und du kannst ihr nicht sagen, dass wir eine Parallelwelt aufgemacht haben, eine ganze Welt, zu der sie keinen Zutritt hat. Und du kannst ihr nicht erklären, dass ich mehr weiß über dich, als sie jemals erfassen kann. Und ihr zuliebe erwähnst du mich nicht. Und weil du auch uns nicht loslassen kannst, ist alles zweigeteilt.
Ich ziehe mich an, höre, wie du das heiße Wasser in die Kanne gießt, nehme meine Tasche, schaue mich um, nichts vergessen.

Schnell, schnell raus hier. Ich will nicht hören, was du mir noch sagst zum Abschied. Ich bin sicher, es würde mir wie immer nicht gefallen. Denn du sagst nie deinen wirklichen Text. Sagst immer nur einen kalt aufgegossenen Quatsch: *Bis bald, Malýsch, grüß Stascha, Malýsch, bestes Gelingen, Malýsch, wir telefonieren …*

»Malýsch …!?«, höre ich im Flur, aber ich bin schon raus. Auf der Straße.

Du bist mein Dual. Und es gibt kein Entkommen.

If I only could

I'd make a deal with god.

»Ich komme jetzt, Mama.«

»Schön, meine Kleine. Das ist sehr sehr schön.«

7

(ARI & MIRA)

Es ist sieben, und in der Küche brennt Licht.
»Hallo?«, fragt ihre Stimme aus der Gegensprechanlage.
»Ich!«
Ein überraschtes »Oh«.
Immer überrascht, obwohl ich sie auf dem Weg bereits gefühlte acht Mal angerufen habe, weil der schlechte Empfang in der S-Bahn unsere Verbindung immer wieder zerschnitt und sie doch bei jedem neuen Versuch an der Ansagerstimme genau hören konnte, auf welcher Station der Strecke ich mich befand.
Der Türöffner summt.
Langer Flur. Es riecht nach Essen im ganzen Haus. Vom Erdgeschoss bis zur vierten Etage, am Rande der Stadt.
Schnell, so schnell ich kann, laufe ich hoch zu ihr.
»Mamaaa!«
»Izjaaa!«, imitiert sie mich.
Sie steht im Türrahmen, uns trennen noch zwei Treppenabsätze, einer, noch drei Stufen.
»Na, mein Kätzchen?«, sagt sie, und ich drücke sie so, dass sie sich nicht bewegen kann, und küsse sie auf die

Nase, auf die Ohren, auf die Stirn. Sie riecht wie frischer Wind. Versucht, sich herauszuwinden aus diesen körperlichen Überfällen, mag es nicht, ihrer Freiheit beraubt zu werden, aber lacht und lässt mich doch alles rauslassen, was ich ihr an kindlicher Sehnsucht mitgebracht habe.

»Na komm, komm rein!«

»Was machst du gerade, es riecht ganz komisch ...«

»Ich dünste Kohl. Für deinen Vater.«

»Riecht, als hätte es schon jemand gegessen.«

Das finden wir beide lustig, zu wissen, dass es noch jemand essen wird. Essen *muss.*

»Wo ist Babuschka Ella?«

»Schläft. Weck sie nicht. Ich bin froh, wenn sie schläft. Sonst will sie, dass ich die ganze Zeit neben ihr sitze. Ich darf mich kaum allein bewegen. Gestern nach der Arbeit habe ich ihr gesagt, dass ich mich jetzt ausruhen gehen möchte. Sie kommt mit, hat sie gesagt, sie könnte sich ja an die Bettkante setzen. Das wird immer verrückter hier.«

»Das ist noch nicht das Maximum, da bin ich mir sicher. Trinkt sie noch mit euch?«

»Jaja, das schon.«

»Na dann ist doch noch alles okay«, sage ich und umarme sie noch einmal. Weil sie gerade da ist. Einfach so. Immer einmal mehr als nötig. So oft wie möglich. Sie tanzt mich in einen Walzer und schwingt sich mit einer Drehung aus meiner Umarmung und wieder an den Herd.

»Und Papa?«

»Irgendwo im Rathaus, klärt Angelegenheiten für den neuen Kindergarten.«

»Für Schläfenlockenkinder?«

»Natürlich. Was sonst.«

Wer soll das auch tun, wenn nicht mein Vater, der Dirigent?
Es gefällt mir nicht. Ich wünsche mir *meinen* Vater zurück. Den hageren Typen, der mit Buletten um sich warf, wenn ihm die Kantinenfrau komisch kam, und der einen Hahn am Newski an der Leine spazieren führte und selbst genähte Dreiteiler aus karierten Wolldecken trug.
Den Künstler will ich zurück. Einen, der sich hübsche Dinge ausdenkt, sich in illustren Kreisen bewegt, mich ins Theater mitnimmt. Aber nein, jetzt ist er des Wüstenvolkes persönlicher Robin Hood. Jetzt ist er *deren* Hauptgewinn. Gratuliere.
»Ich habe dir einen Salat gemacht. Steht im Kühlschrank. Wie immer viel zu viel. Ich weiß nicht, ob ich es jemals schaffe, normal zu kochen, sodass nichts übrig bleibt.«
»Kriegskind. Ist doch toll, wenn was übrig bleibt, Mama. Ist immer was da …«
»Nimm dir«, sie dreht sich wieder zum Herd. Ich starre in den Kühlschrank: ein riesiger Topf Borsch, eine Schüssel mit gefüllten Paprikaschoten, ein Suppenhuhn, das nackt und grau auf einem Teller liegt, Kartoffeln, schon gekocht und garniert natürlich, Hering bedeckt mit Zwiebelringen. Hier ist alles drin für unsere nächtlichen Gelage. Man trifft sich, wenn Deutschland längst schläft, in der Küche. Checkpoint Kühlschrank. Ich kann immer erraten, wer es ist, noch bevor die Küchentür sich auch nur einen Spalt öffnet, weiß, wer wie viele Schritte aus seinem Zimmer laufen muss, wie die Schritte klingen, wie jeder die Türklinke betätigt. Man unterhält sich über dies und das, dann geht einer, der Nächste kommt. So geht das die ganze Nacht, zwischen zwei und fünf. Die

nächtliche Küche, der Fernseher läuft, der Wellensittich quiekt herum, und man redet über alles, was es gibt auf der Welt, zeigt einander Neuerrungenes, und bedauert Verlorenes.
Und damit immer etwas Essbares vorrätig ist, kochst du immer zu viel, Mama. Wie kann das denn bitte schlecht sein?! Wie hast du das nur ertragen, diesen alteingesessenen Russen-Machismus? Diese komischen Männer – so unfähig, sich allein zu versorgen, dass man sie beinahe windeln muss, so unfähig. Ich könnte das niemals. Ich bin es gewohnt, dass Männer besser kochen als ich, gewissenhafter aufräumen und mit Babys vor den Bauch geschnallt die Einkaufsliste abarbeiten. Und nicht, dass sie, gefragt nach der wesentlichsten Eigenschaft einer Frau, *Muss kochen können* angeben. So eine Pest.
Und du, Mama? Vor der Probe morgens: am Herd. Nach der Vorstellung: Kuchen backen, Gäste empfangen, abräumen, vier Stunden Schlaf, von Kindern geweckt werden, und wieder kochen, wieder Probe. Jeden Tag. Und die Wäsche waschen von Hand, die des Mannes, der Kinder, der eigenen Mutter. Und das Geschirr spülen von Hand, das des Mannes, der Kinder, der eigenen Mutter. Und abends im Scheinwerferlicht glitzern und Cancan tanzen, als ob nichts wäre. Ein ganzes Leben lang.
»Danke für den Salat, Mama.«
»Sehr gern. Du wirst immer dünner. Sieht sehr gut aus, steht dir. In deinem Alter sah ich auch so aus«, sagt sie und beginnt, die Möhren zu schälen.
»Du hast auch jetzt kaum eine Größe mehr.«
»Ach was, ganze zwei. In der Ukraine, bei deiner Großmutter, wollten die mich immer mästen. ›So ein dünnes Ding‹, sagten sie, ›du musst essen! Du musst essen! Los, hier! Iss!‹«, parodiert sie ihre Fütterer und steckt mir ein

Stück Möhre in den Mund, »So sehen die ja alle aus – so füllig und bäuerlich wie ein aufgegangener Hefeteig!« Und ich sehe sie, dicke Frauen aus Teig, milchig mit Zuckerguss und gut im Ofen gebräunt.
»Ja, Ukraine, das Land der aufgehenden Frau. Oma Ella hatte auch immer Kampfgewicht ... Und jetzt so dünn ...«
»Ach ...«, sagt Mutter, schneidet fertig, wäscht sich die Hände. »Also ich gehe jetzt auf den Balkon. Die Sonne ist wunderbar heute. Komm doch mit.« Sie dreht die Herdplatte runter, nimmt ihre Zigaretten, ihre Tasse mit kaltem Kaffee und geht voraus. »Und dann erzählst du mir auch, wie es dir geht, mein liebes, schönes Mädchen.«
Und wir sitzen. Sie raucht. Ich denke.
Wie es dem lieben, schönen Mädchen geht?! Wahnsinn geht's. Einfach nur super. Habe gestern daran gedacht, wie man die Welt in die Luft jagt. Nein, nein, keine Angst – nur die schlechten Teile natürlich. Was schlechte Teile sind? Ach komm, müssen wir gar nicht kompliziert machen – Die, die die guten Teile in die Luft jagen wollen! Oder unterdrücken/missbrauchen/mit der Verweigerung von Impfstoffen in die Knie zwingen/die, die sich weigern zu verstehen/die, denen die Hände zu brechen, einfach nicht reichen würde/die, die meine Bäume roden, meine Füchse schlachten, meine Tiger, meine Bären. Gut, Mama, nicht? Du würdest mitmachen. Wir statten dich aber dann besser aus. Nicht wie damals, mit der Axt. Du, 'ne Bazooka in der Hand ... Kalaschnikow ... vielleicht hat meine Cousine ja noch den Panzer. Wir gehen da so als Familie hin! Die Lewins für Recht und neue Weltordnung. Man sollte sich demnächst mal überlegen, wie die Aufnahmekriterien und Tests für Überläufer aussehen könnten ...
»Wie geht es denn, Izy?«, fragt sie.

»Da muss man noch genauer drüber nachdenken, Mama …«
»Worüber?«
»Ach so. Wie es mir geht. Ja. Geht, Mama, geht. Immer besser.«
»Schön«, sagt sie und schaut friedlich in das Geäst des Baumes vor unserem Balkon, eine Blaumeisenmutter füttert ihre kahlen Kinder.
Mama ist unwirklich ruhig und in dieser Ruhe unwirklich schön. Ich kenne den Film, dem sie entstiegen ist, um jetzt hier mit mir zu sitzen. Ich weiß, wie sie als Kind ihre Sommer verbrachte, sich auf dem Dachboden versteckte zwischen all den übrig gebliebenen Zeugen der wohlhabenden Zeiten vor der Enteignung: ihres Großvaters Büchern und den alten herrschaftlichen Möbeln, aus denen inzwischen die Sprungfedern herausstanden. Sie und ihre Hunde, Pudik, der Winzling, und Barsik, der Riese. Und dass sich dort immer wieder Kleinstpartikel von der Decke lösten und die Sonne hereinschien, und wenn man sich bewegte, wirbelten die Staubkörnchen auf und flogen tanzend und glitzernd im Lichtstrahl. Sie ließ den Staub, fand ihn hübsch.
Und sie kennt meinen Film, weiß, wie es war, als ich mir ein Zimmer teilte mit Großmutter Valeria. Und sie weiß, wie lustig es aussah, wenn Großmutter Valeria zu den im Fernsehen gezeigten Aerobic-Sendungen tanzte. Und sie war da, als mein Großvater zu uns gebracht wurde aus dem Krankenhaus. Wie er – traurig und überwältigt von seiner Machtlosigkeit gegen diesen kranken, welken Körper, in dem er nun feststeckte, obwohl er es doch gewohnt war, so stark wie zwei Riesen zu sein und für seine Ella, seine Prinzessin, zu sorgen und für die bescheidene verwitwete Valeria auch, und überhaupt für

uns alle – so geschlagen im Wohnzimmer saß und daran dachte, dass er nun beide im Stich lassen musste, uns alle verlassen musste, und die vielen Schläuche aus seinem Bauch irgendeine Flüssigkeit in die daneben aufgestellten Behälter pumpten.

Und ich weiß, dass ihre Mutter Valeria ihr schrecklich fehlt und dass sie weiß, dass ich mich an sie erinnere, immer. Und so kann sie mit mir zusammen traurig sein. Zu zweit erinnert es sich besser. Viel besser. An die Geschichten, an den Laster, der Valeria fast gänzlich zerquetscht hat im Krieg – Blut aus den Ohren, den Augen, der Nase, Schädeldecke gebrochen, Hüfte, sodass man ihr im Krankenhaus monatelang keinen Spiegel gab, so schrecklich sah das alles aus. An Valerias verstorbene Söhne: die drei schönen Brüder. An Valerias unerschütterliche Gabe, trotzdem an das Gute zu glauben. Alles hatte sie überlebt. Nur nicht, dass ihre Tochter nach Deutschland zog.

›Ich habe keine Mutter mehr‹, sagt sie oft. ›Sie fehlt mir schrecklich‹, sagt sie. ›Es ist ganz traurig, wenn man niemandes Kind mehr ist‹, sagt sie. Und ihre Seele, bunt und voll lustiger Fantasterei, kniet zu Boden und schluchzt hilflose und bittere Tränen. Sie ist das Mädchen, das allein am Strand lebt und mit dem Meer sprechen kann. Und ist so stark, und fühlt sich so allein. Wenn man niemandes Kind mehr ist …

Und sie sagt, ich soll leben. Einfach nur leben.

Sie schaut noch immer in das Grün der Bäume, das sich vor uns erstreckt, die kleinen Vögel sitzen in den Zweigen, singen zierliche Melodien.

Man kann nur mit denen schweigen, die wissen. Alles wissen. Dabei waren. Denen man nichts erklären muss, wie es war und warum.

»Was ist eigentlich mit diesem Alexander geworden?«, fragt sie.
»Aleksandr«, sage ich.
Aleksandr sollte ein Ersatz werden. Weil du nie da bist. Und wenn doch, dann nie vollkommen. Aleksandr ist kein Ersatz. Aleksandr musste nicht fliehen, und er findet mich deutsch. Aber Aleksandr ist kein Macho. Aleksandr ist der Beginn einer neuen Generation. Aleksandr ist aus Rom zurückgekehrt. Aleksandr lebt in Moskau. Aleksandr, 28, in Shorts mit Palmen drauf. Ein Russe, so europäisch, als wäre ganz Moskau Berlin-Mitte.
»Aleksandr geht's gut … irgendwo weit weg, schickt mir Bilder.«
Mama lächelt.
Ganz fabrikneue, offene, schöne Menschen in unserem Überland. Mit Reisefreiheit. Mit Internet. Alles kennen die, und englische Ausdrücke benutzen sie auch – gibt es jetzt in Russland, sagt Aleksandr. Aber mit kyrillischen Buchstaben schreiben, sagt er. *Ah yeah!* schreibt man *A e!*, und trotzdem klingt es genauso. Russianstyle. Überstyle. Und Smileys haben keine Augen. Sind nur Klammern. Eine, oder sehr viele. Das lerne ich jetzt alles. Durch Alexandr. Ich hasse es, wenn er sagt: ›Du bist ja schon ganz quadratisch, praktisch, gut.‹ Es ist Zeit, sich zu extegrieren.
»Er schreibt mir Gedichte, Mama«, sage ich und lese ihr seine letzte Meldung aus meinem Account vor: *Ich stehe auf und gehe nicht allein/ich weiß, dass auch du umherläufst/dort irgendwo mit mir/wir haben uns entzweit/in der jungen Seele/die glaubt/und uns erlaubt/zu träumen/zu tanzen/glücklich zu sein/um uns herum ist ein Ozean aus Zukunft/und ich verliere mich/in einer Welle der Gefühle/ich atme Fantasien/an einen Menschen/*

dessen Hand ich halte/ihn fest umarme/in dessen Augen blicke.
Ich habe einen Brieffreund aus dem Übermutterland, und er ist mir ein fremdes Wesen aus einer mir fremden Welt.
»Ein Poet«, lächelt meine Mutter.
Und dann erzähle ich ihr, dass ich letztens allein ins Kino bin, etwas Schönes sehen, der Wehleidigkeit eine schöne Backpfeife verpassen. Wollte in diesen neuen Film, *Die große Schönheit*. Und sie sagt, sie kenne nur das Original von Fellini, irgendwann mal, in den Sechzigern, habe sie den gesehen. Ist lange her. Und auch noch ohne Untertitel.
»Wie? Auf Italienisch?«
»Ja! Dein Vater hat den Film durchkommentiert!«, lacht sie. Wie hübsch sie lacht. »Er hat anhand der Bilder herausgeahnt, worum es da gerade so gehen könnte. Du kennst doch deinen Vater. Er denkt, wenn er Beethovens Töne deuten kann, dann ja wohl so'n bisschen Italienisch erst recht … Wir waren ja mit dem Theater auf Gastspiel gerade, in Mailand, Neapel, Venezia …«
Und ich frage, ob er das für sie kommentiert hat oder etwa für das ganze Theater.
»Für alle natürlich!«, sagt sie. »Hat halt *übersetzt*«, sagt sie. Er habe Italienisch so gut übersetzt, dass, als sie von einem einheimischen Paar, mit dem sie sich angefreundet hatten, für Freitag eingeladen wurden, Ari und Mira pünktlich am Sonntag vor deren Tür gestanden hätten. »Das war lustig«, sagt sie und zieht an ihrer Parliament.
»Schau«, sagt sie, und zeigt auf den prächtig gedeihenden Birnbaum im Hof, »hat sich ihren Weg durch den Pflasterstein gemacht. So stark … Dabei wäre sie damals fast schon abgestorben«, sagt sie, »so wie du. Drei Mal

bist du mir fast abhandengekommen, noch bevor du sprechen konntest. Und jetzt?! Sieh dich an! Das kleine eigenwillige Ding, das kleine *Nicht-Hallo-und-auch-nicht-warum* hat es geschafft.«

»Habe ich das wirklich immer gesagt?«

»Ja natürlich! Ich war ganz stolz auf dich! Du warst ja erst vier.«

»Weil Erwachsene nicht verstehen, dass sie sich vor Kindern aufführen wie degenerierte Zombies.«

Könnte man das nicht heute auch noch bringen?! *Yo, Marc! Nicht Hallo und auch nicht warum!* Das kommt gut, glaube ich.

Ich habe es geschafft, Mama? Von wegen. Eine Memme bin ich geworden. Eine, die wartet auf die ganz große Nummer. Die für euch alles richtig machen will. Weil ihr es verdient habt, dass eure Saat aufblüht. Und für sich selbst?! Da will sie gar nichts, außer die schlechten Teile der Welt zerbomben. Oder doch, aber geht nicht. Geht einfach nicht. Er bleibt bei ihr, weil sie krank ist, sagt dieser Schmock, Mama. Und ich wünsche mir, ich wäre ebenfalls schwach. Dann würde er mir auch zur Hilfe eilen. Schwach. Schwachsinn.

»Du bist mein begabtes, schönes Mädchen. Alles wird gut. Am Ende. Und wenn es nicht gut ist, ist es eben noch nicht das Ende.«

»Ich will nur noch schlafen in letzter Zeit.«

»Das kann auch der Frühling sein. Oder dein Organismus. Du bist sechsundzwanzig, mittendrin. Wahrscheinlich änderst du dich auch. Wenn man jung ist, kann man auch viel schlafen. Wenn du älter bist, versuchst du die Zeit, die nur so dahinrennt, weise zu nutzen.«

»Mama«, sage ich leise, »erzähl mir bitte eine Geschichte. Irgendeine. Bitte …«

»Meine Kleine!«, lacht sie.

Lach mich nur aus, das ist nur gerecht. Da sitzt dir ein ausgewachsenes Kind gegenüber, könnte selbst längst Mutter sein, und dann kommt ›Erzähl mir 'ne Geschichte‹.

»Was willst du denn hören? Du wolltest, als du klein warst, schon immer Geschichten hören, die nie enden. Weil du einfach nicht schlafen wolltest. ›Alle Kinder schlafen schon, du musst jetzt auch‹, habe ich dir dann gesagt. Und du fragtest: ›Und die Tiere?‹ ›Jaaa‹, sagte ich, ›die Tiere auch.‹ ›Auch die Bären?‹ ›Jaa, auch die Bären.‹ ›Und die Häschen?‹ ›Ja, die Häschen auch.‹ ›Und Füchse?‹ Das ging ewig. Jeden Abend …«

»Und dann habt ihr mir den Kassettenrekorder gekauft.«

»Genau. Dieser Kassettenrekorder …«

»… hat ein dreifaches Monatsgehalt gekostet.«

»Ach, das habe ich wohl bereits erwähnt …«

»Ja. Mehrfach.«

»Das war gut investiertes Geld! Wir hatten Ruhe, und du Kassetten … Weißt du was? Fernsehen war bei uns! Letzte Woche!«

»Wo?«

»In meinem Blindenkurs! Ganz ganz nett war das … So interessiert … So eine sehr junge Redakteurin. Und …«

»Blindentanzkurs, Mama?!«

»Ja! Deine Mutter hat die einzige Tanzgruppe für Blinde! Europaweit!«

»Ach komm, europaweit?!«

»Jaja! Kannst du nachschauen: Was es gibt, sind Gruppen Sehende-Blinde gemischt. Bei mir aber sind es aber *nur* Blinde!«, sagt sie stolz.

Ich lache laut auf bei der Vorstellung der Fertigkeiten ei-

ner solchen Tanzgruppe und entschuldige mich im gleichen Zuge.
»Jaja!«, bekräftigt sie noch einmal. »Schreib das ruhig!«
»Schreiben?! Wohin?«
»Wohin, wohin – bei diesem Internetdings, wo du immer deine Sachen publizierst! Dann kommen vielleicht sogar welche aus Moskau angereist …«
Sie schaut in die Luft und stellt es sich vor.
Ich will es fragen, so fragen: Mama, wie ist das, so zu sein wie du? Wie funktioniert das?
»Hallo«, ruft mein Vater in die Wohnung hinein, und die eventuell existierende Antwort auf meine nicht gestellte Frage verfliegt.
Die Wohnungstür öffnet sich, wir kommen, wir treffen uns im Flur.
»Vater!«, sage ich.
»Sohn!«, sagt er und lächelt mir mild zu, küsst seine schöne blonde Frau, stellt die Ledertasche auf den Sessel im Flur, streift sich die Schuhe von den Füßen.
»So früh, Ari?«
»Ja.«
Du siehst müde aus, Vater, sehr müde. Dein Gesicht schläft ja schon.
»Unmöglich ist das, wirklich unmöglich, wie die sich benehmen.«
»Wer *die*, Ari?«
»Unsere Mitglieder«, sagt er, wobei er nur das Wort Mitglieder auf Deutsch sagt, was umso mehr betont, dass die Mitglieder anscheinend nicht besonders gut sind im Mitgliedersein.
Früher vielleicht Astronauten, Physiker, Lehrer, Kolchose-Arbeiter – jetzt aber zu neunundneunzig Prozent So-

zialhilfeempfänger, zu alt, um die Sprache noch draufzukriegen, zu abgearbeitet, um noch mal zu starten – die er nun in seiner Gemeinde betreut, seine *Mitglieder*, denen er die Sowjetologie austreibt wie bei einem Exorzismus. Und sie speien Galle und Wut und brabbeln unsinniges Zeug. *Wederrrr Fischhhhh noch Fleischhhhh diese Doooitschennnn!*
Verbitterte Wiederbesiedler, stolze Russen, denen man gesagt hat, sie seien ja gar keine Russen, sondern Juden, und sie sollen jetzt lieber mal gehen, gibt gleich Pogrome. Und meine Mutter packte zusammen.
Manche haben sich auch den Nachweis erkauft oder erheiratet, denn hier als Jude zu leben, schien weitaus lukrativer, als dort als reinrassiger Russe zu versauern und mit unwürdiger Rente in Lebensmittelabfällen nach Nahrung zu suchen. Das sind so Dinge, daran hat Deutschland nicht gedacht, als es uns alle aufnahm. Aber was soll's, hatte ja genug Zeit, sich mit den Türken dran zu gewöhnen, wie das ist, von innen heraus invadiert zu werden.
»Ich kämpfe Geld frei, damit deren Kinder und Enkel einen Kindergarten bekommen, und die unterstellen mir, dass ich es in meine eigene Tasche stecke«, sagt Vater traurig. »Und dann kümmere ich mich noch nebenbei darum, dass mir jemand aus Israel dreißig Tüten heilige Erde schmuggelt. Ich helfe, wie ich kann, diese Gemeinde zu erhalten. Jetzt begehe ich auch noch Straftaten, sie artgerecht zu beerdigen. Und dann kommen die mir mit so was …«
Wenn er tatsächlich die Taschen voller Fördergelder hätte, wären die Produkte in unserem Kühlschrank sicher nicht vom Discounter, das Auto nicht schon gebraucht gekauft. Wenn schon die Minderheiten selbst untereinander solche Unterstellungen machen, die de-

nen derer gleichen, gegen die sie sich immer wehren mussten – ja dann? Wird vermutlich der Plan aufgehen. Dann werden sich alle selbst ausrotten über kurz oder lang, muss nicht mal nachgeholfen werden. In Afrika, in Israel und Gaza, in Syrien und sonst wo. Ich würde ja gern Wetten auf dich setzen, du Mensch, einfach, um Optimismus zu verbreiten, aber du bist irgendwie nicht besonders vertrauenswürdig.
»Bei allem Respekt, wie und was du da machst – aber wieso, sag mir bitte, wieso nur sind wir als *die Anderen* aus einem Land raus, damit du hier wieder öffentlich *den Anderen* gibst? Das wäre doch die Gelegenheit überhaupt gewesen, das Thema zu wechseln. Gainsbourg war doch auch – aber das war nicht sein Erkennungsmerkmal. Und du, Ari Lewin, bist es hauptberuflich und lässt dich dadurch definieren. Wie ein Soldat, der sonst nichts ist, außer das Land, dem er gehört. Warum?«, frage ich.
»Izy!«, sagt er streng, »wäre ich nicht von *denen*, hätte man uns hier gar nicht angenommen. Es war die Fahrkarte und das Abkommen. Und da ich jetzt hier bin, ist es das Mindeste, dass ich mich zu erkennen gebe. Guck dich doch um! Da muss man doch was tun! Ich habe einen Beitrag zu leisten. Als Volk der Opfer …«
Ich höre nicht mehr zu. Alle sind ein Volk der Opfer. Afrikaner in Afrika, Afrikaner in Amerika, Zigeuner überall und ständig, Indianer in ihren Reservaten, ihren Ghettos sozusagen, et cetera et cetera.
Mir kam es damals vor, als hätten wir wie Könige gelebt in unserer mit den Stiften der Fantasie gemalten Wirklichkeit, und Wurst, die *Delikatess* hieß. Erst jetzt, da ich weiß, wie Delikatessen tatsächlich zu schmecken haben, kommt sie mir doch etwas komisch vor, diese Wurst mit den dicken Fettstückchen, die so dunkel war wie ein blu-

tiges menschliches Abfallprodukt, das man die Toilette runterspült, ohne genau hinzusehen. Aber damals? War es doch sehr gut auszuhalten. Bis meinem Vater das ganze Leben so schmeckte wie verdaute russische Delikatessen und hinter der Tür die Axt bereitstand, falls die Pogrome losgehen.

– ›*Mira! Was hat denn bitte eine Axt hier verloren?*‹

– ›*Wenn die jemals hier auftauchen, nehm ich das Ding und drehe mich so lange, bis ich so viele wie möglich von denen mitnehme, auch wenn ich selbst dabei draufgehe*‹, hatte Mira gesagt. Und Ari schwieg.

Ich persönlich habe nicht die geringste Lust auf ein erneutes Risiko und anonyme Drohbriefe, die einen dazu bringen, Bauernhofgegenstände hinter der Tür zu parken. Für niemanden.

»Papa, früher musste man Stammbäume auspacken, um überhaupt zu erfahren, wer wer war. Warum kann man dann nicht herkommen, wenn man schon Stellvertreter für sechs Millionen Tote ist, und so einen ›Stillen‹ ersetzen?! So einen, wo man erst mal tierisch in den Akten kramen müsste, falls es wieder mal so weit kommt?«, frage ich mitten rein in seine Ansprache. »Und wenn sie dann wieder ›Abtransport‹ schreien, hätte man wenigstens schon mal gepackt … Ich bin vielleicht gar nicht imstande, noch eine Sprache zu lernen, geschweige denn ein komplettes Leben wieder aufzugeben, wenn hier die Kacke erneut am Dampfen sein sollte.«

»Du verstehst das nicht«, sagt er scharf und geht. Seine bisher schlechte Laune ist jetzt noch mieser.

Und ich bleibe stehen. Wortlos. Und ich weiß, wir sind einer Meinung. Eigentlich. Aber es ist jetzt sein Beruf. Selbst die Bräuche, die er gar nicht lebt, will er verteidigen. Zum Erhalt der Rechte der Schutzlosen. Dabei wäre

es viel besser, er würde bei mir einsteigen in die Familienarmee. Aber nein, lieber Streit um veralteten Unsinn. Immer. Bei seinem Vater und ihm ging es immer um die Partei, bei uns um Beschneidung, die Orthodoxen, Schabbat und Koscheres, Mikwe.
Als ob ich nicht seine Tochter wäre und nicht im selben Boot säße. Alle wissen, wer mein Vater ist. Alle wissen es, ob ich will oder nicht. Mit Davidstern oder ohne – wir sitzen in der gleichen Scheiße, wenn es wieder losgeht. Aber wenn wir streiten, tut er so, als wären wir gegen ihn – seine russische Schicksen-Frau, die für ihn getötet hätte, als die Mutterländer plötzlich wieder öffentlich die Wüstenvölkler hassten, und der er jetzt vorzuhalten versucht, sie würde ›nichts verstehn‹ vom ominösen ›Jüdischsein‹. Und seine christlich getaufte Tochter, die er schützen wollte, indem er sie damals den russischen Namen der Mutter annehmen ließ, und nicht seinen. Die er vor der Verfolgung wegbrachte. Und jetzt wundert er sich, dass sie sich nicht zuordnen will. Und er geht weg, in sein Arbeitszimmer, und trotzt und bittert vor sich hin. Als wäre die ganze Geschichte dieses geschundenen und in aller Herren Länder vertriebenen Wüstenvolkes in ihm vereint und er allein müsse sie nun auf seinen Schultern tragen.
Armer Vater. Ich weiß nicht, wie, und ich weiß nicht, ob sich daran jemals etwas ändern wird. Ab sechzig geht sie dahin, die Biegsamkeit.
»Du musst ihn lieben, wie er ist.«
»Ich weiß. Tue ich auch, Mama. Sehr.«
Mama geht wieder zum Herd, rührt im Topf. Ich setze mich. Ich bin jemandes Kind. Hier. Das ist mein Stuhl. Mein Platz am Tisch. Ich höre Babuschka Ellas Schritte im Flur, hat ausgeschlafen. Jetzt will sie kommunizieren.

Sie ist so klein. Und in meiner Erinnerung ist sie immer noch die junge, lustige, füllige Schönheit des Südens, Großmutter Ella, die mich zwang, in den Sommern bei ihr mindestens vier Stunden am Tag Klavier zu üben. Hart und bestimmend war sie, knüppelhart, und dann aus dem Nichts die übelsten Witze reißen. Auch mit den Kindern im Kindergarten. Ella, die Beliebteste von allen, Musiklehrerin. – ›Ella?‹, stellte ein Kind sie mal vor eine knifflige Aufgabe, ›Ella?‹, fragte es, ›du hast doch dieses absolute Gehör?‹ Und sie sagte, habe sie, ja. Und das Kind pupste und sagte: ›Und das, Ella?! Was war das für ein Ton?‹ Ella lachte nur. Sie lachte und versuchte tatsächlich, es mit ihm herauszufinden.

Jetzt ist sie nur noch die Hälfte ihrer selbst. Und sie sieht fast nichts mehr, zehn Prozent, hat der Arzt gesagt, und macht trotzdem täglich ihre Turnübungen in unserem Hof und geht trotzdem spazieren vor dem Haus, zweihundert Meter nach links, zweihundert nach rechts.

»Isitschka! Mein Kind!«, ich umarme sie, knochig ist sie, ganz dünn und so winzig, so viel kleiner als ich. Sie nimmt mein Gesicht und zieht es zu sich heran, damit ihre erblindenden Augen es erkennen können. Sie können aber nicht.

»So ä Dreck!«, jiddischt sie vor sich hin. »Nichts sehe ich mehr, nichts«, sagt sie und lacht lauthals. »Isitschka! Mein kleines Mädchen … Weißt du eigentlich, wie sehr ich dich liebe?! Warte …«, sagt sie und tippelt davon, verschwindet in ihr Zimmer.

»Babuschka wird mir doch jetzt wieder irgendetwas andrehen wollen, Mama.«

»Ja, wahrscheinlich.«

Wenn ich allein bin mit Ella, lachen wir, erinnern uns des Fart-Investigators oder anderer Geschichten, und wir

singen zusammen und tanzen und dallern rum wie zwei Anstaltsinsassen. Sie aus ihrer Welt, ich aus meiner. Wir treffen uns in der Mitte. Nur sehe ich jetzt zu ihr herunter und sie zu mir herauf, damit wir uns treffen können. Und dann geht sie zurück in ihr Zimmer, zum Fernseher, und sie setzt sich in ihren Sessel, mit dem Gesicht fünf Zentimeter vom Bildschirm entfernt, und schaut russische Programme – Filme, Talkshows, Konzerte, Wiederholungen von früher, bei denen sie ganz glänzende Augen kriegt, und neue, sinnfreie Unterhaltungsformate, die auch ›So ä Dreck‹ sind. Und die Fernbedienung ist mit Pflaster abgeklebt, nur die Knöpfe *An* und *Aus* bedienbar. Und wenn sie beim Verrücken ihres Schaukelstuhls das Kabel aus der Steckdose zieht, sitzt sie in vollkommener Stille da, allein, und kann nichts tun, bis ein Sehender, Ari oder Mira, von der Arbeit kommt und den Stecker wieder in die Steckdose steckt, dieses simple, aber für sie unlösbare Problem aus der Welt schafft.
Und ich stehe oft neben ihrer Tür und belausche sie, wenn es ihr mal wieder danach ist, auf den Balkon zu gehen und mit ihrer vom lebenslangen Kindergärtnern ganz heiser gewordenen Stimme zu den Vögeln zu sprechen: ›Na, ihr Vögel? *Tschiriiip-Tschiriiiip*!? Immer nur *Tschiriiip-Tschiriiip*?! Sagt doch mal was Ordentliches? Erzählt doch mal was Interessantes!‹
Meine kleine Oma … Jeden dieser heißen Sommer meiner unwirklich gewordenen Kindheit zwang sie mich, am Klavier zu verbringen, bis wir endlich ans Meer fuhren. Und jetzt schmeißt sie leere Keksschachteln vom Balkon. So aus Spaß, glaube ich. Sie war es nicht, sagt sie, selbst wenn man ihr versucht, klarzumachen, dass das kein öffentlicher Balkon ist, sondern ihr eigener, und über oder unter ihr kein weiterer existiert.

Sie entgleitet uns, verschwindet. In ihre Welt, zu der sie uns die Tür immer seltener öffnet und in der sie sich immer öfter aufhält. Sie fragt dieselbe Frage sieben Mal nacheinander, wartet nachts am Fenster auf meinen Vater und kann nicht schlafen gehen, bis er endlich kommt, als wäre er zehn und nicht siebenundsechzig und die polizeilich überwachte Welt da draußen ein gefährlicher düsterer Ort.

Sie ist wieder da, aus ihrem Zimmer hat sie einen Schuhkarton mitgebracht. Sie öffnet ihn und präsentiert mir den Inhalt: »Schau! Schuhe! So gut wie neu. Habe ich nie angehabt. Was ist deine Größe? Das müsste deine Größe sein!«

»Babulja! Das sind sehr schöne Schuhe, aber die habe *ich* dir geschenkt. Damit *du* sie trägst. Und abgesehen davon habe ich um zwei Nummern größere Füße als du.«

»Ella Jakowlewna! Das sind Schuhe für eine ältere Dame. Izy hat eigene Schuhe. Wahrscheinlich mehr, als in einen Schrank passen würden. Tragen Sie die Schuhe, um Himmels willen! Immer haben Sie diese Latschen an. Sind doch schon ganz durch!«

»Ah«, sagt sie, und schon ist sie weg, geht wieder – zum Fernseher, zu den Vögeln, zum Porträt ihres geliebten Mannes, Morduchai, mit dem sie auch spricht, immerzu, ihm sagt, wie sehr er ihr fehlt, was für ä Dreck das alles ist ohne ihn, was sie denn solle auf der Welt, wo sie doch längst zu ihm gegangen sein sollte.

Und ich, ich gehe ins Wohnzimmer zu meinem Klavier, das so alt ist wie die Weimarer Republik, das da immerzu wartet, auf Berührung, auf meine seltenen Besuche. Geschmeidig öffnet sich die Klappe des braunen Kastens, ebenso weich geben die alten vergilbten Elfenbeintasten beim Spielen nach. Das Erste, was meine Eltern kauften, als man uns endlich eine Wohnung zuteilte nach der Ankunft im Land der Gerechten, war dieses Klavier. Kein Schrank, kein Bett – ein Klavier. Fünfhundert Mark. Von einem alten Mann, aus dessen abgebrannter Wohnung es gerettet werden konnte. Lange noch roch das Klavier nach Ruß. Wenn man die obere Klappe aufmacht, kann man es heute noch riechen. Ich öffne sie manchmal, dann weht mich der Rußgeruch dahin zurück, an den Tag Nummer eins der Ankunft im neuen Leben.

Hinter meinem Rücken knarrt der Parkettboden, langsame, vorsichtige Schritte nähern sich. Babuschka Ella. Der Klang von mit den Hämmerchen angeschlagenen Saiten hat sie wieder aus ihrem Zimmer gelockt, ihr Portal geöffnet. Alle sind umgekommen im Krieg, alle. Gerade noch Tochter eines Dirigenten der Oper in Odessa, am Konservatorium, Pianistin, und plötzlich mussten die fragilen Hände härteste Arbeit in einem Stahlwerk verrichten. Wenn der Sturm des Krieges weht, nimmt er allen, was ihnen lieb ist. Sie wollte nicht mehr, hat sie gesagt. Und alles nur dank eines fremden Mädchens, das sie zwang, in diesem grauen Chaos aus zerbombten Häusern und toten Familienangehörigen weiterzumachen. Nur weil es dem Mädchen einfiel, Ella aus dem Stahlwerk zu folgen. Als hätte sie es gespürt. Und sie zog ihre Freundin Ella gerade noch rechtzeitig am langen Zopf weg vor dem heranrollenden Zug, der dafür hätte sorgen sollen, dass auch Ella frei wäre, frei, mit ihren Eltern zu gehen.

Sie trug diesen Zopf, ihr Leben lang, um den Kopf gelegt wie einen Kranz. Bis Morduchai starb. Da schnitt sie ihn ab, den Zopf, dem sie all ihr Lebensglück zu verdanken hatte. Sie wollte nicht mehr gerettet werden.

Ich spiele für sie, Chopin lässt uns durch ein Raum-Zeit-Kontinuum zueinander gelangen.
»Ach Isitschka. Du spielst brillant«, lobt sie mich, lobt mich immer mehr, als es mir zusteht.
Ich lasse das Pedal los, der Klang verhallt, löst sich auf.
Ob sie auch dürfe, fragt sie.
»Natürlich«, sage ich. Ich rücke ihr den Hocker zurecht.
Sie setzt sich. Ganz nah geht sie an die Tasten, versucht sie zu erkennen. »Wo ist das mittlere C?«, fragt sie.
»Hier«, ich lege ihren Finger darauf.
Sie fängt an. Ein Walzer in Moll. Ihr Lieblingswalzer. Sie spielte ihn schon, als ich ein Kind war. Sie spielte ihn, als sie selbst noch ein Kind war. Jemandes Kind. Jetzt klafft und fetzt er auseinander, nur Fragmente. Und selbst diese – wie zerschossen. Die ersten zwei Akkorde links trifft sie, die rechte Hand verfehlt die richtigen Tasten, spielt nebenliegende an. Die Hände kennen das Stück, kennen es so gut, werden es niemals verlernen, aber die Augen sehen nichts, und sie greift immer wieder daneben.
»Ach Teufel. Nichts! Ich kann es nicht sehen«, sagt sie. Vor sich selbst kapitulieren. Sie könnte es, sie weiß doch ganz genau, wo die Töne hingehören, und doch führt kein Weg dahin. »Ich sehe nur eine graue Masse … Kannst du dir das vorstellen?«
Ich nehme sie in den Arm. Ich weine. Ich zeige es ihr nicht.
»Babulja, mojá ljubímaja … Mach dir nichts draus. Wir kriegen das Leben auch so klein! Nicht es uns … Sei nicht traurig … Viele Menschen können nicht laufen, oder sind einsam. Das überleben wir schon!«
»Da, ja znáju«, sagt sie.
Wir sind untrennbar, Babulj'. Wir wollen doch immerhin

eine Armee gründen, Babulj'! Stark jetzt! Du musst doch die Spionageabteilung leiten von deinem Fensteraussichtspunkt.

»Wir sollten jetzt ins Bett gehen. Ist schon spät, Babulik.«

»Wo ist Ari?«

Wo Ari ist. Immer wieder. In ihren Augen sehe ich, dass sie nicht mehr hier ist. Was ist dort wohl, dort, wohin sie immer geht, wenn ihre Augen sich trüben. ›Ich bin schon gestorben und lebe immer noch‹, hat sie gesagt, ›ich bin eine lebendige Leiche.‹

Depression, Somnolenz, Sopor, psychogenes Koma. Was es nicht alles gibt. Ich habe darüber gelesen. Der Verstand kann sich verweigern. Weil er es nicht mehr verarbeiten kann. Wie ein Computer, dessen Rechenleistung zu gering ist für die ihm gestellte Aufgabe.

Und das große Finale? Sie spielt ihr Abschlusskonzert, und es nimmt einfach kein Ende. Sie will gehen.

Ich bin schon gestorben und lebe immer noch – eine grausame Wortgruppe. ›Ich habe schon einen Arzt gefunden‹, hat Mama gesagt. ›Einen für aktive Sterbehilfe. Aber wer soll denn da dabei sein‹, hat sie gesagt. Sie könne das nicht, hat sie gesagt. ›Würdest *du* sie etwa dabei begleiten?!‹, hat sie gefragt. ›Ja, würde ich, kann ich, Mama‹, habe ich gesagt.

Gehen. Sie darf gehen. Sie hat es so tapfer geschafft bis hierher. Ich nicht. Ich darf nicht. Ich muss noch. Man muss sinnvoll gewesen sein, um gehen zu dürfen. Zu irgendwas Größerem nütze. Der Vorhang muss aufgehen und ich dastehen im glitzernden Kostüm und eine richtig gute Show abliefern. Hier, schaut her, das sind meine Errungenschaften und das meine siebzehn Kinder, die das alles übernehmen und fortführen.

»Babulja … Ari ist vor etwa einer Stunde nach Hause gekommen, jetzt in seinem Kabinett. Arbeitet wahrscheinlich, Babulja«, sage ich.
»Immer geht er so spät ins Bett. Was macht er denn da so lange?!«
»Babulj'! Dein Sohn ist ein wichtiger Mann der Politik. Er muss viel arbeiten.«
»Trotzdem muss man schlafen.«
»Das musst du gerade sagen«, sage ich, sie lacht. »Komm Babulja, gehen wir ins Bett.«
Und sie zieht ihre Decke hoch bis zur Nase, und ich küsse ihre grauen Haare.
Ich habe noch ein Mitternachts-Rendezvous. Mit Mama und Ari. Seit geraumer Zeit nimmt sie auch daran nicht mehr teil. Will nicht mehr erzählen, nichts mehr hören. Wo ist Ari. Das ist alles, was sie kümmert. Manchmal vergisst sie unsere Namen.
»Gute Nacht, mein Kind«, sagt sie.
Ich glaube, ihr ist gar nicht aufgefallen, dass ich seit Wochen nicht mehr da war.
In der Küche sitzt Mama am Tisch, vor ihr die Teile eines Kuchens – vier Böden und ein Topf mit Füllung aus geschmolzener Schokolade.
»Ich muss morgen mit meinen Schülern meinen Geburtstag vorfeiern. Mit vier Gruppen. Nacheinander. Und die ganze Woche noch wird das so weitergehen«, sagt sie erschöpft und steckt die Zigarette in den kleinen Zylinder im Aschenbecher. Sie erlischt rauchlos.
»Muss ich auch immer mit meinen Freunden. Aber du backst einen Kuchen zu deinem eigenen Geburtstag? Müsste deine Gruppe das nicht machen?«
»Ich mach das doch gern.«
Jeden Tag ist sie nach der Arbeit so geschafft, dass sie

nicht mehr reden kann, kaum noch laufen. Aber sie bekommt ja so viel Liebe zurück, sagt sie, macht ihre Schüler ja so glücklich, sagt sie, und wie sie den russischen Kuchen ja so lieben, wie dankbar die doch sind dafür, da lohne sich der Aufwand, sagt sie. Dafür schuftest du jetzt auch noch nachts, Mama?
»Ja. Und Kanapees muss ich auch noch machen.«
»Ich helfe dir.«
»Na schön. Aber lass mich mal kurz Pause machen, dann bestreiche ich die Kuchenböden, und dann geht's los.«
»Okay.«
Mama?
Ja?
Ich kann nicht mehr.
Doch, du kannst, mein Kind. Wach auf! Du hast Konzert! Komm! Komm! Schau, die Vögel singen schon, und die Bären schlafen! Es ist der richtige Zeitpunkt, um zu gehen. Du musst gehen, mein Mädchen. Lass dich umarmen. Izy?! Was ist mit dir? Ich kann dich nicht fassen, du bist aus Luft! Izy!

—

Ich gehe mit meiner Großmutter barfuß durch den Krieg. In ihrer Wange klafft eine Wunde, sie weint, die Tränen vermischen sich mit Blut. Ich lege meinen Arm um sie, sie fühlt es nicht.
Wir haben niemanden mehr, niemand auf dieser Welt weiß, dass wir existieren, hier sind, ganz allein. Um uns herum Trümmer, laute Sirenen. Die Sonne brennt, das grüne Gras bewegt sich still im Wind.
Die Regentropfen knallen gegen das S-Bahn-Fenster, über Berlin liegt ein grauer Schleier, auf dem Sitz neben mir liegt ein Fetzen Papier, Dreck, auf dem Boden rollt

eine Bierflasche hin und her, die Flüssigkeit stinkt, ein kleines Rinnsal bildet sich vor meinen Füßen.
Er hat gesagt, es würde schon irgenwie, wenn es sein muss – ohne einander. Man könne auch ohne ein Bein leben. Wenn es sein muss. Man würde sich schon dran gewöhnen, so hart es auch sei – ohne mich. Ich bin nur ein Bein. Astrid ist wohl ein lebenswichtiges Organ. Ohne Astrid kann man nicht.
Nicht mal ins Gesicht. Per Mail. Das kann unmöglich sein. Das ist nur Lüge, Astrids schamanischer Vodoo, das ist nicht er. Es kommt noch etwas mit der Post, hat er gesagt. Kommt noch etwas mit der Post. Was soll es sein, Timur, ein *Best of Russian Movies*? So als Reminiszenz, auf die schönen Tage? Er wird es nett meinen, und ich werde das Was-auch-immer-es-ist auspacken und ihn hassen.
Und jetzt ist Probe. Und ich fühle mich wieder wie gelähmt, meine Hände sind wie gelähmt. Wieder wie taub. Nur dieses leise Fiepen und das Stakkato aus dir. Alles ist durchtränkt von diesem einen sich ziehenden, leisen Geräusch. Das Nichts. Aha, sagt die Stille, siehst du, sagt sie, wieder nichts. Haste dir so gedacht, sagt sie, wird aber nix, sagt sie, die Stille, so hochfrequent, dass es meinen Schädel spaltet. Und ruckelnd und dumpf rollt die Bahn dem Theater entgegen. Und dumpf steigen Menschen ein und aus. Und das Geräusch bleibt über mir stehen. Schwebend und kalt.
»DU!«, schreit es von irgendwo. Zwei Sitze vor mir schreit einer »Du! Duuu!«.
Er springt auf, schreit es in meine Augen hinein, in meine Stirn. »Du!!!« Er schreit und klagt mich an. Er schreit und richtet über mich. Wie ein wild gewordener Prediger.

»*Du* bist es! *Du* bist Jehova! Du unglücksbringende Scheiße, Du!!! Kein Arsch weiß, was du sein sollst, Mann oder Frau!« Sein Finger an der ausgestreckten Hand zeigt auf mich. Der ganze Körper ist angespannt. Er zittert in der Überzeugung, dem Ursprung allen Übels leibhaftig ins Angesicht zu blicken.
Einige Passagiere sind aufmerksam geworden. Die meisten aber lesen Zeitung, hören Musik.
Er will irgendetwas, will irgendetwas von mir. Nicht heute, bitte einfach nur nicht jetzt. Bitte! Ich habe genug. Auch so genug. Show must go on. Gleich. Ich bin nicht Scheißjehova. Ich sehe zu Boden. Wir sind in parallelen Dimensionen, lass seinen Anfall vorübergehen, ihn aussteigen. Oder einfach nur verschwinden. Bis zur nächsten Station sind es mindestens drei Minuten.
Gleich gibt er sicher wieder Ruhe.
Vielleicht sollte ich ja doch Marc anrufen, sagen, ich mach's, Marc. Was ist das schon, so ein bisschen Marc gegen ein Leben lang am fahl riechenden Arsch der Gesellschaft zu lecken, mit Irren durch die Tunnel Berlins zu fahren statt im Taxi oder einem schönen grauen Jaguar. Es wäre schnell vorbei, und dann ist der Weg frei in den Kunstolymp und die Fanfaren schreien. Wohl kaum. Es tutet eine einsame Blockflöte. Vielleicht.
»DU!«, schreit er wieder. »Sieh mich gefälligst an!«
Ich starre auf die Flasche, rollt immer noch von links nach rechts, von rechts nach links.
Impact! Etwas ist an mir vorbeigerannt! Es schleudert mich gegen die Fensterscheibe, etwas an mir ist gerissen, Stoff ist gerissen. Die Menschen schreien, die Menschen versuchen zu fliehen, wissen nicht, wohin, verstecken sich hinter den Sitzen, es ist so laut, ich stehe auf, sehe mich in der Spiegelung des kaputten Fensters. Langsam

gehe ich zur Tür, steige über das am Boden fließende Blut, das sich jetzt mit dem Bier vermischt, steige einfach aus, langsam gehe ich an dem Waggon mit den schreienden panischen Menschen mit ihren entsetzten Gesichtern vorbei, zum Zugführer, öffne seine Kabine, hier ist es still, setze mich neben ihn, wir schauen nach vorn, in den dunklen Tunnel, langsam rollt der Zug weiter, in das tiefe Schwarz.

Special agent Izy Levin XX24ΩZERO vermeldet
Störung im System
Störung im System
Störung
im System

8

(GANZ IN WEISS MIT EINEM NEUROSENSTRAUSS)

»Izy Lewin? Besuch für Sie«, flüstert eine Frauenstimme. »Überfordern Sie sie bitte nicht, sie erwacht gerade erst, das kann etwas dauern, bis sie wieder vollkommen bei Sinnen ist«, sagt die Frauenstimme wieder.

»Ja, ist gut«, flüstert meine Mutter.

Weißes Zimmer, Krankenhauszimmer, helle Deckenlampen. Sie scheinen durch meine Lider. Ich würde sie gern ausmachen. Kann mich aber nicht bewegen.

»Izatschka! Mein armes kleines Mädchen …«

Halb so wild, Mama, bin ja nicht tot anscheinend … oder etwa doch?

Drogen. Sie müssen mir irgendetwas gegeben haben. Beruhigungsmittel. Rechter Arm und Brust im steifen Verband. Es tut weh. Ich kann nicht einmal die Finger bewegen.

»Der Doktor … Er sagt, es wird wohl etwas dauern, bis du den Arm wieder belasten kannst … Aber mach dir keine Sorgen, ja? Bitte, mach dir gar keine Sorgen! Wir werden die besten Spezialisten finden! Die allerbesten …«, sie ist traurig, und ihre Stimme senkt sich. Man hat ihr

Kindchen verletzt, des Kindchens Haut und Fleisch beschmutzt, es versehrt, ihr Kindchen, das bisher ein so perfekt intaktes war. »Das kommt alles wieder in Ordnung … Kommt alles wieder in Ordnung …«

Scheiße verschissene. Dass Gott aber auch wirklich so ein Kacktiming hat manchmal. Mama, ich habe doch gleich … hier … das … Artikulation, alter Freund, wo bist du abgeblieben?

»Ich weiß, ich weiß. Spielt eben jemand anders für dich, Izy! Es geht jetzt darum, es nicht noch schlimmer zu machen … Dieses verdammte Berlin! Nur Verrückte! Hätten ja an die Küste ziehen können! Da wäre so was bestimmt nicht passiert … aber du und dein Vater – Berlin! Berlin! Was sonst!? Metropole, Schmetropole, Irrenanstalt! Wer den Kittel zuerst anhat …«

… ist der Doktor. Ich weiß. Nimm meine Hand, Mama! Kannst du durch meinen langsamen Puls fühlen, dass alles gar nicht so schlimm ist? Hast du mir doch beigebracht.

»Metropole, Schmetropole … Fehlt nur noch, dass du ›oy wej, oy wej‹ sagst! Das wird doch, mein liebstes Schicksenmädchen«, sage ich.

Endlich lacht sie wieder über sich selbst, das Schicksenmädchen.

»Jaja«, sagt sie, »mach du dich nur lustig. Aber ich … Izykind, wenn ich den zu Gesicht bekomme, gólowu snesu!«

Nein, Mama, das machst du nicht! Ich will nicht, dass man dich mit seinem Skalp in der Hand in Handschellen legt und abführt. Versprich mir das, Mama.

»In etwa drei Wochen kannst du hier bestimmt raus. Sie haben direkt operiert, als du bewusstlos warst. Er hätte auch Herz treffen können. Kakoye Shastye … Verdammt sei er, dieser Geisteskranke.«

Ihre Laune schwebt zwischen Mordlust und Contenance, die sie zu wahren versucht, um mir meine nicht zu rauben. So war das auch, als man mir in Russland die ersten zwei richtigen Zähne beim Hockey ausschlug. Hat sie sogar geweint. Heimlich. Sah mich schon, zehn Jahre alt und vollvergoldete Frontleiste. Keramik? Was soll das sein – Keramik?! Das Kind hat kaputte Zähne? Gold. Gold ist körperfreundlich. Und fast schon Nationalschmuck, so im Mund getragen. Bevor man mir Nationalschmuck in den Mund pflanzen konnte, packte Mama lieber die Familie zusammen, und ab ging es dahin, wo ein Kind Kronen in Zahnfarbe bekommt.

Man müsse dann sehen, sagt sie, wie es sich entwickelt, habe der Chirurg gesagt. »Zu Hause bei dir liegt ein Paket für dich, hab ich nicht angerührt«, sagt sie. »Kein Absender drauf. Schwer ist es. Ich hab nur das Nötigste zusammengesucht, Zahnbürste und Unterwäsche. Hier, dort hab ich's hingelegt. Aber jetzt schlaf. Ach … du schläfst ja schon … mein Mädchen. Mein tapferes kleines Mädchen …«

—

Es ist Abend. Der Mond hat keine Lust, sich zu zeigen, hat die Wolken vorgeschoben. Ich verfolge die linke Hand, während sie langsam einen Halbkreis um meinen Kopf zeichnet, sich zum Telefon bewegt, es umgreift mit den schwachen, fragilen Fingern. Die Rechte ruht sich aus und macht exakt nichts. Keinen Finger krumm, wie man sagt.

Ob mich Marc wohl auch mit Verband und unbeweglicher rechter Hand will? Er will mich sicher auch ohne beide Hände noch, so lange wie er schon darauf wartet …

»Hallo Signora Lewin! Doktor Bertrami meine Name«, sagt der Mann und kommt einfach in mein Zimmer. Doktor Bertrami hat kaum Haare, ein großes rundes Gesicht und ist kleiner als ich. Erstaunlich winzig. Aber noch erstaunlicher ist, dass seine Art, sich fortzubewegen, trotz der Miniaturhaftigkeit des Körpers, nur so berstet vor männlichem Stolz. Noch so ein Napoleon.
»Nimmst du Platz da. Setz dich, setz dich. Ja. Sehr gut. Wollen wir angucken. Kein Angst.«
»Ich habe *kein Angst*«, sage ich.
»Sie sehen gut schon aus wieder«, sagt er.
Ich quäle mich aus dem Bett, im Spiegel steht mir ein zerfleddertes, blasses Wesen gegenüber – komisches Nachthemdchen hab ich an. Um sich zu finden, muss man sich verlieren, hatte der Obdachlose gesagt? Seht mich an! Ich sehe doch zumindest aus wie jemand, der sich so ziemlich verloren hat, der erste Schritt ist also getan. Dieses Hemdchen. Wem fällt ein, so etwas entstellend Unvorteilhaftes zu entwerfen. Es hängt lasch an mir herunter, Augenringe habe ich. Und meine Nägel sind in desolatem Zustand – das kennen die sonst gar nicht, meine Nägel. Aber die Wangen sind zart rosig, die Haut glatt, hier und da ein Abdruck von der gestärkten Bettwäsche. So viel geschlafen habe ich schon lange nicht mehr. Der Mann sitzt vor mir, ich bin seit etwa zwei Tagen ungeduscht, Haare nicht gekämmt, Arschfreihemdchen. Der Halbgott in Weiß findet das okay, dass ich so aussehe. So zum Bäcker. Das wär hübsch.
Er bittet mich, mein Hemdchen auszuziehen, sagt ›Oh‹ und ›Ah‹, als er den durchnässten Mullverband sieht. »Ein Gangstermädschn!«, sagt er und freut sich.
Er zerschneidet den Stoff, desinfiziert die Narbe, erzählt mir von den eigenen Kindern, von seiner eigenen Frau,

dann irgendwas von einer Signora, deren Hund verstorben sei und sie sogleich nach ihm, und wickelt nebenher einen neuen Verband über das gereinigte »Flügelchen«, wie er sagt. Es brennt.

»Hier, Spezialpflaster«, sagt er, »Silikon, fördert die Heilung.«

Als er fertig ist, erklärt er, er müsse mir Blut abnehmen, um allen Eventualitäten vorzubeugen, es einschicken. Ins Labor.

»Gut«, sage ich.

Die Nadel schiebt sich langsam mit Druck unter meine Haut. Zwei Ampullen sind voll, und ich darf mich wieder anziehen. Die Schwester kommt durch die offene Tür und steckt meinen Arm durch das Hemdchenloch.

Bertrani geht, die Schwester auch, das Telefon sagt, es ist viertel nach sieben. Das Telefon sagt 27 verpasste Anrufe von Stascha. Ich tippe auf ihren Namen, es wählt und das Freizeichen erklingt kein halbes Mal.

»Aljo Izy«, Stascha flüstert wie ein Geheimagent.

»Stasch, Privet. Wo bist du?«

»Zu Hause. Im Bett. Und wo warst du denn gestern?!«

»Sprichst du so leise, weil du dich selber nicht wecken willst?!«

»Hahaha! Ja ...«

»Wie geht es voran mit den Proben?«

»Ach, geht so. Wo warst du denn nun gestern?«

»Ich bin weg. Vorerst.«

»Wie, *weg*?!«

»Weg. Frag nicht, ist alles etwas komplex. Bin selbst noch nicht ganz im Bilde.«

Stascha ist hörbar amüsiert, versucht das aber unter einer seriösen Schicht Empörung zu verstecken: »Oh Mann! Was machst du denn!? Ich dachte, wir wollten *den Scheiß*

zusammenbringen, hast du gesagt? Es geht hier immerhin um unser gemeinsames Debüt! Am Theater, Izy! Theater!«, sagt sie ningelig, als hätte ich sie gerade beleidigt.
»Ich kann jetzt erst mal nicht lange reden, Stasch, ich rufe dich wieder an. Und ... bitte dreh nicht durch.«
Ich lege auf und schäme mich dafür, was ich gerade in Staschas zerbrechlichem Wesen angerichtet habe. Jetzt sieht sie es bestimmt vor sich, wie die Tänzer ohne Musik tanzen, sie die Koordination allein macht, die Proben allein leitet und überhaupt allesallesalles auf ihren kleinen Schultern lastet. Das Telefon klingelt noch dreimal. Danach noch zwei Nachrichten.
Ich versuche es jetzt allein zur Toilette. Meine Güte, wie eine alte Frau. Ich bewege mich wie eine alte Frau, rolle mich aus dem Bett. Das werde ich doch wohl schaffen, ohne Hilfe. Eine riesige Grille sitzt vor dem Spiegel im Bad. Dick und braun ist sie. Ich gehe langsam heran, um sie nicht aufzuschrecken.
»Das ist wirklich übel mit der Schulter. Wirklich traurig«, sagt sie.
Ach was Grille, ehrlich jetze?!
Die Grille schweigt. Aber sie hat recht. Wirklich traurig. Die Finger bewegen sich immer noch nicht wirklich.
Sich verlieren? Wie sehr soll man sich denn eigentlich verlieren? Und woran merkt man, dass man sich gefunden hat? Merkt man es überhaupt?! Der Strudel dreht sich doch immer weiter um einen, selbst wenn du dich wie ein trotziges Kind entscheidest, wie angewurzelt stehen zu bleiben und festzuhalten, das Gefundene festzuhalten – er kommt, wirbelt dich um deine eigene Achse und zieht dich irgendwo hin. Nichts bleibt, wie es ist. Gewöhn dich lieber dran.

Das Zimmer ist klein. Aber hat ein Fenster. Ich gehe zu dir, warme Abendluft. Alles verschwimmt vor meinen Augen. Ich habe Mühe, mich auf den Beinen zu halten, halte mich an den Wänden fest. Der Boden will mich zu sich ziehen. Die Gardinen wehen nach innen, in mein Zimmer, zusammen mit dem abendlichen Wind. Ein kleiner Pulk betrunkener Jugendlicher läuft da unten. Sie gestikulieren, freudige Rage, Gelächter, hängen einander im Arm. Ihre Stimmen werden im Herankommen lauter, sie lachen in großen Portionen ihre wilde Jugend heraus. Und wenn ihr nicht aufpasst, ihr Zuckrigen, ist das Fest eures Lebens schneller vorbei, als ihr ausnüchtern könnt. Verglühen so oft, solche wie ihr. Hab ich gesehen. In den schrulligen Kneipen mit Namen wie *Alte Bertha* oder *Lampe*, dort, wo das Leben vegetiert – mit Tüten von Aldi und schläfrigen Hunden unter dem Stammtisch. Wer soll denn spielen für mich? Ist ja egal auch. Soll doch, wer will. Ich bin Jehova! Von der keiner weiß, ob sie Frau ist oder Mann. Was ist das nur für Zeug, was die mir geben? Über den Tropf, direkt in mein Blut. Das dürfen sie nicht. Es ist mein Blut. Ich darf es mischen. Niemand sonst.

Warme Luft, wehende Gardine, jetzt wieder ruhige Gedanken, die hin und her fließen, Runden drehen in mir. Mein Vater, der bei Tee und Gebäck lachend aus einem Artikel in der Zeitung vorliest. Meine Mutter, die mich anschaut, mich etwas fragt, sagt, dass sie mich liebt. Wir zusammen am Strand – eine Decke als Unterlage, Hähnchen, gekochte Eier, Salz, in zwei Hälften der Länge nach geteilte Gurken, auf die man innen das Salz streut und es dann verreibt zwischen den Hälften, Wassermelone, Honigmelone, Pfirsiche, Karten. Wir verbringen hier ganze Tage.

Mein Vater hat eine weiße Nase. Sie ist groß und erhaben, den leuchtenden Sonnenstrahlen direkt ausgesetzt, und er schützt sie vor Sonnenbrand mit der zu Staub zerriebenen Perlmuttschicht von Miesmuscheln. Sie liegen überall entlang des Wassers. Das Meer ist still. Der Sand ist feinkörnig und hell, hier und da liegt verwittertes Holz. Hinter uns ist ein steiler Aufgang, teils mit Büschen bewachsen, teils mit Zement emporgezogen bis zur Straße, die oben zu den sowjetischen Hotels und Pionierlagern führt. Manchmal stehen Menschen an der Schräge dieser Betonwand, wie Eidechsen, so regungslos, und sonnen sich. Nicht heute. Heute ist niemand mehr da. Nur wir. Es ist Sommer. Mein Vater ist jung, stark, braun gebrannt und bringt mir bei, Rock 'n' Roll zu tanzen, wirft mich hoch in die Luft, ich quieke vor Freude. Am Nachmittag wird er wie immer ein frisch gebackenes, riesiges weißes Brot kaufen.

Bill Evans ist auch ein Weißbrot. Hallo Bill, my friend.

Und dann, mit einer druckfrischen Zeitung unter dem Arm, in Shorts von seinem Spaziergang kommen. Meine Mutter wäscht Gemüse mit dem Schlauch im winzigen Waschbecken an der Hauswand. Alle versammeln sich im Pavillon vor dem Haus. Mutter, Vater, ich – und Tante Nadeschda, die hagere, gebückt laufende Frau von großer Gestalt mit eindeutig zu wenigen eigenen, dafür mehr als genug goldenen Zähnen im Mund. Und dort, am blauen Meer, verbringen wir die drei vollkommensten Wochen eines jeden Sommers. Tante Nadeschda hat wie immer trockenen gesalzenen Fisch vom Kombinat mitgebracht. Auf dem Tisch stehen Früchte, ich sitze auf der Holzbank, schaue zu, wie neben mir das Brot von ihren großen, vom Leben im Süden und dem Salz im Fischkombinat gedörrten Händen in dicke Scheiben geschnitten wird, und eine Schar von Fliegen und Wespen schwirrt über unseren Köpfen in der schattigen Hitze. Der kleine, auf einem Auge blinde Schutschok, das Käferchen, bellt machtlos an seiner Kette in der Hoffnung auf Zuwendung oder ein Stück Speck. Wir sind glücklich.

Das alles ist so weit weg. Ich bin so unerträglich müde. Ich möchte mich hinlegen und auflösen. Das ist dann wohl der Zenit. Ganz allein. Großmutter überlebte den Krieg ganz allein. Ohne Kindheit, ohne Haus, ohne Eltern. Sie baute ein neues Haus, war sich selbst die Eltern. Und wenn sie geht, ist das erst der Anfang. Erst der Anfang. Alle werden gehen, und ich bleibe. Nicht umgekehrt. Und du wirst nicht da sein, sondern in Afrika. Und Bananen sammeln mit deiner Astrid.

Alles ist träge. Ich werde immer träger. Dabei muss ich den Motor starten.

›Man kann toll aussehen, wie man will, aber an den Augen merkt man's‹, hat Len gesagt.

›Was?‹, habe ich gefragt.

›Dass man alt wird‹, sagte Len.

›Innendrin oder drumherum?‹

›Innen‹, sagte er. ›Die stehen mehr so. Bewegen sich nicht mehr großartig.‹

Haben ja schon alles gesehen, während früher: ›Uaaah! Alles neu … Und wenn man dann genug gesehen hat, gehen die Äuglein zu.‹

Ich sehe über die Stadtdächer hinweg, dann in die Fenster hinein. Menschen in Küchen, Menschen, die ihre Gardinen zuziehen, Menschen, die man nicht sieht, nur das Flackern ihrer Fernseher.

Und nichts davon ist den Augen mehr neu, gar nichts. Und ihr seid ich, und ich bin ihr, nur ein kleines Fenster mit Licht in den Augen eines anderen. Wir folgen den gleichen Rhythmen, Instinkten. Nur zu unterschiedlichen Zeiten. Der Abend ist dunkelblau. Laternen. Die Straße ist wieder leer. Ich zwinge meinen Körper, sich zum Bett zu bewegen. Das Bettzeug ist glatt gestrichen, wirkt frisch bezogen, nur der Abdruck meines Körpers verfälscht die Stimmigkeit. Als hätte ich hier wie aufgebahrt dagelegen. Ein sehr genauer Abdruck ist das. Kein Zeichen von Bewegung.

Das Laken ist kühl, meine Muskeln entspannen sich zunehmend, und eine Mücke säuselt leise an meinem Gesicht, während ich einschlafe und nicht mehr im Stande bin, etwas dagegen zu tun. Ich liege nur da. Schaue zu, wie der Staub sich organisiert.

9

(HOW HIGH THE MOON/HOW HIGH AM I)

Staub. Immer setzt er sich ab. Faule Fraktale. Und an der Decke ist ein Wasserfleck … und wer den wohl zumalert … und wenn ich hier noch einhundert Jahre läge, würde sich wohl eine Decke aus Spinnweben über mir bilden? Und was hab ich geträumt überhaupt?

Ah, die dort, die Menschen auf dem Foto. Die Menschen auf dem Platz mit der kleinen weißen Kirche. Die kleinen alten Frauen in Schwarz, die kleinen alten Männer mit den festgezurrten Gürteln ihrer zu großen Hosen, der sonnengetrockneten Haut. Viele Menschen waren da.

Du warst da. Mit mir. Der Himmel war endlos, und es glühten tausend Sonnen. Wir schlenderten durch mehrere winzige Gassen, bogen um verwinkelte Ecken. Wir beide zwischen Menschen, die eine Sprache sprachen, die wir als Einzige nicht kannten und nicht verstanden, wir zwischen all den Ständen mit Obst, Fisch, Gemüse. Arten, die ich noch nie gesehen hatte, noch nie von ihnen gehört. Ein Fisch mit Flossen, die wie Flügel bunt und ausgebreitet lagen auf dem blutverschmierten Tisch des schmächtigen, alten Verkäufers.

Wir biegen erneut um Ecken, durch Gassen, in Gassen.

Die Steine bewegen sich. Plötzlich ist alles schwarzweiß. Du sagtest: *Hier*.
Ein schäbiger Eingang, winziges Haus, so alt und geschunden, als wäre es geschrumpft in all den vielen Jahren seines Lebens. Alles schrumpft. Vielleicht, wenn man nur lange genug lebte, würde man auf Erbsengröße eingehen. Nur das Universum dehnt sich aus ... Ach ... Universum ... schön ...
Die Türen sind viel zu niedrig für uns. Die Eingangstür ist offen. Sie quietscht. Ich gehe hinein. Aber wo bist du?! Wo bist du hin? Ich gehe ohne dich. Ich werde dir erzählen, was hinter dieser winzigen quietschenden Tür ist, dachte ich. Und du wirst mir zuhören, wirst mich ansehen mit deinen erstaunten tiefbraunen Augen.
Hinter der Tür war alles wieder in Farbe. Wie von LSD-Hand nachkoloriert. Ein steinerner Garten, ein Mosaik-Irrsinn, bunt und laut. Ornamente, Muster, Dreiecke, geschwungene Bögen. Auf dem Boden, an den Wänden: ein sich stetig wiederholendes Muster aus geometrischen Formen. Swastiken, umringt von Blumen, Davidsterne, sie sich zu Tieren verformen, rote Sterne, die den Himmel zieren. In der Mitte des Innenhofes ein Springbrunnen. Über ihm der offene blaue Himmel, weiße kleine Wölkchen. An allen vier Seiten des Hofes Palmen. So hoch, dass sie das Gebäude von innen überragen. Ein Esel steht mitten im Raum. Was denn das?, hab ich gedacht. Geht es direkt über dieses Portal in die Wüste Sinai hinaus? Wär doch was. Wenn sich Steine bewegen und Fische bunte Flügel haben. Kann ja alles sein.
Hinter dem Springbrunnen wird der Boden anders, schwarze und weiße Quadrate, ein Schachbrettmuster. Wie ein Perpetuum mobile ziehen sich Gerüste und Balkone aus Marmor, schwebend wie eine Krone, alles um-

rahmend nach oben. An einem Schreibtisch, aus dessen Tischbeinen ganze Äste ragen, sitzt er persönlich: Jesus. Jesus schaut zu mir, lächelt mir zu, zieht die Brauen hoch in die Stirn, als wollte er mein Anliegen erfahren.
Ach, Jesus … Schön, dich zu sehen, Mann. Gut siehst du aus.
Er winkt mit seiner rechten Hand von links nach rechts, so als würde er eine uns trennende Glasscheibe mit der Handbewegung sauber wischen, um mich besser zu erkennen. Ich hebe ebenfalls meine Hand.
›Brauchst du was?‹, ruft mir Jesus zu.
›Nein, alles gut so weit. Danke!‹, rufe ich zurück.
Dann bist du wieder da. Aber auch sie, deine Astrid. Wir sind zu dritt. Und jetzt noch andere, viele, aber sie bilden nur die Herde. Ohne Bedeutung.
Du und ich geben einander kleine Zeichen. Wir glauben, sie bleiben unbemerkt. Wir sitzen eng nebeneinander. Sie kommt und zieht mich von dir weg, sagt: ›Das soll Freundschaft sein?!‹
Sie wirkt so ruhig. Sie sagt, sie geht. Und du, du bist schon mit den anderen vorangeeilt in dieser leuchtend bunten Welt.
Sie sagt: ›Ich lasse euch. Weil ich vernünftig bin. Ich habe ein Angebot‹, sagt sie, ›und ich werde es annehmen.‹
Da stand sie, deine Astrid, so traurig und gefasst zugleich. Ich schaute ihr in die Augen und entfernte mich langsam immer mehr von ihr, dir nach. Ein rotes, knielanges Kleid. Ich trug ein rotes Kleid. Ein Kleid für junge Mädchen. Noch einmal drehte ich mich zu ihr um, wie im Film, Zeitlupe, und der Schoß des Kleides zeigte seinen Schwung in großem Bogen. Sie stand noch immer da, ihr Gesicht war ernst, und ihre Hand sagte ›Geht nur, geht‹.
Ich finde dich wieder, hole dich ein, wir fallen küssend zu

Boden samt dem Stuhl, auf dem du auf mich wartend saßt in dieser Bar. Diese Typen, wer sind diese Typen sie tragen Schwarz, sie halten uns fest, schlagen dich. Sagen, wir könnten uns nicht benehmen. Wir verstehen nicht, was hier passiert. Du ziehst mich weg von hier, ich habe keine Angst, ich halte deine Hand, wir wollen hier nicht sein. Aber die Männer in Schwarz wollen uns hindern, ziehen uns zurück, immer wieder, wir kommen nicht heraus. Dann soll ich eine Gleichung lösen, ich darf nur weiter, wenn ich denn weiß, was die Antwort ist: Gehe *dahin*, man wisse nicht *wohin*, finde *das*, man wisse nicht *was*.
Ich kenne das Märchen. Russisches Märchen. Ich kenne die Antwort. Ich sage, die Antwort ist *alles*. Man glaubt mir. Denn sie kennen das Märchen nicht. Aber du darfst nicht gehen, sie halten dich, sie prügeln dich. Du blutest. Du schreist: ›Malýsch, renn! Renn!‹
Ich renne. Ich renne lange. Renne, bis ich endlich frei atmen kann.
Und jetzt schloss sich ein Raum um mich, hellblaues Licht, Yogamatten auf dem Boden. Jasmin, meine Jasi Rahimi ist da, wir sitzen auf dem Boden, sie umarmt mich, will mich beschützen. Und ich weine um dich.
Es kommt ein Befehl: Alle sollen jetzt im Kreis tanzen in ein und derselben monotonen Bewegung. Ich sehe, wie mehr und mehr Teilnehmer in den Raum strömen, darunter auch Jesus. Ich bin erleichtert, dass er mich gefunden hat, es hierher geschafft hat. Ihn haben sie nicht gekriegt.
›Tanzt, als würde man euch unterdrücken!‹, zwitschert der Kursleiter, ›auch du kannst es!‹, ruft er Jesus zu, der in blauem Haartuch und mit blau angemaltem Gesicht wie Shiva mit mir im Kreis rumhüpft. Ich will es besonders gut machen. Für Jesus. Ich will ihm vortanzen, denn

ich denke daran, dass Jesus sich nur optisch orientieren kann, weil er den Typen nicht versteht, der spricht ja Deutsch, und Jesus nur Aramäisch.

—

Impertinentes Klopfen an der Tür. Ich werde nicht öffnen. Keinen Ton von mir geben. Ich bin hier drin, und ihr bleibt jetzt schön draußen mit eurem Blutvermischungszeug! Kein Doktor Bertrami, keine Untersuchungen. Es wird dauern, bis ihr meinen selbst gebauten Keil aus Bibelbuchdeckeln unter der Tür kaputt kriegt. Auf das lose Innere des Buches sollte ich *Verzeihung* schreiben und es zurück in den Nachtschrank legen.
Timur hätte das nie getan. Nicht einmal mit einer Widmung würde er ein Buch entehren.
Schritte, die sich entfernen. Der ungebetene Gast scheint begriffen zu haben. Stille.
Es kann niemand sein, der mich kennt. Niemand weiß, wo ich bin. Außer meiner Mutter. Aber sie arbeitet. Oder feiert zum zehnten Mal Geburtstag im Voraus mit ihren Sechzig-plus-Schülerinnen …
Auf dem Telefon sind sieben Anrufe von Timur, zehn von Stascha. Der letzte gerade vor drei Minuten. Schritte nähern sich wieder.
»Frau Lewin! Machen Sie augenblicklich auf! Sofort! Ich befehle es Ihnen!«
Diese dicke Schwester mit dem Damenbart. Kann keine Kanülen legen, mein Arm sieht aus wie von 'nem Junkie. Ja klar, *befehle es Ihnen*. Einen Kackhaufen befiehlst du mir. Selbst meine eigenen Eltern haben das sein gelassen, als ich drei war. Du also schon gar nicht, Krankenhausfrau. Mein Körper höchstens. Pinkeln, sagt der gerade. Das mache ich jetzt auch.

Die Grille ist wieder da. Sitzt wieder vor dem Spiegel. Sagt nichts.
»Hallo Grille.«
Sagt nichts.
»Komm schon, Grille!«
»Na gut. Pass auf, Izy – du kommst nicht drumherum. Jetzt klopft es schon wieder. Alle warten darauf. Alle wissen, wo du bist. Du wirst doch nicht geglaubt haben, dass sich so was nicht rumspricht. Wenn du einfach mir nichts, dir nichts verschwindest, nicht mehr an dein Telefon gehst, ominöse Nachrichten hinterlässt à la *Ich bin erst mal weg*. Das haste dir so gedacht. Der Zentralrechner ist überlastet und arbeitet nur auf Stand-by. Der Zentralrechner ist definitiv überlastet. You are now logged in. Make sure to logout to proceed.«
»Izy, mach auf! Ich bin es – Stascha! Bitte, Izy!«
Stascha. Verdammter Mist aber auch. Die Tür ist erst einen winzigen Spalt geöffnet, aber Staschas Auge versucht bereits durch das Zimmer zu spazieren. Alles will sie sehen, ganz schnell. Und vor allen Dingen mich.
»Ich glaube es ja nicht!«, sagt sie, als sie endlich im Zimmer steht und mich mit beiden Händen an den Ellenbogen festhält. Sie schaut mich an, als wäre ich ein Geist, in diesem Laken, das man mir hier angezogen hat.
»Ich habe hier was zum Anziehen für dich«, sagt sie, »von deiner Mama. Wie schrecklich, sie hat mir alles erzählt … Mach dir bloß keine Gedanken, alles wird gut … Und du kommst auf die Beine, und … küssen soll ich dich, sie hat mit deiner Großmutter alle Hände voll. Kommt später.«
»Sie soll gar nicht kommen. Ich finde es hier ganz entspannt inzwischen«, sage ich.
»Deiner Babuschka geht es nicht wirklich gut. Schreit

jetzt nachts. Sie hat deine Mutter gebeten, sie sollte sie doch vergiften. Eine Frechheit sei das, dieses Altsein.«

»Jaja, kenne ich schon ...«

»Ich jetzt auch! Stand live dabei!«, sagt Stascha, und stellt ihre Tasche auf den Tisch, »Deine Mama sagte: ›Ella, ich bin doch nicht Adolf Hitler! Der hätte vielleicht die Alten einfach aus dem Weg geräumt.‹ Und weißt du, was deine Großmutter geantwortet hat? ›Und recht hätte er gehabt‹, hat deine Großmutter gesagt! Kann man denn so was sagen?!«

»Du Scheiße ...«, ich lache. Ist aber gar nicht lustig. Sie kann nichts tun, sich nicht wehren, wenn die Familienmitglieder das Essen in sie reinstopfen, wo sie doch gar keinen Appetit mehr hat. Nicht auf das Essen, nicht auf das Sitzen, nicht auf Reden, nicht auf Atmen. Sie will einfach nur in Ruhe abtreten, wie ein Indianderhäuptling, und keiner lässt sie. Mama versteht das nicht. Am Leben erhalten ist ihr Ziel. Stascha schaut sich im Zimmer um, setzt sich auf mein Bett. Schaut mich an. Ich stehe herum. Nur so.

Ich sollte Mama schreiben. Schreiben, dass ich es gut finde, auch mal allein sein zu müssen. In weißem Geistertuch und weißen Söckchen. Irgendwann muss man sich doch abreißen?! *Liebste Mama, ich muss mich abreißen.* Wie soll sie das verstehen? Mein Bruder wollte sich auch schon mal abreißen. Ist losgezogen, um seinen Charakter zu entwickeln, wie es im Abschiedsbrief stand. Mit elf. Da ist ihr direkt die Muttermilch für mich ausgeblieben. Der hat's geschafft, hockt in seinen Höhlen bei seinen archäologischen Ausgrabungen – und braucht exakt niemanden.

»Sag Mama doch bitte von mir, dass Oma sie jetzt mehr braucht. Ich bin nicht böse. Ist gut so. Sagst du das?«

»Ja, natürlich«, sagt Stascha und holt die Tüte mit den Sachen, die ihr meine Mutter zusammengesammelt hat, auf den Stuhl neben mein Bett.
»So, Izy«, sagt sie und packt nacheinander alles einzeln aus und ordentlich in den leeren Einbauschrank. »Ich sage dir eins: Die erste Gesamtprobe war der Wahnsinn! Wirklich!«
Ich bin nicht da, und sie proben, spielen meine Musik … Und denken vielleicht an mich, wenn sie meinen Namen auf den Notenblättern sehen.
Sie guckt mich an, ganz große Augen macht sie, und grinst. Dann holt sie aus ihrer Tüte ein mit Alufolie abgedecktes Tablett.
»Hier«, sagt sie, »was zu essen. Für dich. Von mir.«
Sie entfernt die Folie und schiebt ein opulentes Assortiment vor meine Nase. Auf dem Tablett befinden sich Marmeladen, Früchte, Brot, zwei gekochte Eier, zwei Croissants, so etwas wie Krabbencocktail, bestimmt selbst gemacht, Schinken, diverse Käsesorten und sogar ein Stück Kuchen. Ich kann riechen, dass das Brot frisch gebacken ist. Ich nehme ein Stück, bestreiche es mit Butter und beiße ab. Ja, ich bin tatsächlich hungrig, da hat sie recht. Aber sich direkt auf alles zu stürzen, wäre eventuell deplatziert. In Gedanken aber schiebe ich mir das ganze Essen in zügellosem Wahn nacheinander in den Mund. Sie wollte ja sicher noch reden, mein fürsorgliches Staschkin, und mich Dinge fragen, auf die ich keine Antworten hatte.
»Hätte ich nie gedacht, dass deine Jungs das tatsächlich so sagenhaft umsetzen ohne Anweisung, dass das stimmt mit den Noten – steht ja drin alles, so wie du es gesagt hast.«
»Klar, Staschkin. Habe dir da ja auch nicht irgendwen

hingestellt – sind die Crème de la Bäm und so, die Jungs. Und du? Zufrieden?«
»Jajaja! Ohne mich könnten die Tänzer das aber nicht … Noch drei Proben sind's. Aber wird gigantisch! Sieht man jetzt schon. Nur …«
»Was, nur?«
»Naja, Marc halt …«
»Was denn?«, sage ich betont ruhig.
»Naja, Marc halt«, sagt sie wieder, und ich fange an zu lachen. Und sie lacht mit. Was soll man auch sonst machen.
Sie hätte da noch etwas für mich, wegen unseres Gesprächs und so, und holt ein weißes Buch aus ihrer schwarzen Tasche, auf der in großen Lettern *Bolshoj* steht und eine grazile Ballerina perfekte Pirouetten dreht.
»Ich habe jetzt alles verstanden!«, sagt sie. »Du musst das lesen! Diese Polysingularität«, sagt sie, »funktioniert!«
Sie habe das Buch jetzt gerade durch und es ausprobiert. Exzentrierung, Multifokussierung – alles nur im Kopf. Sie habe am See gesessen und sich gleichzeitig unter Wasser tauchen und mit den Vögeln fliegen gesehen, und wie wild durch Kakteen tanzen, sagt sie. Alles möglich, alles zur gleichen Zeit. Man muss sich gar nicht mehr entscheiden für nur eines. Ihre Augen leuchten.
»Na das ist ja super«, sag ich. »Wie für dich gemacht, nicht? Wie im Buddhismus, ja?«, sage ich. »Wie: *Everything we think we have – we don't/Everything we know, Everything that we understand, Everything that we believe – is wrong/in fact everything is just made up – Everything is a Projection of our mind. And the Reality that we think exists – In fact doesn't?*«, sage ich.
»Oder wie im Solipsismus«, sagt sie, »dass du nur die Produktion meiner selbst bist.«

»Jaja, natürlich! *Du* bist die Produktion *meiner* selbst, Alter.«
Sie steckt mir das glatte weiße Buch zu, ich lege es auf den Nachttisch.
Die Schwester klopft wieder an die Tür, schiebt ihren Kopf durch, vermeldet wie ein Kuckuck, dass es jetzt für Stascha an der Zeit sei zu gehen, Frau Lewin brauche Ruhe.
»Ist schon gut«, sagt Frau Lewin. »Frau Lewin ist höchst wohlauf.« Könnte mal jemand vorbeikommen und sich um Frau Lewins Maniküre kümmern, denkt sich Frau Lewin. So was fällt denen aber nicht ein, nur Kanülen reinschieben in mich und Spritzen gegen Tetanus.
»Schließen Sie doch bitte die Tür«, sage ich.
Wenn ich jetzt meine Großmutter wäre, würde die Schwester nicht nur die Tür nicht schließen, sondern reinkommen und mich wie ein Kleinkind windeln, mir gut zureden und so viel Essen wie möglich in mir unterzubringen versuchen. Fürchterlich.
»Sag bitte meiner Mutter, sie soll Ella in Frieden lassen. Sag ihr, Ella ist der Häuptling. Das ist sehr wichtig. Wirklich wichtig.«
»Mache ich, Izy. Und du – du machst das nie wieder,ja? Einfach verschwinden, und nichts sagen … Ich habe mich gesorgt. So gesorgt …«, sagt sie, und ich sehe, wie sich eine kleine echte Träne in ihrem Augenwinkel staut.
»Du weinst doch jetzt bitte nich … Ist doch alles gut jetzt, Staschkin. Alles gut …«, sage ich und versuche, sie zu umarmen, merke aber, dass das mit dem Verband und den Schmerzen nicht geht, und so umarmt sie mich, ganz vorsichtig, ihr Ohr liegt an meiner Brust, da, wo das Herz schlägt.
Staschas Tränen laufen auf mein Hemdchen.

»Gar nichts ist hier gut«, sagt sie leise, »du bist sehr traurig. Das höre ich.«
Ja. Traurig bin ich. So sehr, dass es nicht einmal wehtut. So sehr, dass der Körper mit Adrenalin den Schmerz blockiert. Ich habe mir einmal mit einem Messer in die Hand gestochen. Ganz tief. Weil die alte Kamera nur so zu öffnen war. Weil in der Kamera auf einem Film die letzten Bilder waren, die mein Großvater geschossen hatte. Er starb, und sie waren immer noch da drin. Und ich habe sie unbedingt da herausholen wollen. Und das Messer ging durch das Fleisch, und es tat kein bisschen weh. Erst im Nachhinein. Lange im Nachhinein. Die richtig tiefen Wunden schmerzen immer verspätet. Wenn der Schock nachlässt.
Stascha geht, sie werde sich wieder nach mir erkundigen, sagt sie.
Ich schaue mich im Zimmer um, jetzt ist es wohnlich. Im Schrank ist Kleidung, neben dem Bett Essen. Sogar meine Lieblingsjogginghose hat Mama eingepackt, obwohl sie es hasst, wenn ich sie trage.
Ich ziehe sie an, winde mich da rein, einarmig, und fühle mich plötzlich sicher und friedlich.
POLYSINGULARITY Letters
Es ist weiß und glatt, weder dick noch dünn, zweihundert Seiten etwa. Die Buchstaben sind hereingestanzt. Schwarz auf Weiß. Wie es sich gehört, wenn man es ehrlich meint.

Polysingularity *is the natural condition of our mind, our body, and our world.*
On a very simple level polysingularity is when things could have been like this, just like they are right now, but also – like that, and like this, and also like that, and like

this, and like this, and like that … But in the end they are like this at this moment of time and they can change any moment.

Polysingularity *is when there are multiple solutions possible, but only some are actualized at every moment of time.*

Polysingularity *is thinking in terms of non-equilibrium stability rather than balance.*

Polysingularity *is thinking in terms of processes rather than objects.*

Polysingularity *is as much conceptual as it is embodied.*

Polysingularity *is pure movement.*

Polysingularity *is not science, art, business or politics for these are the artificial containers, which purposefully limit the scope of human capacities (and for a good reason).*

Polysingularity *is not ideology for it doesn't justify anything, it only exposes.*

For **Polysingularity** *there is no one and the only, there are many and they are all different.*

When something is **polysingular** *it has the capacity to be many.*

Polysingularity *is thinking in networks instead of straight lines.*

Polysingularity *is thinking in terms of multidimensional fractals instead of surfaces.*

It's easier to become aware of **Polysingularity** *through repetitive action loops. The slight difference manifested in each iteration is a reminder that there are many more ways to evolve than what we are normally used to.*

Polysingularity *shows that narrative is just one of the possible routes, out of many.*

***Polysingularity** centre is neither a point, nor a cycle, it's a strange attractor in the midst of chaotic landscape.*
***Polysingularity** is when several ongoing processes interact, compete, fuel and cancel each other out, to produce something much more complex than what they could have done on their own.*
***Polysingularity** is the easiest to experience when you feel circles or loops in your thoughts or in your movement.*
***Polysingularity** is always to be continued!*

LENSON, blinkt es auf dem Display. Ich gehe ja ran, ist schon gut. Wird unvermeidbar sein, wieder teilzunehmen.
»Wo bist du? Zeit?«, fragt er.
»Krankenhaus. Charité. Und ja.«
»Was?! Wegen des Partyabsturzes etwa?!«
»Nein. Komm vorbei.«
»Gut. Komme. Wünsche?«
»Weltfrieden.«
»Bring ich mit.«

—

Wenn man nach links schaut, sieht man einen kleineren Touristenkutter, rechts spielt ein Saxophonist vor seinem auf dem Boden für ihn sammelnden Hut. Vor uns Wasser, die Promenade. Die Hitze steht in der Luft. Fette Menschen spazieren in durchgeschwitzten Shirts und Shorts herum. Auch dünne. Auch solche mit Ausschlag. Auch mitteldicke, untersetzte. Und auch die mit unrasierten Beinen. Ist halt warm, und die wollen alle nichts mehr anziehen. Sehen alle menschlich aus, fehlerhaft.
Man kann seine Fehler kaschieren oder es lassen. Oder eben ganz krass sein und sagen: Hier, schaut alle her, hier sind sie – meine Fehler! Leckt sie ab!

Len hat sich vorgenommen, mich zu bewegen, bis zum Alexanderufer sind wir gelaufen, und so sitzen wir jetzt hier, auf Gartenstühlen, die jemand zurückgelassen hat, und Len liest mir aus der Zeitung vor.

»Hier, Byb, Nachrichten aus Berlin: ein Mann erschossen. Bei dir, Charlottenburg. Junger Mann. So ein Politikerbonzensohn. Hochdörfer. In der S-Bahn-Unterführung gefunden. ›In der verregneten Nacht des siebzehnten Mai …‹ Klingt ja fast romantisch. Nicht so romantisch ist, dass man ihn mit offener Hose fand: ›Die Geschlechtsteile waren entblößt. Man geht von einem Sexualdelikt aus.‹ Hat ihn wohl jemand gegen seinen Willen …«

»Vielleicht hat ja auch *er* jemanden, der dann unerwarteterweise eine Waffe und so.«

»Ja. Kann natürlich auch sein.«

Ich nehme mir auch ein paar der Zeitungsblätter. Anschläge auf Synagoge. Wachen mit Kalaschnikow vor Synagoge. Wachen mit Kalaschnikow vor der jüdischen Schule.

Vielleicht doch lieber Schläfenlocken und Brooklyn? Oder in Hollywoods Koschernostra? Woody Allen adoptiert die gesamte Familie Lewin.

Mein Hintern hat bereits jede Windung der Flechtstruktur des Stuhles angenommen, das Hemd ist klamm geschwitzt, die Temperatur bewegt sich auf gefühlte 85 Grad Celsius zu. Dabei ist es schon vier Uhr nachmittags. Zum wiederholten Mal quält sich mein Telefon Penderecki aus dem kleinen Hartplastikleib.

»Das nervt langsam. Warum gehst du denn nicht ran?«

»Keine Lust auf Erklärungen. Alle abwechselnd, allen muss man …«

»Das reicht jetzt«, sagt er und greift es und rennt damit weg vor mir, außer Hörweite.

»Was hast du vor?«, schreie ich ihm hinterher.
»Wirst du schon sehen!«, schreit er zurück.
Er läuft im Kreis, spaziert mit großen Schritten, gestikuliert etwas, fährt sich durch die Haare. Ich schaue einfach nur zu, kein Wille macht sich in mir breit, nicht der geringste, da einzugreifen. Müsste ja aufstehen, ihm hinterher. Wozu?! Es ist Len. Er wird das schon regeln. Ich höre nur Wortfetzen wie ›Ja‹ und ›Na sicher doch‹, und denke an Jesus. Und an die Grille. Und den Fisch mit den Flügeln. Und daran, dass Len wahrscheinlich gerade Timur am Apparat hat.
Immer wieder ruft er jetzt an. Was denn?! Jetzt brauchst du mich, ja? Brauch du mich nur. Merk es dir. Ein für alle Mal. Doch ganz schön kacke ohne Bein. Oder bin ich jetzt gar in den Organolymp aufgestiegen? *Liebling, du fehlst mir wie eine Milz dem lange wartenden Transplantationspatienten* … Vielleicht sagt Len ihm, er soll sich benehmen und diese Alarmklingelaktionen sein lassen. Vielleicht ist es aber auch Stascha. Wenn es Stascha ist, hat er sie vielleicht bereits zum Weinen gebracht. Das ist ja auch gar nicht schwer im Moment. Stascha, hör ma, das Neuste: Die Welt hat gar keinen Sinn! Und Boom! – Effekt, Tränen. Das ist nicht gut. Da muss was passieren.
Oder es ist Fili.
Oder Mama.
Aber Mama stört mich nicht. Nie. Egal, wie lange es dauert. Ich bin ja gekoppelt, ich kann ja gar nicht weg, weiß sie ja.
Ein Siegerlächeln strahlt in Lens Gesicht, er läuft beschwingt zurück zu mir und freut sich.
Er legt das Telefon auf meine Tasche.
»Glorreiche Idee!«, sagt er. »Kommst du raus aus der Klinik irgendwie?! Wir treffen uns beim Professor! Dem

Herchenbach. Und: keine Erklärungen. Versprochen. Dafür werd ich sorgen.« Er setzt sich. »Dein Timur war das übrigens.«
»Ist nicht mein Timur«, sage ich. »Und bei *wem* treffen wir uns?!«
»Beim Professor«, sagt Len, als hätte er mir schon hundert Mal davon erzählt, »ich halte doch seine Instrumente in Ordnung. Gerade ist er verreist, Toskana. Hat niemanden, der alte Professor, kennst du doch, ist so einer, weißt du?!«
Was hat er Timur wohl gesagt. Ich will es gar nicht wissen. Soll doch alles. Doch will ich! Will ich!!!
Easy, Izy. *If you go too fast, you won't ride the wave. If you are too slow, the wave will ride you – think polysingular.* Mich hat die Wave lange genug geritten. Reicht. Oberwasser wäre mal recht. Ich übe das jetzt. Spiele es mir selbst und gern auch der ganzen Welt vor – interessiert mich nicht, was Timur macht!
Aber was hat er gesagt?! Was hat er gesagt, was hat Timur dir gesagt …
»So einer?«, sage ich.
»So einer mit viel Wissen und ohne Freunde. Ich habe seine Schlüssel. Soll die Pflanzen gießen.«
»Und wer sind *wir*?!«
»Das ist eine philosophische Frage.«
»Jaja, lustig. Ich meine wirklich.«
»Wir sind die, die du dahaben willst«, sagt er.
»Gut«, sage ich, »sehr gut.«
Ob ich hier rauskomme? Und ob ich hier rauskomme!
»Lass mich mal machen«, sage ich, »sobald in deinem Telefon morgen früh meine Nummer leuchtet, bin ich zu Hause. Wie im Film. Und dann stehst du bitte direkt vor der Tür, Len«, sage ich.

Wir alle. Endlich alle. Morgen.
Len dreht sein Gesicht zur Sonne und schließt die Augen.
Ich tue das Gleiche.
»Bei der nächsten Wolke gehen wir«, sagt er.

—

Die Schwestern sitzen an ihrem Platz. Reden wie immer über dies und das. Machen ihre Nägel. Nachtdienst.
Ich gehe so selbstverständlich wie möglich an ihrem Tresen vorbei, versuche, das Schwanken auszugleichen. Haben die mir schon wieder ihren Dreck gegeben?! Bekackte Stillleger, weil ich spazieren war mit Len? Ist es jetzt in den Tee gemischt gewesen, oder was?! Ich soll ruhig sein und meinen Körper nur benutzen, wenn sie es wollen. Das würde denen so passen. Reinkommen zu mir, wie es denen passt, mir ihre Spritzen und Kanülen unter die Haut schieben, wie es denen passt, meine Bewegungen steuern. Was war in den Stunden, die in meiner Erinnerung fehlen? Ja was?! Standen sie da um mich herum und haben sich unterhalten, was man wohl mit willenlosen Menschen so alles machen kann? Vielleicht haben sie ja Bauchredner gespielt mit mir und meinen Kiefer bewegt, als ich schlief, haben die kleine, halbnackte Russin sagen lassen ›Ich bihn Oooohlga, gieb es mir gaahnz haart‹ und schallend gelacht. Die zwei dürren Schwestern und die eine dreifach fette mit Damenbart. Kann ja auch ganz schön langweilig sein, so ein Arbeitsalltag zwischen Arschwischen und Herumschieben von Halbleichen.
»Ich will nur kurz zum Automaten. Schokolade.«
»Patientin Lewin, Sie sollten noch nicht hier herumspazieren, erst recht nicht nachts. Das wissen Sie doch!«
Da ist sie ja wieder ganz aufmerksam, die Bartfrau. Zu-

mindest hat sie mich gesehen. Aber aufstehen und mich zurückhalten? Nee. Das natürlich zu viel.
»Ich bin doch gleich zurück. Wenn ich noch eine Weile hier so liegen bleibe, verkümmern meine Muskeln, sodass ich danach überhaupt nicht mehr herumspazieren kann. Bin doch gleich zurück, Schwester Cousine!«
»Gesine.«
»Jaja. Schon klar.«
Weitergehen, einfach weitergehen.
Wände, meine lieben starken Freunde. Wände sind immer gut zu mir. Man kann sich immer an ihnen festhalten, und sie geben nicht nach. Den ganzen langen Gang entlang, bis zum ersehnten grün leuchtenden Schildchen in der Ferne, auf dem ein weißes kleines Männchen auch aus dieser weißen Hölle zu fliehen versucht.
Der lange Flur ist behangen mit Krankenhauskunst. Hotelkunst und Krankenhauskunst. Beide sehr eigenwillig. Sollen das Fernweh stillen. Oder wecken. Bin mir noch nicht sicher. Oft zeigen sie einsame Gärten, Olivenhaine. An das innere Zen appellieren in schweren Zeiten. Dreißig Meter und zehn Bilder weiter bin ich bereits Zen as Zen can.
Auf einem der Bilder wieder diese kleine weiße Kirche, wie auf dem Foto in meinem Zimmer, schwarz gekleidete Frauen sitzen auf Bänken. Sie unterhalten sich, lachen, ihre Gebärden sind laut, sie sind grau, sie tragen Kopftücher, um das lockige Haar zu bändigen. Fischersleute sitzen am Pier, laufen die Straßen entlang – wieder die zu großen Hosen, die eng gezurrten Gürtel, die Hemden mit hochgekrempelten Ärmeln, männlich unfrisch, nach Arbeit sehen sie aus.
Kaffeeautomat passiert. Telefonapparat, Toiletten für die Besucher. Nur ein kleines Stück noch.

›Que bionda‹, haben sie immer gesagt, die Italiener in dem kleinen Städtchen. Sie waren dunkel, wie auf den Fotos in meinem Zimmer, sonnengegerbte Haut. Ich hatte sommerblondes Haar. Sie kniffen mir in die Wangen, wann immer sie wollten. Das war nicht gut, nicht schlecht – das war merkwürdig. Fremde Hände im eigenen Gesicht. Aber mit Kindern, mit Kindern kann man ja machen, was man will. Man will ja nur zeigen, wie entzückt man ist. Kommt ja von Herzen. Da muss das Kindchen durch. Das kann das Kindchen ab.

›Que bionda! Buongiorno, bambina! Hallooo!‹ – Nicht hallo und auch nicht warum, hätte ich sagen wollen, konnte es aber nicht auf Italienisch. Mira, Ari, ich. Nur wir drei, im Auto durch Italien, Serpentinen, Zypressen, verlassene Absteigen, Fünfsternehotels, was eben so frei war, kein all inclusive, einfach los, einfach die Welt sehen. Zusammen. Noch ein paar Schritte jetzt … Nicht abknicken, sonst stecken die mich wieder da rein, in dieses seelenlose Bett, in dem schon gepisst, gekotzt und gestorben wurde. Einfach konzentrieren, fixiere den Gedanken, los, weiter, los. Und ich sah damals die dicken Nikas in Monaco und den Palast der Monegassen. Und meinen Vater, wie er in Adiletten mit der Aufschrift *Tahiti* den Türsteher des Casinos zu überreden versuchte, man möge ihm doch Eintritt gewähren. Er wolle doch nur mal kurz rein, einfach mal sehen, was ein Casino von innen sein soll, in eine Casinotoilette pinkeln. Das hätte gereicht. Aber der Türsteher sagte nein, nur in Anzug und Krawatte, nicht im T-Shirt, auf dem *Basic* steht, und Tahiti-Schlappen. Und wir fuhren die Küsten entlang, machten Stopps an jedem Strand oder was auch immer wir in unserem Hunger nach der Wärme und europäischer Freiheit als Strand deuteten. Und alle Italiener und auch die Franzosen von San Remo bis Nizza sahen uns an wie Verrückte, als wir fröhlich wie Geisteskranke in den ersten Strahlen der Frühlingssonne ins Meer sprangen. Für die war tiefster Winter, für uns hatte das Leben begonnen! Und wir feierten es, feierten, dass wir zusammen sind und die Tatsache, dass wir die Transplantation anscheinend überstanden hatten. Und dass wir keine der uns umgebenden Sprachen auch nur ein Stück weiter als ›Hallo, bitte, danke‹ konnten, störte uns nicht im Geringsten.

Ob ich je wieder spielen kann? Ich kann ja kaum laufen. Vielleicht wird jetzt alles neu. Einfach alles.

Das schwere Paket ohne Absender, das schwere Paket, das zu Hause liegt und auf mich wartet. Die Türen des Krankenhauses öffnen sich automatisch, draußen steht die schwarze Nacht, auf dem Parkplatz ein Taxi. Aus dem Fenster meines Zimmers wehen die Gardinen jetzt von innen nach außen, als würden sie mich verabschieden, mir wehmütig zum Lebewohl hinterherwinken.

»Kann man mit Karte zahlen?«, frage ich und lasse mich in den ledernen Rücksitz fallen.

»Ab zehn Euro.«

»Dann nach Hause, bitte.«

»Wo soll das sein?«

»Das ist die Frage.«

»Mädchen, alber nich rum! Ich brauch 'ne genaue Adresse!«

»Leibniz 37.«

Schlechten Tag erwischt. Der Driver auch müde.

Und die Lichter der Nachtreklamen schießen an mir vorbei. Ich öffne das Fenster einen Spalt, die Stadt dröhnt, ruft, summt. Er rast, als hätten wir gerade eine Bank überfallen. Ich finde mich unbekümmert morphinisiert

damit ab, dass mein Leben in der Hand eines Fremden mit wenig Geduld im Straßenverkehr ist. Strahlen der entgegenkommenden Scheinwerfer treffen zielsicher in meine Pupillen, wie ein Stroboskop wechselt sich Licht und Nacht ab.
Nach etwa zehn Minuten wird es sehr still. Wir stehen vor meinem Haus, ich reiche dem Taxifahrer, der mich merkwürdig anstarrt, meine EC-Karte.
Jaja, ich weiß, ich hab ein Kleidchen an mit offenem Arschteil. Schon okay. Ja, ich hätte was anziehen können. Ich weiß. Aber die Hitze, wissen Sie ja selbst, steht in der Luft, und wie wunderbar die Sommerluft auf nackter Haut, lieber Taximann … Und wie schwer, sich bei jedem Badbesuch immer wieder an- und auszuziehen.
»Runden Sie irgendwie auf. Danke.«
Als er fertig ist, steigt er aus und öffnet mir die Tür. Das Aussteigen macht erneut klar, dass der Schulterverband ein alltagsuntaugliches Hindernis ist und der Schmerz verdammt grob. Ich winde mich aus dem Wagen, als wäre ich halbseitig gelähmt.
Auf der Arbeitsplatte in der Küche liegt es, das Paket. Brauner Karton. Unauffällig. Mein Name und die Adresse auf einen selbstklebenden weißen Zettel gedruckt.
Ich höre, ob von dem Paket ein leises Ticken ausgeht – so unwahrscheinlich es auch sein mag, dass eine Bombe tagelang auf mich wartet und genau weiß, wann ich meine grazil ausgeführte An-der-Wand-entlang-Krankenhausflucht begehe, um exakt zum Zeitpunkt meines Ankommens in der Wohnung zu detonieren, erscheint es mir doch eine gute Idee, das auszuschließen. Kein Ticken. Mit dem Küchenmesser kämpfe ich mich durch mehrere Lagen säuberlich gewickelten Gaffa-Tapes.

Ein Brief.

Liebste,
you are a furious dancer of love, ich anscheinend lediglich furious particles in space. Undefiniert, lose, nicht fähig, mich zusammenzusammeln. Bitte verzeih mir.
Du fehlst mir bereits jetzt.
Ein Geschenk. Keine Wünsche. Nichts, was ich nicht schon gesagt habe.

Zum Inhalt:
Walther CP 88 Competition, verlängerter Lauf.
Präzise, leise, schnell. Wie du.
Eine Anleitung (mit Zeichnung) zum Säubern, Laden, Halten, Sichern findest du auf der Rückseite.
Ich kaufe mir jetzt eine Kalaschnikow und eine Schaufel.
Findest du lustig? Ja, ich auch.
Ich liebe dich von ganzem, das weißt du.
Isle of you.

Isle of us, du Arschgesicht.
Und im Posteingang noch eine E-Mail von dir. Der Betreff der E-Mail ist ein einzelnes Zeichen: *
Ich zögere, sie zu öffnen. Aber schlimmer als die letzte kann sie nicht …

Ich habe geträumt von dir. Als du verschwunden warst.
Du kommst mich ständig besuchen nachts. In meinem Kopf (wenn ich denn mal schlafen kann).
Ich kann keine fünf Zeilen lesen, ohne dass es mich zerlegt, noch mehr rauchen ist auch nicht möglich.

Fantasie in 22 Punkten

01. *Im Süden. Bei dir im Zimmer. Ganz selbstverständlich, als wäre es nur eine Fahrt mit der S-Bahn etwas außerhalb von Berlin (hinter Marzahn noch). Wer hätte gedacht, dass man nur ein paar Minuten fahren muss, damit man niedrige weiße, gelbe, hellblaue Häuser mit dicken Wänden und schwarzem Stein um sich hat. Je länger man fährt, desto mehr gereizte und unverschämte Gesichter steigen aus. Es bleiben die milden, lesenden, schlafenden und liebenswürdigen Passagiere.*
02. *Ich habe ein frisches Hemd, Granatäpfel, Mandarinen und einen Text dabei, den ich zum Arbeiten mitgebracht habe, aber nicht lesen werde.*
03. *Die Tür wurde geöffnet, ich werde aber nicht empfangen, da meine Ankunft kein besonderes Ereignis zu sein scheint in diesem Hotelzimmer.*
04. *An einem Tisch zur linken Seite der Eingangstür sitzt du, vor dir liegen Papier, Noten, Aufzeichnungen, du studierst sie konzentriert. Die Balkontür steht offen, das warme Klima hinter Marzahn verwundert ein wenig, aber an schöne Dinge gewöhnt man sich schnell und gerne.*
05. *Das Zimmer riecht nach hotelgereinigter frischer Bettwäsche, Tabak, löslichem Kaffee, aufgeheiztem Balkongeländer und Algen.*
06. *Ich lege die Tüte mit Hemd, Granatäpfeln und Mandarinen ab und zur Begrüßung deine Haare zur Seite, um deinen Nacken zu sehen.*
07. *Als müsste das unbedingt korrigiert werden, wie ein schräg stehendes Möbelstück.*
08. *Dein Kinn, Hals, dein Mund bewegen sich*

nacheinander zu mir, als würde jemand an einer Schnur ziehen.

09. *Es sind eh viele Schnüre im Zimmer.*

10. *Die nackte Stelle am Hals, unter dem Kiefer ist in Erwartung einer Handlung.*

11. *Eine ähnliche Erwartung wie kurz vor dem Moment, wenn man seinen Kopf nach einem zermürbenden Tag in ein Kissen vergräbt. Nur dass einen hier der Geruch von Shampoo, süßer Butter, Beeren, Kokosnuss und deiner Haut empfängt.*

12. *Ich werde immer noch keines Blickes gewürdigt. Du versuchst die Fasson zu wahren, aus kindlichem Trotz und ein bisschen Provokation; hast deine Aufmerksamkeit aber schon von Beginn an verloren.*

13. *Ich bin geschmeichelt, dass ich dich ablenken darf und kann.*

14. *Ich hebe deine Hüfte von deinem Sitzplatz, was dich ironischerweise dazu veranlasst, dich auf die Sachen, auf die du dich gerade vorgeblich noch so konzentriert hast, aufzustützen, als wären sie belanglos geworden.*

15. *Kaum merkbar, also mit einer ungeheuren handwerklichen Präzision wird der obere Knopf der Jeans mit linkem Zeigefinger und Daumen gelöst. Das findest du lustig. Imponiert dir, handwerkliches Geschick.*

16. *Mir gefällt der Gedanke, dass wir noch kein Wort gesprochen haben. Und ich nur Noten unter einer der schönen dunklen Haarkurven vor einem hellen Nacken sehe. Und deine nackten Beine.*

17. *Ich lecke dich. Die Fasson liegt geknebelt am Boden.*

18. *Liebe. A e!*

18a. *Wir begrüßen uns nun, was dich zum Lachen bringt.*

20. Eine Zigarette auf dem Balkon.
21. Granatapfel, rote Hände, und du ziehst das mitgebrachte frische Hemd an.
22. Ein Besuch am Strand und in der Bar.

Die Straße ist schwarz. Alles ist schwarz. Schritte. Hinter mir.
Ein Tier. Es rennt. Ein riesiges Tier. Es kommt immer näher. Es reißt mich zu Boden, reißt an meiner Kleidung, zerrt mich über den Zement, keine Kontrolle, keine Kontrolle mehr, ich töte es. Mit einer Hand. In der Hand die Walther Competition.
Ich habe nicht einmal hingesehen.
Es gab keinen Ausweg. War ein schlechter Tag.
Es liegt im Regen und bewegt sich nicht mehr.
Es ist tot.
Gut gemacht, sagst du.

—

Der Morgen strahlt in mein Zimmer und jetzt sehe ich, dass meine Wohnung penibel aufgeräumt ist, die Böden gewischt, in der immer leeren Vase steht ein bunter, wild gemischter Strauß. Mama. Geil.
Zehn vor zwölf.
Der Versuch, zu duschen, gelingt, wenn auch unter Anstrengungen. Immer nur partiell, ein Bein, ein Arm, Haare. Wenigstens so.
Len ist pünktlich. Das ist noch nie passiert. Gebrechlich und welk sein ist gewinnbringend, wirkt sich mobilisierend auf das Umfeld aus. Guter Trick, den Astrid da hat.
Es hupt unter dem Fenster.
Ich suche meine Sachen zusammen, zu schnell, sehe un-

fertig aus, aber Hauptsache sauber. Sauber, halb satt und mit der Aussicht auf eine Toilette – das ist alles, was der Mensch braucht.
Satt ist schlecht. Satt findet überall statt, nicht nur im Magen. Auch im Kopf.
Wir fahren wortlos ab. Len summt ganz leise vor sich hin. Der Tag ist frisch und noch schwebend.
»Und? Kannste wieder bisschen was mit der Hand?«
»Nein.«
»Garnix?«
»Nenn mich Pfötchen.«
Wir biegen in die Königsallee. Villen. Goldenes Schild neben dem eisernen Tor: *Prof. Herchenbach.* Dahinter ein kleiner Kiesweg, umsäumt von giftigen Orleanderbüschen. Diese irrleitende, sich beständig wiederholende Kombination der Natur: giftig und verführerisch hübsch. Len findet den richtigen Schlüssel an dem vor lauter Schlüsseln kugelförmigen Bund.
»Und? Gefällt?«, dreht er sich zu mir.
Wir betreten das Haus.
»Gefällt sehr.«
Breite Eingangshalle, der Boden aus kaltem grauen Marmor, an den Wänden Gemälde, Expressionistisches, Impressionistisches, Porträts, riesige Formate, schöne Holzrahmen, schwarz, golden, alt. An der Decke große Leuchten. Ich könnte kalt behaupten: Hier, Art déco, und der Teppich dort? Marokko, ganz klar. Und meine unsichtbare Entourage würde mir zustimmen. Halbwissen geht bei den meisten durch. Findet sogar reihenweise Anhänger. Nicht bei dir. Du weißt alles *sicher*, und nicht nur *so ungefähr.* Du würdest sagen: Schau, diese Windung da und die Art, wie die Decke verschraubt ist – und so was …

Rechter Hand ein gigantischer Raum, ein Saal, die Wände entlang Bücherregale. So viele Bücher. Wenn es nach mir ginge, ich würde inmitten von Büchern wohnen, hast du gesagt. Deshalb weißt du auch, was zu welcher Epoche gehört. Ich liebe die vielen Schubladen deines Gehirns. Besonders die Geheimfächer. Du zeigst mir immer, was drin ist.
Im Saal eine im Halbkreis aufgestellte Sitzgruppe in beigem Stoff mit wilden Blumen bestickt – Mohn, Flieder, Lavendel – es erinnert mich an die Couch meiner Eltern, in Petersburg. Daran, wie sie es fertiggebracht haben, eine Eigentumswohnung im Plattenbau in eine barocke Ausstellung umzuwandeln. Samt in die Wände eingearbeiteter Leuchter. Und bevor die fürstliche Tapete draufgeklebt werden konnte, sah ich zu, wie mein Vater die Betonwände mit losen Seiten der *Prawda* präparierte.
Ein Tisch in der Mitte des Saales – russisches Empire. Das erkennt man aber auch leicht, an den in Fischform geschnitzten Beinen, auf den Schwanzflossen ruht die Tischplatte. Darunter, unter dem Tisch herauswachsend bis zum Kamin ganz am anderen Ende ein schwarzer Teppich. So einen hervorgehobenen Platz hat der bekommen, der Teppich. Muss wohl besondere Bedeutung haben, der Teppich. Haben bestimmt kleine weibliche Hände geknüpft. Jede einzelne rote Swastika auf den schwarzen Grund. Willkommen zu Hause.
Vor dem Kamin liegt Holz. Auf dem Kamin ein Spiegel. Wie in Paris. Damit die Zimmer noch riesiger wirken, als sie ohnehin sind. Rechts davon ist keine Wand, sondern Glas. Hinter der gläsernen Front der Wintergarten, dahinter der Garten. Im Garten stehen Tigerlilien und Pfingstrosen mit ihren weißen, purpurnen und rosa Köpfen in der Hitze. Kein Wind weht.

Es riecht nach Blumen und Papier, nach Schönheit und Wissen.
»Bitte schön!«, sagt Len und weist mir eines der Gästezimmer zu und versichert, der greise Professor würde eh nichts mehr mitbekommen. Wer in seinem Bettchen geschlafen, wer aus seinem Tellerchen gegessen hätte.
In meinem Zimmer steht ein Bett mit ordentlich aufgestellten Kissen, eine Truhe zu dessen Fuß, ein alter Spiegel mit blinden Flecken gegenüber.
Ich stelle den Koffer ab. Falle in die dicke Matratze, über mir das glitzernde Kristall des Lüsters.
›Willst du nicht auch was lesen‹, fragtest du, als es schon längst nach drei war und du immer noch so vertieft in dein Buch über Bauweisen von Stahlkonstruktionen.
›Will ich‹, sagte ich. ›Empfehlungen?‹
›Alles!‹, sagtest du.
›Alles ...‹
Ich lachte, küsste dich, und schlief ein.
Alles ist eins ist null ist Equilibrium.
»Kaffee, Kakao, Cappuccino?« Lens Stimme erklingt weit weg, irgendwo aus den Tiefen des Hauses.
»Irgendwas, Len!«, schreie ich.
Das Theater zahlt mir 7000 Euro.
Vielleicht sollte ich das Geld nehmen und einfach mal fahren. Die magnetische Kopplung langsam ausdehnen. Mir irgendwo im Süden dieses Kontinents ein Zimmer nehmen und, solange es gelingt, bleiben. So ein Zimmer für 30 Euro in einem familiengeführten Hotel. Einem, das *Giovanni* heißt. Oder *Carmen*. Irgendwo, wo die Waschbecken einen Standfuß haben und auf den Mischbatterien *C* und *F* steht. Für *caldo* und *freddo* oder *chaude* und *froide*. Ein Cappuccino, mit Milch und Zucker, hat einhundert Kalorien. Am Tag kann ich etwa 10 Tassen. Also

1000 Kalorien. Guter Grundumsatz. Kann man eine Weile durchhalten. Bei einem mitteleuropäischen Preis von 2,30 € und einer Schachtel Zigaretten komme ich, wenn ich dieses Zimmer dann behalte, auf einen Verbrauch von etwa 56,– € am Tag. 125 Tage also. Wenn ich sparsamer bin, mehr. Vielleicht macht mir auch ein Neuanfang mit fester Nahrung einen Strich durch die Rechnung. Dann wäre es schneller beendet, mit dem Geld. Aber ich bin die Pest. Und um nicht mehr die Pest zu sein, muss ich aufhören mit dem Essen. Um mir die Hände nicht mehr in Blut zu waschen. Auf Reisen schafft man es nur schwer, eigene Äpfel anzubauen. Gehe *dahin*, man wisse nicht *wohin*, finde *das*, man wisse nicht *was …*
Carmen, denke ich. *L'amour est un oiseau rebelle … die Liebe ist ein wilder Vogel, den kein Mensch jemals zähmen kann*, spielt das Orchester in meinem Kopf. Ich summe leise mit. Grausamer Vogel.
Ich möchte duschen. Richtig duschen, ohne den verdammten Verband. Es ist schon fast eine Woche vergangen. Ich will es sehen. Dieser mit menschlichen Wiederherstellungsprozessen besudelte Stoff. Drehe mich zum viel zu gut ausgeleuchteten Badspiegel. Darin verkommt Hübsches zu angreifbar Fehlerhaftem, Hässliches sieht aus wie eine Deformität. Unter diesem durchtränkten Verband bin ich markiert. Für immer markiert.
Das Wasser rinnt abwärts, nimmt mit, was die Seife ihm freigibt.
Es ist unerträglich heiß. Als würde ich aufquellen und zu saurer Milch werden, sobald ich aus der Dusche steige. Die Wassertropfen prallen an die Kabine.
»Deine Gäste sind da!«, schreit Len.

10

(... THE GARDEN)

»Wir haben ein volles Bankett angekarrt!«, sagst du. »Stascha hat gekocht«, sagst du und verweist huldigend auf die Köchin. Sie macht verlegenen einen Knicks. Dass du doch hergekommen bist, ist groß von dir. Nach all deinen Verabschiedungstiraden.

»Das ist also dein Timur?«, Len flüstert, und alle hören mit.

»Nein, Len … Nicht jetzt, ja?«

»Okay, okay.«

Fili drückt mich, so fest sie kann. Du bleibst unsicher im Türrahmen stehen.

»Komm her jetzt«, sage ich, und du kommst, reuig wie ein Köter, der unerlaubt ein Häufchen im Wohnzimmer hinterlassen hat, guckst du mich an. Hast du auch, glaube mir, Timur. Ein ganz schön fulminanter Haufen ist das inzwischen.

Und ich streiche dir die Schuld aus dem Haar, vom Gesicht.

»Geil, nich?!«, sagt Len und breitet die Arme aus, demonstriert, dass er es ganz allein geschafft hat, alle hierher geholt, zu essen ist da, zu logieren auch.

»Ja, Len. Fantastisch bist du«, sage ich, und ihr strahlt mich alle an, Fili, Stascha, Len. Und du. Und mein Arm liegt um deine Schulter, wir so nah, wie siamesische Zwillinge, du küsst meine Handinnenfläche. Ja, ich bin wieder da. Ich kann dir nichts. Ich habe es versucht. Immer umblättern bis zur nächsten Seite, zur leeren Seite, und da die neue Geschichte schreiben, sagt mein Vater immer. Ist alles wieder gut. Leeres Blatt. Hier, zeichne was.

—

»Fertig! Kommt!«, ruft Stascha. Sie präsentiert es auf dem Tisch im Garten – alles, was sie kann, und noch ein bisschen mehr: Blumen, weiße Tischdecke, das schöne Geschirr aus des Professors Glasvitrine, das Silberbesteck auch, das Licht, die Fackeln – alles nur für mich. Stascha geht in die Küche und kommt mit einer großen Platte wieder, auf der ein riesiges Huhn auf dem Rücken liegt, von grünen Rosmarinzweigen umringt. Eine illustre Versammlung ehemaliger Meeresbewohner, Austern, Krabben, Krevetten, dazu Zigaretten, die schönen, bunten Sobranie und die herben, schnörkellosen Parisienne, Wasser, Champagner, Anisschnaps, Birnenschnaps, diverse Aperitifs, Degistifs und alle -ifs, die man sich noch vorstellen kann.
»Eröffne das Dinner«, sage ich zur Köchin, sie sagt, es sei eröffnet.
Wir setzen uns.
Fili hat bereits im Kleiderschrank des Professors gewühlt. Einen Hut, Fliege, seinen ganzen Anzug hat sie angezogen, samt seidenem moosgrünem Einstecktuch in der Smokingtasche. Auch seinen Gehstock hat sie gefunden. Der kleine geschwungene Bart, den sie sich auf die Oberlippe gemalt hat, lässt sich als Schatten erkennen.

Die Lippen sind in einem angriffslustig leuchtenden Korallrot bemalt.
Timur sitzt und schaut sich um, dann immer wieder wie gebannt auf die neue Fili-Version.
»Schön«, sage ich, »und wie ist das Gefühl?«
»Groß!«, strahlt Fili und setzt sich, stützt den Knöchel des rechten Beins auf das linke Knie, sodass im Schritt genug Platz ist für einen imaginären Hodensack, vielleicht sogar zwei. Sie sitzt nicht, sie thront, die linke Hand leger auf dem runden Knauf des Gehstocks aufgestützt – wie ein Zepter.
»Liebe Freunde von Izy!«, Len gestikuliert mit dem Glas in der Hand, »Dienerin des Fleischlichen ohne Reue, des Geistigen ohne Grenzen!«
»Lenni, Schnauze«, sage ich leise.
»Ich weiß!«, troubadourt er laut weiter, und winkt mich ab: »Ich freue mich sehr, euch in diesem Haus empfangen zu dürfen. Seid willkommen. Auf die Liebe! Für alle! Die ganze Welt wollen wir damit vergiften! Auf dass sie genesen möge. Izy!«, sagt Don Lenson, »auf dich, Izy! Du bist. Und das ist gut. Und gut ist gut. Und Fehler sind gut, denn dazu sind sie da!«
Er setzt sich wieder und trinkt sein Glas mit einem Mal leer.
Was ist der Fehler? Ich bin ein Fehler? Sag es doch konkret! Oder auch nicht. Was ist schon *konkret* gegen ein metamorphisch in seiner Bedeutung verschiebbares Wort?
Fili erhebt sich, kommt auf mich zu, küsst mich, Champagner läuft unsere Mundwinkel herab, ist kalt und spitz im Mund, ihre Zunge warm.
»Du, Izy«, flüstert sie mit ihren offenen Lippen an den meinen, in meinen Mund, küsst meine Nase, »bist zwei-

felsohne ein verwöhntes Miststück. Aber es sei dir verziehen.«

Sie nimmt noch einen großen Schluck, küsst mich wieder.

»Fili, ich kann so nicht atmen.«

»Is ja gut.« Sie wischt sich, wischt mir die nassen klebrigen Reste vom Kinn, richtet meine Haare, hält die Spitze meines Zopfes zwischen den Fingern, um angedockt zu bleiben: »Ich hasse dich für deine sinnlos stoische Ruhe, deine blöde mütterliche Wärme, deine verkackte Loyalität, du sexy Bastard. Du bist rundum hassenswert. Ich liebe dich ...«

»Ich liebe dich auch, Fil.«

»Und mach keinen Scheiß! Ich will nicht, dass du stirbst. Sterben ist ziemlich ungesund. Und dann kannst du keinen Coin mehr einwerfen. Dann nämlich ist Game over. Und wir haben doch noch so viel zu tun!«

Sie setzt sich auf meinen Schoß. Als hätte sie Angst, ich würde sonst vielleicht wieder verschwinden, ohne dass sie es merkt. Wenn sie mich festtackert, kann ich nicht weg. I got you, mein Mädchen. Ich kenne das Gefühl.

»Schenkt doch mal hier einer nach!«, fordert sie, und du gehorchst natürlich, Murkin.

Es hat schon was, wenn ein Mann das Apportieren beherrscht. Wie ein Haustier richtet sie dich doch ab. Hol mir dieses, bring mir jenes, einen Sack Erde für die Blumen, einen Kratzbaum für die Katz, eine Serviette für die feinen, kuchenverschmierten Lippen von Madame. Und einen neuen Kuchen kannst du auch gleich backen. Wir erwarten morgen Gäste. Sie ist nicht überlebensfähig ohne ihren durch seine beschützerische Hingabe schon ganz gekrümmten Lakaien, ihren Hofnarren im Holzfällerkostüm.

Len gibt mir mit ausgefallenen Gesten zu verstehen, dass ich anscheinend lippenstiftverschmiert bin. Ich bringe das in Ordnung.

»Stascha, Holde, nimm doch teil!«, Timur stupst sie leicht gegen die Schulter, während er ihr Glas auffüllt.

Sie sitzt erstarrt da und blickt stur nach vorn, ins Leere. Hat sich wie immer in ihre Gedanken vergraben. So als hätte man sie auf Stand-by geschaltet.

»Hach?! Was?! Ach ja. Ich bin schon betrunken, glaube ich …«, sagt sie und hascht mit ihrem Blick über Len, der jetzt entspannt in seinem Stuhl fläzt – ob er wohl ihren desolaten Zustand mitbekommen hätte. Aber nein. Hat er nicht. Len ist sich selbst genug.

»Du bist wie die Maus am Tisch des verrückten Hutmachers«, sage ich.

Stascha sammelt ihre Moleküle zusammen.

»Und … und du …«, sagt sie, »du solltest zurückkommen. Bitte.«

»Ich bin doch gar nicht weg, Stasch.«

Zurückkommen. Dahin, wo alles gerade in Einzelteile zerspringt?

Stascha nickt, schweigt. Starrt in den Tisch. Fehlende Erfahrung mit Alkohol, jetzt schon im Stadium der Wehmut, vermisst mich bei den Proben. Die euphorische Phase hat sich auf genau die Zeit der Vorbereitung ausgedehnt, und jetzt, da wir feiern wollen, hat sie keine Kraft mehr. Zack – und bald schon wird sie verkünden, dass sie müde ist und dringend ins Bett muss. Es ist ja dann immerhin schon fast elf …

Du stehst langsam auf, erhebst deinen schweren Körper, sagst: »Malýsch, ich trinke auf dein Wohl. Bleib biegsam wie eine Birke und hart wie Kruppstahl.« Du grinst. Du vergleichst harte Dinge gern mit Kruppstahl.

Und alle trinken gemeinsam auf mein Wohl, und ich mache Fotografien davon in meinem Kopf.
Len probiert zuerst von den russischen Salaten, Timur schenkt sich nach, und Fili schneidet ein dickes Stück von des Huhnes totem, zartem Fleisch und legt es auf ihren Teller. In ihrem Gesichtsausdruck kann man lesen, dass dieses Fleisch sie glücklich macht. Sehr sehr.
»Ich finde, Frauen sind sowieso die härteren Männer«, meldet sich Stascha zurück. Wieder aus dem Nichts erwacht. »Wegen Kruppstahl und alles …«
»So?«, Fili wendet ihren schlanken Hals Natascha zu. »Das führe sie doch gern einmal aus«, sagt sie und leert das dritte Glas.
»Gut«, sagt Stascha und schaut wieder zu Len, der aber schenkt all seine Aufmerksamkeit der Cohiba und ihrem dichten Qualm, wie er aus seinem Mund kommt, wie er sich in der Luft verteilt, wie er verschwindet. »Sagen wir so: Wir leben in einer Amazonengesellschaft – Frauen jagen, bauen, versorgen, erziehen allein – alles. Der Mann verliert seine Rolle, und er weiß es. Das, worüber er sich definiert, seine Leistung, schwimmt ihm davon, wird ihm geraubt von Menschen mit Uterus.« Sie schaut, ob Len reagiert. Aber nein, immer noch nicht.
Ich sehe Progress. Ich habe Stascha noch nie so vehement erlebt. Ob sie jetzt den wissenschaftlichen Prognostiker gibt, um Lens Aufmerksamkeit zu gewinnen, oder aus wirklicher Überzeugung, ist egal. Es freut.
»Eine Frau züchtet Kinder in ihrem Körper heran«, sagt sie, »sogar ohne Mann inzwischen. So ganz ohne Y-Chromosom!« Sie glaube ja an diese Renaissance des Matriarchats. Und der Mann würde dann einfach nur mehr oder minder versklavt. Um schwere Lasten zu tragen oder so.

Ich denke sofort an diese Ehemänner, die verloren und stumm immer bei Fuß neben der Gattin stehend die Handtasche ihrer Ehefrauen über der Schulter tragen, während die Ehefrauen sich im Kaufhaus, evolutionär betrachtet, durch lebenswichtige Angebote der Natur – Kleidung oder Essbares – durchfummeln.
»Muskelkraft. Mehr muss er dann nicht«, sagt Stascha, »ist doch eh unterlegen ...«, sagt sie, »so genetisch betrachtet.« Sobald sich Ejakulat in der Physis staue, seien sie dumm, verführbar, durch sexuelle List zu jeglicher Tat zu bewegen, die Männer, sagt sie. Eine Frau hätte das zwar auch, aber eben nur einmal im Monat, der Mann hingegen *täglich*! Mehrmals täglich! Sei seinem Körper weitaus stärker unterworfen, könne gar nichts dagegen tun und spiele damit der regierenden Frau direkt in die Hand.
Stascha schaut in die Runde, die Runde schaut zu Stascha.
Fili findet's cool. Len kichert jetzt dämlich, weil ihn die Worte *Frau, Mann, Hand* und *spielen* sofort an seine Nacht mit Pfötchen denken lassen, womit er ihrer Theorie unbewusst ein schönes Fundament zimmert.
Ohne Y-Chromosom, stelle ich mir vor ... da entstehen dann ja wirklich nur noch Frauen ... Welchen wissenschaftlichen Artikel hat sie da nur wieder ausgegraben, kann man seinem Wahrheitsgehalt auch nur im Entferntesten trauen? Ich könnte einen draufsetzen, jetzt mit der Info kommen, dass Steve Jones und Bryan Sykes sogar behaupten, der Mann an sich sei eine genetische Krankheit und in etwa 100.000 Jahren ganz ausgestorben. Aber ich halte es zurück. Auf dem Tisch sieht es inzwischen aus, als hätte Artus' Tafelrunde gespeist.
»Frauen als Jäger, Kämpfer, Feuerhüter, Ernährer, ja?

Hm … na schön«, konstatierst du resigniert leise und zuckst beiläufig mit den breiten Muskeln deiner Oberarme, die du dir beim auf dich zukommenden Dienst als Sklave schon sehr gut im Einsatz vorstellst. Hast ja schon vortrainiert bei der Peitsche.

Filis Augen leuchten immer noch ganz entzückt wegen des ja sogar schon wissenschaftlich belegten bevorstehenden gesellschaftsstrukturellen Wendepunkts. Fili ist bereit für den Wandel, möge er doch sofort kommen, Fili schenkt sich nach, bis das Glas nicht mehr kann, und steigt ein: »Lass die Männer mal allein miteinander leben«, sagt sie, »selbst wenn man im Äther der Geschichte gräbt – Herrscher und deren Lustknaben, ficken und gefickt werden, aber eine faire Aufteilung aller Aufgaben innerhalb des eigenen Geschlechts? Nie!«, sagt sie. »Immer nur Schwanzvergleich. Erst jetzt, mit der Homo-Ehe vielleicht«, sagt sie. »Aber die Homos gehören sowieso irgendwie eher zur Kategorie Frauen als zu den *Bier-Fußball-Leistung*-Kreationen der Spezies.«

»Die Frauen in Afrika leben doch jetzt schon so«, sagst du, »die Männer im Krieg, und die sorgen sich um *alles*«, sagst du und nippst an deinem frisch gemixten Wodka Sour.

Len dreht mit einer Hand die Flaschen auf dem rollbaren Barwagen, schaut sich die Etiketts an, sucht etwas, das ihm sagt: *Trink mich.* In der anderen verglüht die Cohiba.

»Afrika … War doch in jedem Krieg so«, sagt er halb abwesend. Wahrscheinlich sinniert er gerade darüber, wohin er eigentlich gehört. Homo oder Frau. Denn zu den anderen, den ›richtigen Männern‹, kann man sich in Anbetracht der vorgetragenen Argumentationskette unmöglich gesellen wollen.

»Stimmt ganz genau!!!«, bricht es wieder aus Stascha hervor, und sie setzt mit den Worten »Ohne Männer gäbe es keinen Krieg. Ohne die Frauen … kein Leben danach!« der Debatte einen Punkt.
Len lacht: »Hat eben jedes Geschlecht seine Vorzüge. Und mich beschleicht zuweilen das Gefühl, dass die zu oft abwichsen, diese Wissenschaftler … Noch ein Drink? Wie wäre es mit einem schönen Hemingway on Speed, und mit Hemingway meine ich Wodka, und mit Speed meine ich Koks.«
»Sehr gut!«, sagst du, froh über die Wendung, und stellst die inzwischen leere Flasche *Russian Standard* auf den Boden.
»Aber mach doch bitte trotzdem anstandshalber wenigstens Limettensaft rein«, sagt Fili.
Len geht in die Küche. Ich stehe auf, um eine Platte aufzulegen. Im Hintergrund ist Stille, alle warten. Auf Hemingway und Bill. Eiswürfel klappern dumpf gegen die Aluminiumwände des Mixers. Ich nehme mir eine Parisienne.
Vor sechsundzwanzig Jahren hat sie mich herausgepresst aus ihrem Körper. Alles gerissen. Auf dem Flur des Krankenhauses. Weil kein Zimmer frei war. Und alles bakteriell verseucht. Und meine erste Windel die vom Vater in ordentliche Quadrate zerschnittene Pionieruniform meines Bruders.
Sie ist so sicher, dass ich es verdiene zu leben. Danke Mama … Für überhaupt …
Hörst du mich, Mama?
Ja, Izy!
Wo bist du, Mama?
Na hier, direkt neben dir.
Jeden Tag rechne ich mit einem Anruf von dir, sie ist gegangen, wirst du sagen, Ella ist gegangen.

Ich liebe dich, Mama. Du weißt ja gar nicht, wie sehr. Du und ich im Park. Ich erinnere mich noch genau, Mama. Du hattest helle Schuhe an und eine passende Tasche. Ganz schlank und blond, mit deinen kurzen, in dein zartes Gesicht fallenden Haaren. Deine Hände. Ich denke immer an deine Hände. Ein einziger Ring. Ein Smaragd und zwei winzige Diamanten links und rechts. Mein charakterstarker Bruder und ich. Dein einziger Schmuck – deine Kinder. Immer habe ich deine Hände genommen und sie mir ganz genau eingeprägt. Schlank und warm und voller Liebe, sie wuschelten meine Haare, flochten Zöpfe, lagen auf meiner Stirn, wenn ich Fieber hatte oder müde war, zogen mich an, Knopf für Knopf, hielten Zigaretten – so schön, dass man auch anfangen wollte zu rauchen, später, wenn man groß würde. Als wäre Rauchen ein Zeichen der Aristokratie und Noblesse, so schön sah es bei dir aus. So schön bist du.
Ganz still ist es geworden. Hinter den Augenlidern ist es nicht schwarz. Dort sind Sprenkler, helle Lichtpunkte, glitzernde Häufchen Materie, die sich mit den Bewegungen der Pupille bewegen, verschieben, eine Tiefe im Dunkel der eigenen Gedanken. Ihr seid draußen. Ihr kommt näher, ihr seid hier im Salon. Ich bin die Update-Version 2.6 meiner Selbst und so glücklich, dass ich berste. Das ist doch das Glück, nicht?!
Und ich merke, dass ich immer schwerer werde, dass mein Körper immer tiefer in die Polster sinkt. Und du setzt dich zu mir und erzählst leise vom Meer …
Ich sehe Wasser, es glitzert im Licht der Sonne. Mir ist etwas übel, seit das Boot hier angehalten hat vor dem steilen Felsen, der aus dem Meer ragt, und von den Wellen hin und her geschubst wird. Der Motor ist aus, alle ziehen sich

um für den Tauchgang. Fili, Len, Stascha, du. Ich soll bleiben. Ich soll nicht unter Wasser mit dem Verband, sagst du. Das Wasser ist tief, dunkel hier, beinahe schwarz.
Du sagst, du würdest wiederkommen, wenn alle sicher unter Wasser gebracht sind. Ich soll solange in den Schatten gehen, was lesen. Nacheinander steigt ihr in euren Anzügen mit Masken und Luftflaschen auf dem Rücken ins Wasser.
Wie ist das wohl, so ein Tauchgang, frage ich mich, und mein Gehirn liefert als Antwort, wie ein Computersuchprogramm, alle Bilder, die thematisch sortiert im Zwischenspeicher liegen.
›Wie lange dauert das wohl, so ein Tauchgang‹, frage ich dich, aber du bist schon weg. Ich hole das weiße Buch mit den geprägten schwarzen Lettern aus meiner Tasche.
Und uns, mich und das hin und her schaukelnde Boot, besucht die Stille. ›Hallo Stille!‹, sage ich, ›du quietschst ja heute gar nicht.‹
Und die Zeit lässt sich nicht mehr messen. Und die Sonne verharrt im Zenit. Was werde ich tun, wenn niemand wiederkommt? Wie kriegt man so ein Boot in Gang? Die winzigen Buchstaben im Buch fließen einer nach dem anderen von den Seiten herunter. Kleine Fische, die an die Tauchbrillen stupsen, bei euch da unten. Das Meer ist ruhig, die gewaltige Felswand türmt sich daraus in den Himmel, das Festland. Und da, wo der Stein aus dem Wasser wächst, bildet er eine karge Lagune. Silbrig grauer, kalkweißer, beiger Stein. Die Meerpfützen breiten sich davor in hübschem Türkis, über zu Hellblau, zu Grün, Azur aus.
Wenn es hart auf hart kommen sollte, wenn wirklich niemand wiederkommt und ich schwimmen muss? Ich muss es sehen. Ich muss unter den Verband sehen.

Ganz vorsichtig. Der Stoff ist verschmiert von Desinfektionsmitteln, Salbe, altes Blut ist verkrustet, klebt stellenweise an der Haut fest. Aber alles ist verheilt. Nur eine Narbe ist geblieben, wuchernd und uneben. Es könnte ein Buchstabe sein. Es ist ein Buchstabe. Und der Buchstabe ist ein X. Ein großes X. Unter dem Schlüsselbein. Doch ansonsten: Die Finger folgen den Befehlen, die das Gehirn ihnen sendet. Der Arm bewegt sich.

Der Gedanke an das kalte Wasser flüstert mir zu, wie gut es doch sein wird, meinen Körper darin zu kühlen. Freudig denke ich an Gänsehaut. Ich werde schwimmen. Jetzt. Gleich werde ich in dieses endlose Meer steigen, und kein Boden wird mehr spürbar sein unter den Füßen, kein Halt. Es muss gehen! Es sind etwa 500 Meter vom Boot bis zur menschenleeren Bucht.

Über die wackelige metallene Bootstreppe ins Wasser. So kalt. Eisig. Ich versuche vorsichtige Bewegungen mit der Schulter, dem Unterarm, spreize die Finger – alles funktioniert! Ich schaffe diese 500 Meter! Ich werde sie schaffen und es mir und allen beweisen. Auch der fetten Schwester mit Damenbart. Nur nicht zurückblicken, oder in die Tiefe. Nur keine Panikattacke. Eine große Seekuh soll hier wohnen. Sie isst aber nur Pflanzen, hast du gesagt. Das beruhigt mich nur allzu wenig, denn ein riesiges Tier zu streifen, so im undurchsichtigen Dunkel unter mir … Tiere. Tiere. Hasen, Wölfe. Menschen sind auch wie Tiere. Nur eben nicht so aufregend. Wo der Mensch hinkommt, verschwinden sie, die Tiere. Würde ich auch so machen.

Die ersten 20 Meter sind geschafft, und ich schwimme möglichst flach unter der Wasseroberfläche entlang, um keinen Bewohner zu stören. 100 Meter. Das Herz schlägt angestrengt. 200 Meter, 300.

Je näher die Felswand rückt, desto mehr erkenne ich, dass der Weg zwar fast geschafft ist, aber der Aufstieg von Wasser auf Stein zur nächsten Hürde wird, das hier ist kein geschliffener Granit, das hier ist berstender, kantiger, rauer Boden, der keine Besucher erwartet.
Türkises Wasser – das bedeutet flach! Ich habe Boden unter den Füßen. Im Wasser sind Igel. Seeigel. Wie lustig sie aussehen. Sie sehen mich nicht kommen. Sie haben keine Augen. Sie haben nur Stacheln. Man muss vorsichtig sein mit den Seeigeln, hast du gesagt. Ihre Stacheln seien unerwartet fest, und hätte man sich erst mal so einen eingefangen …
Die Füße tasten sich im Grund herum, suchen Sicherheit, festen Halt, aber alles ist voll mit Moos, es ist glitschig, man sieht nicht viel, ich vertraue auf Fortuna und Neptun, dass meine Fußsohlen unversehrt bleiben.
Mein Körper fühlt sich furchtbar schwer an, so schwer, als wäre ich ein übergewichtiges Nilpferd, als ich ihn mit Mühe aus dem Wasser auf den hohen Felsvorsprung ziehe, und im Heben des Beins zum ersten Schritt an Land schramme ich am Felsen entlang. Das Knie ist zerkratzt, und blutet.
Ein Meer aus Gedanken die schmelzen weil tausend Sonnen glühen und die Stille hochfrequent und leise in jeden der Gedanken sich bohrt und das Boot schaukelt ruhig im Wasser/hin und her/wo ist das Paradies fragt man sich zuweilen/ich frage mich das nicht das Paradies bist du.
Ich stehe in der Lagune! Allein. Ich sehe auf das endlose Wasser. Die Sonne strahlt auf meine Brust. Der Wind bürstet meine Haare. Ich bin eine Nixe. Oder eine der Sirenen. Ich wohne hier. Die Möwen singen ihre Lieder, und sonst nichts.
Eine Gestalt, schwarz und glänzend wie eine Robbe, ich

sehe sie immer wieder kurz aus dem Wasser tauchen, auf das Boot steigen – das bist du. Du siehst nach mir. Ich bin nicht da. Du siehst überall nach, gehst runter in die Kabine.
Selbst wenn ich schrie, du würdest es nicht hören.
Ich warte, bis du dich an Deck hinstellst, vielleicht um dich schaust, nachsiehst, ob ich nicht auf offener See vor mich hintreibe und gerettet werden muss.
Ich halte meine Arme nach oben. Ich bewege sie langsam hin und her. Sieh her! Ich bin trotz Seekuh geschwommen. Ich bin geschwommen!
Ich bin der einzige Mensch auf dieser gottverdammten Welt! Mensch Nummer eins! Ich, die Seekuh, der Wind, die Igel, das Meer. Siehst du uns, Mensch Nummer zwei, der du jetzt gekommen bist, mit uns zu leben?
Du winkst zurück. Du machst irgendwelche Zeichen. Ich kann die Zeichen nicht deuten. Du wiederholst sie. Ich breite die Arme aus und schaue in die Sonne. Als ich wieder zum Boot sehe, bist du verschwunden. Ich setze mich in einen Felsvorsprung, und der Schatten legt seinen kühlen grauen Mantel um meine Schultern. Neben mir sind Abfallprodukte von Bergziegen. Wie machen sie das, die Ziegen? Wie gelingt es ihnen, so steile Wände hoch und runter zu klettern? Gehört das hier, von dem ich dachte, es sei die purste Vision der Ursprünglichkeit, gar nicht mir, sondern den Ziegen? Und sie kommen nur hier runter, um zu kacken? Zu essen gibt es hier nichts. Warum also sonst …
›Hier bist du also, Malýsch!‹, sagst du und kletterst den Vorsprung hoch zu mir.
Ich bin sehr froh, gefunden zu sein. Denn ich bin keine Nixe. Und ich bin nicht Mensch Nummer eins, ich möchte nicht hier gefangen sein, während alle übrigen sich ih-

rer Endlichkeit zum Trotz köstlich zusammen amüsieren dürfen.
›Mir war schlecht auf dem Boot‹, sage ich.
›Das geht den meisten so‹, sagst du. ›Was ist mit deinem Arm?‹, fragst du überrascht.
›Nichts‹, sage ich. ›Alles gut. Schau mal, bin jetzt mit einem X markiert.‹
Du drehst mich, schaust dir die Schulter genau an.
›Gut! Sehr gut, Mädchen! Gut gemacht, steht dir …‹, sagst du, und dass ich warten solle, und du holst aus deiner Ausrüstung ein Messer und ein kleines Netz hervor.
›Ich gehe noch mal runter‹, sagst du.
Und ich sage: ›Okay‹, und setze mich wieder in meinen Felsvorsprung. Nur hier, in diesem Felsen, lässt es sich aushalten. Die steinerne Oberfläche sticht wie Korallen in meine Haut. Die Sonne brennt höllisch, ›beeil dich‹, sage ich, ›ich kann hier nicht mehr lange‹.
Du tauchst unter, und als du wieder bei mir ankommst, ist das Netz voll mit den spitzstacheligen Seeigeln.
›Was willst du damit‹, frage ich.
›Essen‹, sagst du.
Du nimmst dein Messer, das, mit dem du immer herumspielst, das, mit dem ich meinen Namen in deinen Tisch geritzt habe, und stichst in eine der Kreaturen rein. Mir tut es beim Zusehen weh. Der Igel bewegt seine Stacheln. Sie gleiten, versuchen zu tasten, langsam in alle Richtungen, wie die Fühler einer Schnecke, aber finden keinen Halt. Wer ursprünglich sein will, muss den Anblick der Nahrungskettengesetze auch ertragen können, sage ich mir.
Du schneidest ein großes Loch in den festen runden Körper des Igels, und zeigst mir das Innenleben. Es sieht aus wie ein hohler Kürbis. Ein hohler Kürbis, an dessen inne-

ren Einkerbungen entlang in feinen Streifen oranger Kaviar liegt. Du hebst einen Streifen von der Innenwand auf dein Messer, und gibst ihn mir, führst ihn direkt zu meinem Mund. Ich öffne die Lippen und das salzige orange Zeug gleitet auf meine Zunge. Es schmeckt wie Fischrogen. Beim Kauen verwandelt sich der Geschmack von salzigen Fischeiern plötzlich in Haferbrei.
›Haferbrei ist sehr gesund‹, sagst du. ›Er macht dich wieder stark‹, sagst du, ›Herkules‹ Brei heißt er auf Russisch sogar.‹
›Ja‹, sage ich, ›weiß ich doch.‹

—

Im Garten rauscht es hochfrequent und rosa. Alles ist erfüllt davon. Auch der heutige Morgen bestand aus diesem angenehmen wortlosen Rauschen zwischen uns, während die Zikaden und die Hitze das Volume aufdrehten.
Mit geschlossenen Augen stehe ich vor der Tür, ich kann mit geschlossenen Augen sehen – sehe in den Garten. Seit drei Tagen ist dies unsere Insel. Der Garten Eden. Ich weiß, wo welcher Baum steht, wo die Kurven zum Wasser um die Ecke gehen, wo zum Pool. Weiß, wie das Gras unter meinen Füßen nachgibt, weich ist. Kenne die hängenden Äste der Kastanie, die morsche Stelle der Zypresse. Alles kenne ich jetzt und sehe es, könnte auf die Details zoomen, ohne die Augen zu öffnen.
Und ich trage diesen Sonnenhut, den du mir aufgesetzt hattest, als ich dir von meinem Traum erzähle, davon, dass die Steine sich bewegt haben.
›Musst du vorsichtig sein, mit deiner Festplatte, Malýsch‹, sagtest du.
Und wir saßen einander gegenüber. Und der warme

Wind strich über uns mit seinen unsichtbaren Händen. Und wir tranken frisch gemahlenen Kaffee. Und warteten bis in den Mittag hinein, wenn die Zikaden am lautesten sind und die Sonne weit oben am Himmel steht, und man endlich zu Aperitifs übergehen kann. Und während die anderen am Pool die Leichtigkeit zelebrierten und ihre weiße Haut zu bräunen versuchten, verzogen wir uns leisen Schrittes in dein Zimmer, und du lagst neben mir und erzähltest mir Märchen. Von kaukasischen Steppen, von der Hasenheide und Stas und Taras, die sich Davidsterne auf die Fingerknöchel tätowiert haben.

Und dann wachte ich auf, und du warst nicht da. Und der Kaffee auf dem Herd kochte und würde es bald mit seinem dampfenden Pfeifen in die Welt schreien.

Stascha schlief auf der Couch, Len im Sessel. Auf dem Küchentisch ein Zettel: *Liebste, bin im Garten*. In Filis geschwungener Schrift.

Nur von dir keine Spur. Wo bist du hin?

Die weißen Lilien hinter dem Haus verströmen ihren agressiv süßen Duft, und ich stelle mich dicht neben sie, damit ihr Geruch mich mitnimmt und ich möglichst lange bleiben kann in dieser Zwischenwelt, bevor das Motherboard, alle Synapsen, wieder aktiv wird.

Ist es Nachmittag, oder schon fast Abend?

Ich gliedere mich nackt in die Einheitlichkeit der Dinge ein. Nur der Hut und das Armband, das ich nicht mehr abnehme, seit du es mir geschenkt hast. The world is a peaceful place, so friedlich, die Welt, wenn man nur einen idyllischen Ausschnitt ihrer Gesamtheit bewohnt. Denn alle Möglichkeiten sind offen, alle, n'est-ce pas? You could be here for example: Bomben bauen, Bomben legen, Menschen töten von fernen Aussichtstürmen mit

leisen Waffen. Oder hier: Mit Tigern und Löwen leben, im Dschungel.
Die Bäume, die Blumen, die Luft – alles rein durch die kleinen Löcher meiner atmenden Haut, die gallertartigen, verkehrt herum sehenden Pupillen meiner Augen, die feinen Epithelzellen in der Nase, die winzigen, präzisen Mechanismen im Ohr.
Ich öffne die Augen, Millimeter für Millimeter, die Sonne bricht herein, ich drehe mich um, sehe mich in der Glasfront des Wintergartens, ganz ruhig ist es, das Spiegelbild, zittert nicht, will nicht zerbrechen. Eine Minute vergeht, dann noch eine. Die Kaffeemaschine kocht über, es zischt auf der glühenden Herdplatte.
Wo bist du? Hast du den Kaffee aufgesetzt?
Neben dem Plattenspieler im Salon steht immer noch Evans. *Portrait in Jazz*. Ich lege die Nadel wieder in die äußere Rille und höre Bill zu.
Und sonst passiert nichts. Gar nichts. Aber *es* passiert immer. Vielleicht gerade nicht hier. Aber es passiert. Auch wenn du es nicht merkst. Es reagiert auf dich. Auch Verweigerung ist eine Reaktion.
Wie im Jazz. Call and Response.
Sende die richtigen Signale und bekomme aufs Maul. Sende die richtigen Signale und bekomme für deinen Schwanz ein *access accepted* für den wunderbar naiven Organismus der hübschen kleinen, fast noch Minderjährigen im Club. Einfach nur die richtigen Signale senden. Das ist alles. Simpel.
Call and Response. Frage und Antwort. Ein Dialog.
Bei uns zu Hause gibt es oft kein Call and Response. Bei deiner lustigen jüdischen Mama auch nicht. Da ist es eine Freejazzband, in der keiner dem anderen ein Solo gönnt. Ist trotzdem eine Form der zielgerichteten

Kommunikation. Schwer zu glauben für Außenstehende. Klingt mehr wie Krieg.
Alles und ein jedes Ding sein Solo ausspielen lassen. Das ist wichtig. Zuhören, wenn jemand spielt.
Gerichtete Fokussierung kann inmitten der Zeit einen Zwischenraum freigeben, und während die übrige Welt sich weiterhin in normalem Tempo bewegt, bewegen sich die Dinge im Fokus in Zeitlupe. Dann kann man es noch besser – zuhören. ›Ach, weißt du, diese lineare Vorstellung von Zeit … Das gibt es auch nicht. Es gibt keine Zeit‹, hat Stascha mal gesagt. Ich glaube, es stimmt.
Langsam bewegen mich meine Füße über das Gras im Garten in Richtung des Pools. Hinter den alten Feigenbaum, der seinen Schatten auf das Wasser wirft.
Mit dem Rücken zu mir stehen sie da und unterhalten sich, Fili und ein großer, schöner, dunkelhaariger Mann. Bist du es?
Während ich auf sie zulaufe, lehnt sich ihr Körper an seinen.
Sie nimmt ihn an der Hand, sie gehen zum Pool. Sie legt sich langsam auf eine der Liegen und zieht ihn zu sich.
Ich sehe ihn jetzt von vorn, sehe seinen Oberkörper.
Das bist du. Du siehst mich nicht. Im Gras steht eine leere Flasche, Gläser. Jetzt sehe ich auch sie ganz genau, die Schöne, die Gazelle, meine Fili.
Sie wirft sich dir vor. Sie weiß, wie köstlich dir ihr Fleisch schmecken wird. Wenn man trinkt, braucht man Fleisch. Ich bin nicht überrascht. Und du wirst sie reißen, das Reh, das kleine Bambi. Nur, ein echtes Reh würde fliehen, mit großen gehetzten Sprüngen. Deine Opfer aber legen sich dir freiwillig vor die Füße und halten den nackten Hals hin.
Ich weiß, wie du das machst. Ich kenne deinen Blick.

Und wenn sie fliehen wollte, du kannst es mit Leichtigkeit unmöglich machen. Und wie schön es ist, so im Spiel um lebendig oder tot. Und man wird weich und nachgiebig unter der Berührung deiner schönen Hände, die grob sind zu Holz und die so filigrane Zeichnungen skizzieren, die dann in einer von dir geschaffenen Welt wohnen. In dem Notizblock, den ich dir geschenkt habe.
Das Gras unter meinen Füßen, ein leises Rascheln, und du siehst mich näher kommen.
Ich laufe langsam, dein Blick trifft meinen, ganz präzise. Alles, was du tust, ist präzise. Und dieser Moment steht still, und ich sage wortlos ›Alter …!‹, und du liest es, und dein Blick sagt ›ich weiß‹.
Einer meiner Mundwinkel geht nach oben. Auch du lächelst und wendest dich wieder ihrem schönen, sich still ergebenden Körper zu. Immer näher, wie auf einer unsichtbaren Linie zieht es mich zu euch. Dicht hinter deinem Rücken bleibe ich stehen. Du hast dich nicht umgedreht, siehst nach unten, siehst sie an. Filis Augen sind geschlossen und sie stöhnt leise, als würde sie träumen, von etwas sehr Schönem träumen.
Ich beuge mich vor und beiße in deinen Nacken, stärker. Ich gehöre zu dir. Schön, dass ich zu dir gehöre. Und du lässt mich ein Teil von dir sein. Und ich sehe von oben, wie eure Körper ineinandergleiten. Ich lehne meinen Kopf an deinen, schließe die Augen. Das Zirpen und Rascheln der Insekten – das Lied unseres ziellos umherirrenden Lebens auf Erden. Wir sind ein Körper, ein Blut, und wir ficken Fili.
Akin. Ein Paar. Sie küssen sich. Man sieht sie, und es sind nicht länger diese beiden, die küssen. Man küsst selbst. Weil das dazugehörige Empfinden abgespeichert ist. Weil man es adaptieren kann, ohne es zu tun.

Akin, englisches Adjektiv, zwei Bedeutungen: 1) similar or related in quality or character, 2) related by blood. I'm so fucking related to you. By quality, character. And blood. And Herkunft. And I want my Zukunft to be related to you too.
Deine Haut ist warm von der Sonne und ich presse mich gegen deinen Rücken, während du kommst. Sie verkrampften sich in Filis zartem Fleisch, deine Hände. Sie öffnet ihre Augen, sieht dich an, greift deinen Hals, zieht dich zu sich herunter.
Und ich stehe langsam auf. Und gehe.

And in The Garden there is only the calm. trees and insects. their whispering sounds like pink noise. we do not speak. we stand and look down/up/around. we do not touch. and the air is hot. we breathe. out/in/out. but we are not here. our bodies are talking in a drunk language. and while I sleep I can pretend we are in the garden. until I finally open my eyes and turn around to see your body exposing mine. we do not speak. you are not here. we are in the garden.

and i like it when you slowly spit into my mouth
when your hand hits my cheek
and remains there
opening my jar
when you hold my hair
i can not move
you kiss my lips
kiss my lips like they were made of
sugar

Das werde ich mir aufschreiben. Das werde ich dir aufschreiben.
Du fragst dich jetzt sicher, ob ich missgestimmt bin, ob du mir etwas zu erklären hättest, was ich wohl hören möchte, wie es plausibel machen. Was soll man schon erklären, war doch alles klar ersichtlich.
Ich sah, wie du sie küsst – und du küsstest *mich*. Und auch die vielen Male, die ungeheuerlich vielen Male, wenn du Astrid ficktest und ich es wusste, in meiner winzigen Wohnung saß und es wusste, dass du gerade bei ihr bist, war ich *du*. Du bist mein Satellit, mein Dual. Und ich fühle alles, was du fühlst. Deshalb brauche ich keine Erklärungen, keine Rechtfertigungen, keine Lügen. Ich bin du.
Nur das eine will ich von dir – dein Bekenntnis.
Ich drehe mich nicht um, du wirst schon kommen, wenn du fertig bist, schalte das Radio an, setze deine Sonnenbrille auf, und schaue die Bilder aus der Welt an, in der Zeitung. Große Lettern schreien von Unheil, Untergang, Bedrohung und Seuche. Und die Männer in Anzügen, die das Ganze jetzt regeln sollen, strahlen unwirklich in die Kamera, ihre Augen kalt wie Laser. Hat man denen gesagt, so funktioniere vertrauenserweckende Mimik? Ich bin nicht überzeugt.
Gleich kommst du her und wirst mich fragen, ob wir eine Zigarette rauchen wollen, mir den Kaffee aus der Küche mitbringen.

—

»Kiss'«, sagst du, Kätzchen, und stellst dich vor die Sonne.
»Ja«, sage ich. Ich sehe nicht zu dir. Ich lese Zeitung. Wichtig, was in der Zeitung steht, verstehst du?

»Darf ich mich setzen?«, fragst du vorsichtig, als wüsstest du es nicht. Also lädt meine Hand dich mit einer großzügigen Geste dazu ein. Und jetzt sehe ich dich doch an. Und nicht eine Sekunde konnte ich es zurückhalten, mein dummes Grinsen. Und du lächelst jetzt auch. Du bist erleichtert.
»Bitte«, sage ich und schiebe die Sonnenbrille in die Haare. Und du setzt dich gegenüber, und jetzt blendet die Sonne meine Augen zu Spalten.
Immer noch diese Stille. Immer noch das Rauschen. Du legst deine Hand auf meine. Sie ist so warm wie immer. Bestimmt würde ich Filis Muschi an deinen Fingern schmecken, wenn ich sie ableckte.
»Musste das?«, frage ich.
»Ja«, sagst du, »irgendwie schon«, sagst du, dann pausierst du, dann lachst du. »Wir haben uns unterhalten und sind irgendwie auf jüdisch schmüdisch gekommen. Da hat sie mir erzählt, dass sie mal mit einem Nazi ins Bett ist ... Ist wohl so passiert. Jugend. Du weißt. Was soll ich sagen ... Wollte den Nazi rausficken aus ihr.«
»Das ist nicht dein Ernst«, höre ich mich sagen und merke, wie es meine Mundwinkel noch steiler nach oben zieht.
»Doch, im Ernst. War gut ... glaube ich. Ist ein gutes Mädchen.«
»Na klar ist sie ein gutes Mädchen«, sage ich, und du gibst mir Feuer, sodass ich endlich meine Zigarette, die ich schon seit Minuten in den Fingern drehe, anzünden kann. Und ja, deine Finger riechen nach ihr.
»Ich hoffe doch, dass sie ihre beste Performance gebracht haben, Milord. Sonst muss irgendein anderer später *dich* aus ihr herausficken.«
Und er lacht. Und dreht sich weg. Schaut Richtung Pool.

Und was mit Astrid ist? Das frage ich nicht. Das will ich nie wieder fragen. Das ist nicht von Interesse. Er ist hier. Das ist alles, worum es geht.
Warum vertraust du mir? Warum hast du keine Angst, dass ich Astrid schreibe? Ihr schreibe, dass die Holzgiraffe in der Küche von mir ist, dass wir sie nach einem Reigen durchvögelter Nächte morgens auf der Straße fanden? Dass du sie ihr deshalb nicht gegeben hast, als sie sagte ›Oh! Wie niedlich! Kann ich die?‹ Oder dass ich ihren Slip in deiner 60 °C-Wäsche fand, ihn mit den anderen Sachen zusammen zum Trocknen hing. Dass ich alles weiß und sie nichts. Alles weiß von ihr. Von ihren Jobs, ihren Ausbrüchen. Dass ich dich ficke und du es Liebe nennst.
»Ich habe wieder von dir geträumt«, sagst du.
»Du musst wieder zeichnen«, sage ich. »Du zeichnest so gut«, sage ich. »Du musst deinen Kindern Welten zeichnen. Neue. Schöne.«

—

Allmählich sinkt die Sonne.
»Fräulein Lewin, da sind Sie ja. Frisch sehen Sie aus? Setzen Sie sich zu uns!«
Len sitzt im Ohrensessel im Salon. Er spielt eine Partie Schach gegen sich selbst. Stascha liegt auf dem Boden, Hände auf der Brust gefaltet, schaut an die Decke. Timur unterhält sich angeregt mit Fili. Sie spielen Tennis mit Worten wie Redundanz, Affinität, Sonor, Exposition, Empirik.
Von meinen nassen Haaren läuft das Wasser über die Haarspitzen herunter auf den Hemdkragen, die Schultern.
»Du riechst gut«, sagst du leise, als wäre es gar nicht an mich gerichtet, als ich mich zu euch setze. Ich lege mich

in den wilden Mohn und den Flieder der Couch, liege einfach nur da, und höre zu: Generation Z, das Ende des Kreislaufs. Neues Blut. Blut, das so angereichert ist, dass es funkelt. Und dass *das* und *diejenigen*, gemacht, um endlich Neues zu erschaffen, zu Asche und Staub verbrennen. Und dass alle einfach dabei zusehen. Und dass er einfach keine Chance hat, der Übermensch, kaum tritt mal einer hervor. Und wird nicht gehört, und wird belächelt, verbannt, ermordet, ausgerottet. Und dass es irgendwie auf eine weltweit unangefochtene Akzeptanz getroffen zu sein scheint, dass nach Mohammed keine Propheten mehr kommen. Hat sich ausgeprophetet.

»Blindes dummes Volk«, sagt Len, »nur noch die letzte Spur ihrer selbst.«

»Sie wird verblassen«, sage ich, »die Spur. Keiner wird mehr töricht genug sein, zu folgen.« Er lernt doch, denke ich, er lernt doch wenigstens ein bisschen, der Mensch. Er kann es doch.

»Eine neue Weltordnung muss her«, sagt Len. Und die Stimmen mischen sich, überschneiden sich im Diskurs. Und ich denke mir mögliche Namen aus. Ich denke, man könnte es *Das diesmal wirklich Neue Neue Testament* nennen. Oder *Traktat des Einen, der Vielen, des Ganzen*. Oder am besten gar nichts. Nur eine Eins und eine Null oder ein X und ein Y vielleicht. Solange es noch ein Y gibt. Und fangen wir doch damit an, dass Juden die Faschisten aus den Deutschen vögeln und deren Kinder wiederum mit Moslems Nachkommen zeugen, und so weiter und so weiter. Alle anderen machen dann schon mit. Das ist lustig. Das machen wir.

Len sagt: »Punkt eins: In der neuen Weltordnung hatet man nicht.«

»Hatet man nicht«, lache ich, »okay. Dann zwei: In der

neuen Weltordnung ist Liebe Führer, Präsident, Richter und Gott.«

»Ja, Izy, nicht verkehrt. Fili, was haben Sie?«, moderiert Lenny.

»In der neuen Weltordnung liebt man geschlechtsübergreifend. Solange es Geschlechter gibt.«

»War ja klar, dass du das sagst, Fili.«

»Na und, Iz? Ist doch wichtig, oder nicht?«

»Jaja, gewiss.«

»Wie wär's mit viertens: In der neuen Weltordnung steht man zur natürlich angeborenen Multiamorösität.«

»Ach halt die Schnauze, Timur!«, ich muss schon wieder lachen.

»Fümpftens ...«

»Fümpftens, Fili?«

»Ja. Fümpftens verbreitet man seine mit Fortpflanzungsmöglichkeiten gefüllten Zellen nur da, wo man auch fortpflanzen würde.«

»Nailed it!«, sag ich. »Gib mir mal bitte die Zigaretten, Fili.«

»Sechs: Die Entscheidung zur Fortpflanzung muss von der Gemeinschaft abgesichert werden. Multiamorös und geschlechtsübergreifend.«

»Meinst du, dass man zu dritt ein Kind großzieht?«

»Jaja. Auch zu viert, oder mehr. Und sieben, für dich, Izy: In der neuen Weltordnung ist das Durchmischen der Gene erwünscht und wird unterstützt, bis hin zum Stadium einer Gesamtrasse, welche keine genauen und/oder alle phänotypischen Merkmale zugleich aufweist.«

»Das ist gut, Timurkin. Das wichtig. Ich hab auch noch was: Die neue Weltordnung achtet die Kunst, Bitches!«

»Ganz genau. In der neuen Weltordnung erlernt ein jeder mindestens ein Instrument«, sagt Len. »Und zehn:

In der neuen Weltordnung erlernt ein jeder zwei Fremdsprachen. Für die Übergangszeit, bis die Gesamtsprache in Kraft treten kann.«
»Ölf: Die neue Weltordnung macht Kriege überflüssig, keine Waffen, keine Bomben. Nur Waffeln und Bonbons und Essbares für alle: AK47-Waffeln, Wasserstoff-Bonbon, Langstrecken-Wärmesuch-Kroketten.«
»Ach, Fili ... ölf?! Na gut. Zwölf: Die neue Weltordnung ist grenzenlos«, sage ich.
»In der neuen Weltordnung ist der Mensch grenzenlos!«, sagst du und nimmst meine Hand, zur Bekräftigung unserer molekularen und neuronalen Schwingungsgleichheit.
»Und zuletzt«, sagt Len, »solange wir über die neue Weltordnung reden, ist sie noch nicht in Kraft. Die neue Weltordnung kann anscheinend erst in Kraft treten, wenn die alte ausgestorben ist!«
Er macht einen Zug seiner weißen Truppen gegen seine schwarzen und verharrt nachdenklich.
Ich denke auch. Sowohl an einen möglichen Zug als auch an die Erde, den Kosmos, die fließenden und die sich absetzenden faulen Fraktale. Es soll doch immerhin alles neu werden, oder nicht? Da spielen auch Traktate, Einsen, Nullen und Buchstaben keine Rolle mehr.
»Es kommt nicht von außen. Es ist kein Befehl. Es ist keine Religion. Es ist in einem jeden drin. In der DNA, im natürlichen Handlungsspektrum«, sage ich.
»Was?«, fragt Stascha.
»Die Ordnung«, sage ich.
»Ach so«, sagt sie.
»Und wenn man versucht, etwas zu beeinflussen, kommt nur Quatsch dabei raus«, sage ich. »Wie wenn man zu sehr an einer Idee festhält. Sie wird unweigerlich vom

Flow umgeschmissen, Ying und Yang. Nichts darf überwiegen. Kriegst du sonst direkt auf die Fresse. Damit du weißt, wer hier den Größten hat – der Flow nämlich. Du siehst einen Fuchs? Du willst ihn anfassen? Du willst ihn töten, weil er so ein schönes Fell hat und du nicht? Nimm dir ein Beispiel an den Hasen und chill«, sage ich und du lachst. »Bleib einfach stehen und freu dich dämlich vor dich hin.«

»Und wenn er kommt, so sage ihm freundlich Hallo«, kichert Fili.

»Und musst du ihn essen, so töte ihn«, sagst du.

Und hast du selber Lust zu sterben, blute aus, da, wo die Tiere dich finden können, essen können.

Und sage der Welt danke.

Und dem Fuchs danke.

Und geh.

Puls.

Im Puls.

Don't harm

no one.

Sei da und hier und überall sonst zur gleichen Zeit.

Sei nicht nachtragend. Alles wendet sich. Alles windet sich. Lass es los.

Len erzählt von Quanten, einer Multiversumtheorie, dass sich unser Ich – oh, das hätte Freud bestimmt gefallen – in einer jeden, jeder einzelnen, jeder möglichen Parallelrealität, eine Spielfigur aussucht: einen Baum, einen Schwarzen im Kongo, eine Izy Lewin. Wie Monopoly. Das Poly-Ich. Alles mit den dazugehörigen Nöten, Pflichten, Vergnügungen. Und alle existieren parallel. Ist Teil des Spiels. Mono-Poly. Poly-Singulär. Multi-Versum.

»Das ist Überlagerungstheorie«, sagt Len, »das ist eben nicht sichtbar alles. Können wir nicht begreifen. Quanten

in Superposition«, sagt er, »übereinandergelagerte Zustände, die nur als Gesamtzustand messbar sind.«
Und ich denke, ja, Zustände, die übereinandergelagert sind und nur als gemeinsames Ganzes gemessen werden können. Ich kann mich selbst gar nicht mehr messen, so überlagert bin ich inzwischen. Und ich frage mich, wer würfelt wohl da so herum, im Multiversum, das all diese Realitäten in sich birgt? Und wer sagt denn eigentlich, dass die Planeten keine Lebewesen sind? Vielleicht sind wir ja in einem riesigen Universumskörper, und der Urknall war eine Eizelle, und die Planeten sind Organe. Vielleicht liegt Stascha mit ihrer Bakterienexistenz gar nicht so sehr daneben – vielleicht sind wir nur die winzigen Bakterien, die diese Universumskörper besiedeln. Und er ist aus einer einzelnen Zelle entstanden, der Universumskörper, aus der Singularität, die nicht einmal Materie war. Kosmischer Kram, von dem wir keine Ahnung haben. Und der Universumskörper dehnt sich aus, wird größer, wird erwachsen. Bis es wieder knallt. Endknall. Und dann ja vielleicht doch Game over. Oder auch nicht. Vielleicht hat ja wer da draußen im Multiversum noch 'n Coin übrig. Das geht an dich, hörst du mich, allmächtiger Freund?! Und außerhalb des Universums, da wo der eine Körper aufhört? Andere Universumskörper, die genauso aus einer einzelnen Zelle entstanden sind, die man Singularität nennt, welche nicht einmal Materie war? Und ficken die Universumskörper miteinander?
Der Raum muss ganz schön voll sein von unsichtbaren, unbenutzten, möglichen Realitäten, wenn es doch so unendlich viele Entscheidungen gibt, die alle jeden Tag, jede Minute, Sekunde treffen und damit in einen neuen Modus ihres Spiels gelangen, auf ein neues Spielfeld springen, während sie nach der Quantentheorie damit

anscheinend eine immer verzweigtere Spaltung der Handlungsstränge herbeiführen, die alle trotzdem weiter für sich bestehen bleiben, irgendwo weitergehen parallel – immer weiter und immer weiter.
So furchtbar viele parallele Mikrokosmen, denke ich. Danke, dass ihr meinen teilt.
»Kisj …«, fragst du leise in mein Ohr, »alles gut?«
»Besser könnte es kaum. Bringe gerade meine Beziehung zum Universum in Ordnung.«
Ihr seid immer noch hier. Du, Traum, gefällst mir, darfst bleiben, wenn du einer bist.
Len weiß immer noch keinen guten Zug, um sich selbst endlich Schachmatt zu setzen. Ich bewege die weiße Dame vor den schwarzen König und beende die Partie.
»Verdammt!«, er klatscht mit der Hand auf seinen Oberschenkel.
»Sehr gut!«, sagst du und applaudierst gediegene drei Mal.
»Nicht mit Russen Schach spielen, Lenno«, sage ich, und »Thank you, thank you … I'm here all week …«
»Ach, ich will überhaupt nicht mehr mit Mädchen spielen«, sagt Len.
»Und ich bin gar kein Mädchen«, sage ich.
»Wie? So *überhaup*t nicht mehr?!«, Stascha dreht sich aus ihrem Gespräch mit Fili, die ihre Haare zu französischen Zöpfen flechtet, heraus.
»Was überhaupt nicht mehr, Stasch?!«, frage ich.
Sie starrt zu Len und wiederholt: »Überhaupt nicht mehr mit Mädchen spielen?«
Sie ist aufgeschreckt, als hätte sie gerade erfahren, dass es ab morgen für immer Nacht bleibt, und sie nie mehr die Sonne zu sehen bekommt.
»Len hat schlechte Erfahrungen«, sage ich.

»Ja«, sagt er, »sehr schlechte sogar. Immer wollen diese komischen Mädchen, dass man Kohle hat.«
»Ach komm«, sagt Timur. Timur weiß, dass man auch ohne Geld sehr passabel beim weiblichen Geschlecht durchkommt. Er hat ein breites Kreuz, große, braune Augen und Brustmuskeln, mit denen er zucken kann. Das geht schon, sagt er sich. Len kann das nicht. Len winkt ab.
»Es gibt auch die, die kein Geld wollen«, sagt Stascha und lächelt ein Zuckergusslächeln zu Len herüber. Aber er würdigt es nicht.
»Ja. Aber die haben sie dann nicht mehr alle«, sagt er.
»Oder sie haben einen Penis«, füge ich hinzu. »Das Mädchen, das dann keins war damals, Lenny …«
»Hör auf«, sagt er.
»Aber … Als du es dann wusstest, hättest du sie gar nicht gekonnt? Oder nur nicht gewollt?«
»Nee!«, sagt Len.
»Was nee? Habt euch doch immerhin ge…«
»Hat doch gereicht!«, unterbricht er mich.
»Wenn ich ein Mann wär, Timur«, sage ich, »als die Person, die ich bin, der Mensch, den du kennst – Timur, würdest du mir aus Liebe einen blasen?«
»Ich müsste dir, wenn du mich als Mann darum bittest, ganz nett für deine Frage danken und hoffen, dass mir, weil ich dich so lieb hab, nicht die Hand ausrutscht.«
»Ich fick alles!«, sagt Fili, »sind doch alles nur Quanten. Und die guten muss man ficken, und die schlechten muss man töten, nicht wahr? So einfach ist das.«
»Ja. Ganz einfach«, wiederholt Timur und schaut Fili nach, wie sie aufsteht und den Raum verlässt.
»Komm mit«, sage ich. Gehen wir Fili nach. Ich fühle es

ja, die Wirkung ihres Gravitationsfeldes auf deine Bausteine.

Und du läufst mir hinterher, und ich laufe für dich. Du magst das, wenn ich so in deinem Hemd und den kleinen weißen Shorts vor dir herlaufe. Hast du immer gemocht. Im Salon läuft jetzt Mambo aus den alten glorreichen Fünfzigern, als der Krieg zu Ende war und es endlich wieder an der Zeit, die Maracas zu schwingen, und ich tanze leicht auf den Fußspitzen, so wie es auch Brigitte Bardot im ewig lockenden Weib tat.

»Sehr schön«, sagst du hinter mir.

»Nicht wahr?«, sage ich und drehe mich für dich.

Auf dem Küchentisch liegt das große Holzbrett. Auf dem Brett rotes, glänzend blutendes, sehnig durchzogenes Stück Fleisch. Ein Stück, so groß wie ein menschlicher Oberschenkel. Davor Fili, die ebenfalls Mambo tanzend ein riesiges Messer in der Hand schwingt.

»Wollt ihr auch mal?«

»Was?«, fragen wir.

»Hier, das!«, sagt sie und versenkt nach weit ausholender Geste das scharfe Messer im fetten Fleischkörper.

»Völlig geil!«, sagt sie freudig strahlend, »fühlt sich sicher so an, wenn man es in einen Menschen stecken würde. Ich kann jede Faser unter dem Messer zerreißen fühlen!«

Sie zieht den blutigen Stahl aus dem Fleisch.

»Was ist das? Du hast doch nicht etwa was erlegt?«, frage ich.

»Das ist ein Stier gewesen oder so. Hat Stascha hingelegt. Soll auftauen. Das wird unser Dinner!« Sie gibt mir die Klinge. »Na los«, sagt sie.

Ich nehme es und steche senkrecht rein. Die Sehnen zerspringen wie gespannter Gummi, das Messer gleitet hindurch. Nein, Fili, in einen Menschen stechen fühlt sich sicher anders an. Wenn dies ein Mensch wäre, wäre der Schnitt sicher nicht so einfach, denn ein Mensch hat Knochen. Außer im Bauchraum. Aber dort wiederum kein so festes Gewebe. Rein! Rein, mit der Klinge! Immer und immer wieder!

»Hör auf!!! Das Ding wird sonst zu löchrig!«

Fili hält meine Hand fest, bewegt sie langsam nach unten, zwingt meine Faust, sich zu öffnen, das Messer legt sich brav neben das Holzbrett.

»Ich schwimme 'ne Runde«, sagt sie, »muss sowieso noch etwas weiter auftauen das Ding ...«

Und erst als sie nicht mehr zu sehen ist, dreht sich dein Kopf auch wieder in andere Richtungen.

»Steht auf Fleisch, die Fili«, sage ich und wasche das Blut von meinen Händen.

»Hm«, sagst du.

»Ich weiß, ich weiß schon, Timskin, ihres gefällt dir auch.«

»Ach Malýsch, hör doch auf ...«

»Ist doch kein Ding.«

»Nein. Ist es wirklich nicht. Das weißt du auch.«

Stascha und Len kommen aus dem Salon langsam in unsere Richtung. Sie unterhalten sich. Als sie in Hörweite sind, würgt Len mit einem »Unsinn!« ihr Gespräch ab. Perfekt in den Conga-Break. Und weiter: *Hey Mambo, Mambo italiano.*

Stascha ist entmutigt. Sagt kapitulierend: »Ich habe dich doch nur gefragt, was du so machst ...«

»Worum geht's?«, fragst du.

»Ich habe ihn doch nur gefragt, was er so macht!!!«, wiederholt Stascha, jetzt mit neuem Elan. Sie hofft auf unsere Unterstützung. »Und er sagt ›Dreiundzwanzig‹ ...

Und ich sage, was soll das sein? Und er: ›Vierundzwanzig‹ … Warum macht er das?!«
Len greift ruhig den Holzrücken eines Stuhls, dreht ihn sich zurecht und setzt sich. »Das ist die Lösung aus einer Situation, in der man keine Lust hat, das Erwartete zu tun: Inadäquat reagieren …«, sagt er.
»Ach Stasch. Lass ihn. Er hat Urlaub«, sag ich.
»Stellt euch vor«, will Len es uns erklären, »in einem Flugzeug zum Beispiel. Dein Sitznachbar will einen Plausch. Du aber nicht. Was kannst du tun, wenn du weder reden willst, noch ihn unhöflich zurückweisen? Wenn du sagst, ich mag gerade nicht reden, danke, hast du beides getan – gesprochen und zurückgewiesen. Gib doch lieber einen vorgespielten epileptischen Anfall als Antwort. Wackel deinen Kopf hin und her und sage dabei so was wie Gagagagagagaga. Man kann dem Gegenüber auch wahlweise auf die Stirn starren und laut bis dreißig zählen. So umgeht man beides und durchbricht den Kreis der Erwartung an die eigene Person. Sozusagen.«
»Ja«, sagt Stascha abwertend und betrübt über Lens öffentliche Bekundung seines Desinteresses an ihrer eigenen, jetzt bitterlich verletzten Person. »Kann aber nicht so oft durchgehen, das *Gagaga* …«, sagt sie und untermalt den ihr jetzt schon verhassten Ausdruck mit einer Grimasse. »Was ist denn, wenn in deinem Flugzeug die Stewardess kommt und nach deinem Getränkewunsch fragt und du immer noch nicht reden willst? Machst du zu ihr dann auch wieder dein *Gagaga*? Oder starrst du sie deinen Countdown runterzählend an?! Musst du ja. Sonst kommt sich dein Sitznachbar ja erst recht dumm und gedemütigt vor, wenn nur er deine Spezialbehandlung bekommt.« So wie ich übrigens auch, würde sie noch gern hinzufügen, das sehe ich, sie schluckt es aber

runter. »Und wenn dein Verhalten sich in Zeiten sorgfältiger Sicherheitskontrolle erst einmal bis zum Captain durchgesprochen hat, wird man dich für ein gefährlich unkontrollierbares Subjekt erklären!«
Vernünftige Stascha. Jetzt setzt sie sich zu ihrem Stierstück und schmollt.
Wer hat denn bitte die Löcher in das Fleisch gemacht?!, wird sie entrüstet fragen, wenn sie gleich genau hinschaut.
»Ja«, sage ich und stelle mich hinter sie, als hätte sie mich gerade in ihre Mannschaft gewählt, »und jemand kommt und legt dir Handschellen an. Und dann liegst du den Rest des Fluges gefesselt und geknebelt face down auf dem Gang und musst aufs Klo. Aber das ist jetzt auch egal, weil – es ist ja schon draußen. Aber du hast es allen gezeigt! Und dein Paralleluniversum applaudiert – der König lebt!« Ich rühre im sich auflösenden Eis des Manhattan.
»Welches Paralleluniversum?«, fragt Fili, die ihre Haare trocken frottiert und das Poolwasser aus den Ohren entfernt. Wie sie mich anstrahlt …
»Ach, nur so. Fili, dein Nasenloch blutet.«
»Oh«, sagt sie, »hihi …«
Und ich denke an das Meer. Und an Jesus und den Fisch mit den Flügeln und Timurs Badezimmer und die faulen, schönen Tage in Unterhose und die Bäume im Park, deren nasse Rinde aussieht wie Muskelfleisch. Und ich denke: Du kannst alles haben, Len, sie dir alle nehmen, und alles sein. Du auch, Fili. Alles. Und du erst recht, Stascha! Polysingulär sozusagen.
Polysingularity is when you can maintain several centers at once. Alle Standpunkte zur gleichen Zeit beziehen. Das ist wie gemacht für dich.

Polysingularity is the ability to change at any moment of time combined with the ability to maintain any position dynamically.
Polysingularity is withstanding the force of the flow in order to make it stronger.
Spring einfach, spring auf ein neues Spielfeld. Von Level zu Level zu Level. It's okay to change! Change! Baue natürliche Selektoren. Sei ekelhaft, divergent, zieh dich aus im Restaurant. Die, die dann bleiben und dir noch einen Drink bestellen, als wäre nichts, sind gut, die darfst du als Freunde behalten.
Chaos und Verwirrung. Bis alles Alte zusammenbricht. Die Wahrheit ist riesig. Es muss einem nur gelingen, gleichzeitig aus verschiedenen Richtungen auf eine Sache zu blicken. Und Stascha schaut wieder so verliebt zu Len. Diesmal erwidert er endlich ihren Blick. Und ich sehe es. Und hoffe, dass sie die gleiche Realität betreten haben. Würde ihnen guttun.
»Wer von euch hat denn bitte die ganzen Löcher in das Fleisch gemacht?!«

11

(AUF DIE PLÄTZE, FERTIG UND GORILLA)

Wieder da, kleines Zimmer, ich sehe wie immer aus dem Fenster in die betonierte Stadt.
Dem Professor habe ich meine DNA hinterlassen. Eine schöne kleine Pfütze meines Blutes. Mitten auf dem Hitlerteppich. Da fehlte eindeutig was. Hat nicht wehgetan, ins Fleisch, mit dem Messer, immer noch halb taub der Arm. Und Fili fotografierte mich, wie ich auf diesem bekackten Teppich blute. Nackt. Und auf dem anderen Foto werden wir alle zu sehen sein. Wir alle nackt, Len und Timur mit Commedia-dell'Arte-Masken vor den Schwänzen. Wir und der Garten, das Haus des Professors. Mit der alten Kamera des Professors geschossen.
›Ich will die behalten‹, hat Fili gesagt. ›Ist 'ne Hasselblad.‹
›Nein, Fili. Die soll der Professor behalten. Wenn er den Film jemals entwickeln sollte, kriegt er eine nette Überraschung.‹
Dort, auf diesem Bild werden wir immer jung sein. Und immer beieinander.
Ich schlage die Noten zu und sehe auf die Uhr. Es ist bald

Zeit zu gehen. Premiere. Staschas und meine persönliche Commedia dell'Arte, diese Theatersache. Auf die ich als Gast gehe. Als geladener Gast.
Er wisse jetzt Bescheid über diese Frauen, hat Len gesagt. Da liegt sie als Beweis, auf dem Klavier, die Papierblume, die er mir aus einem seiner Autogedichte gebastelt hat. Man kann sie auffalten. Darin seine Erkenntnis:

Da ist kein Trumpf in deinem Ärmel,
Da ist kein Gold in deinem Mund,
Und höchstens deine jungen Titten
sind für dein Dasein hier ein Grund.
Oh Liebes, du bist bald das Opfer
Zuerst der Körper, dann die Seele,
dann weinst du bitterliche Tränen
schluckst aus Verzweiflung bunte Pillen
Es wird ein langer harter Abstieg
ins Greisenalter, zu den Katzen
Und dann?!
Ja dann steht auf dem Grabstein
Dein Name – Sinnbild einer Lüge.
Was soll's, du kleine süsse Knospe
ich geb dir gerne meinen Schwanz
und steck ihn tief in deinen Rachen
auf dass der Kopf kriegt Relevanz.

Ich gehe auf die Premiere nur Stascha zuliebe.
Die Feuilletons schrieben schon davon, man erwarte was. Es sei immerhin der Marc Brenneder. Da erwarte man was. Und mein Name stand dort. Newcomer. Underground. Und auf Mamas Geburtstagsfeier werden sie mich wie ein Kleinkind ausfragen, die Familienfreunde, was ich denn so mache überhaupt, so nach dem Musik-

studium. Ob man denn davon leben könne. Und niemand nimmt es ernst, und alle finden es irgendwie herzerwärmend, dass ich so ein Träumer bin, ein träumender Versager. Und irgendjemand wird mich auffordern, ein Lied zu spielen, eines aus ihrer Jugend, ein russisches. Ich sollte was vorbereiten. Aber ging ja auch so, letztes Mal, und Herr Scheriswadze hatte sich sehr gefreut, nach dem neunten Wodka ein bisschen jaulen zu dürfen zu meinem Geklimper. Und steckte mir danach einhundert Euro zu. Niedlich. Sagte: ›Kaufst du dir Parfüm, was Schönes.‹

Und ich werde ihnen was zu erzählen haben. Aber es dann doch nur recht kryptisch halten – sie sollen ja ihr Bild von mir nicht umwerfen müssen. Dann sagen alle Aha, und fragen nicht weiter nach, trinken weiter, und singen. Und keiner wird sich daran stören, dass eine neunzig Jahre alte Ella mitten im Wohnzimmer neben dem Tisch in ihrem Sessel schläfrig vor sich hindümpelt. Und wir, meine Großmutter und ich, werden teilnehmen, ohne wirklich da zu sein. Sie von ihrer Seite, komplett aktivitätslos, und ich von meiner, das bring-mir-mal-dies-hol-doch-mal-schnell-das-Kind.

Und ich ziehe mich an. Schwarz. Und ich kämme das Haar nach hinten. Und lackiere die Nägel. Und ich trage hohe Schuhe. Und ich laufe zur Straße. Und ich nehme ein Taxi. Und ich nehme den Wodka. Die ganze Flasche. Und ich will gar nicht trinken. Und ich bin ja gleich bei euch, ihr komischen Menschen.

Hier bin ich also, graues großes Theater. Flieg mir doch um die Ohren. Hau mir doch mit deinen eitlen Kunstkennern auf die Schnauze.

»Guten Abend, Fräulein«, sagt der Pförtner. »Wohin wollen Sie denn?«

»Ich bin es doch«, sage ich. »Jogginghose. Vor zwei Wochen. Die Musiker«, sage ich. Ich stelle ihm die Flasche Wodka auf den Tresen. »Für Sie«, sage ich. »Premiere und so.«

»Ach was …«, sagt er verlegen. »Ich hätte Sie ja … oh … das ist mir jetzt aber … Stimmt ja«, lächelt er. »Ach Fräulein! …« Das unerwartete Präsent ist ihm so eine Freude, als hätte ich gerade die ganze Welt zu seinen Füßen gelegt. »Aber dann … wenn es so ist … Ist doch ihre Premiere dann auch, nicht wahr?«, sagt er.

»Ja, wahr«, sage ich.

Und er holt unter seinem Tresen zwei Becher hervor. Und er öffnet die Flasche.

»Na dann trinken wir doch darauf einen, nicht wahr?«, fragt er fröhlich.

»Sehr wahr!«, sage ich.

Marc, Schmarc, scheißegal.

Kritiken – scheißegal.

—

Die Leute strömen in den Saal. Ältere Damen in ihrer sorgfältig ausgewählten Aufmachung, Pärchen mit ernsten Gesichtern, grimmige Jugendliche mit ihren Eltern – heute wird Kunst angeschaut.

Der Fanfarenton erklingt zum dritten Mal, das Licht wird gedimmt, und die ersten Töne des Adagios erklingen. Das Ballett kommt nach und nach auf die

Bühne, alles läuft nach Plan. Ich höre meine Musik, und es klingt für mich so fremd. Ich schreibe Musik nicht. Sie schreibt sich aus mir heraus. Und wenn sie sich einen Weg nach draußen gebrannt hat, gehört sie sich selbst. Nicht mir. Ich wünsche den Tönen gutes Gelingen.

Im Zuschauerraum herrscht Anspannung, viele lehnen

sich nach vorn, zwischen die Köpfe derer in den Reihen vor ihnen, um noch näher beim Geschehen zu sein.
Staschas Choreographie ist wendig und komplex, naiv und durchdringlich, so wie sie selbst. Zu den schnellen, rollenden Passagen der Musik bewegen sich die Tänzer wie eine menschliche Masse, eine Welle, die, sich selbst immer wieder verschlingend, heranrollt, sich wieder auflöst, als hätte sie aus zuckenden Lebewesen bestanden. Die Kostüme sind eng wie Haut. Drei der Tänzerinnen sind nackt. Das finde ich gut. Schön sind sie. Die Körper begegnen sich, umschlingen sich, stoßen sich ab, werden zu einem großen Netz, das zu atmen scheint, Stroboskop, Lichtwechsel.
Kein einziger krummer Ton von den Musikern, alles sitzt, wo es soll.
Im Adagio nun ein Liebesakt, ein Pas de deux, wobei eine der nackten Tänzerinnen, die schönste unter ihnen, von ihrem Partner erst zärtlich getragen, später wie besinnungslos an den Händen über die Bühne gezogen wird. Jetzt versucht er sie um seinen Körper zu schlingen. Wie ein Kleidungsstück. Aber es gelingt ihm nicht. Ihre Gliedmaßen verharren nicht, wie sie sollen, um seine Hüften, um seinen Hals. Sie ist wie bewusstlos. Sie ist tot. Und nun versucht er sie, in seinen Armen eingerollt wie ein Kätzchen, von der Bühne zu tragen. Immer wieder stolpert er, immer wieder bricht er zusammen und muss sie erneut zu einem handlichen Körperbündel sammeln. Jetzt tragen auch die übrigen schönen maskulinen Körper die zarteren, sehnigen weiblichen, mit denen sie eben noch ein auf dem Boden ausgebreitetes Geflecht bildeten, weg von der Bühne. Das ist doch hübsch.
Tanzteil ist beendet. Applaus.
Auftritt des Schauspielers.

Er betritt die Rampe, und beginnt zu schreien. Er schreit: »Laut Laut Laut! Alles ist so laut!« Dann läuft er nach links und schlägt sich wie ein Primat auf die eigene Brust. Schreit »Waaaaaa!«, läuft nach rechts und wiederholt das Geschreie.
Die Dame neben mir schiebt ihre Lesebrille nach unten und nimmt sich prüfend das Programmheft zur Hand. Auf dem Deckblatt steht:

Der Freund in der Ferne ist der Freund in mir
A. Strenger/I. Lewin
Stumme Schreie
M. Brenneder

Sie schaut sich Marcs feistes Konterfei neben der Beschreibung seines Stückes an und gibt naserümpfend ein herablassendes »Tsss« von sich, schnalzt zweimal mit der Zunge und schaut wieder zur Bühne, wo der Schauspieler nun abwechselnd seinen Schritt streichelt und sich selbst ins Gesicht schlägt, wobei er bei jedem Schlag »Nein!« ruft.
»Aaaaah … Nein! Nnnn … Nein!«
Die Dame flüstert jetzt ihrem einschlafenden Gatten etwas ins Ohr. Er versucht aufzuwachen, setzt sich wieder gerade in seinem Samtsessel zurecht.
Der Schauspieler rauft seine Haare, zerrt an der eigenen Kleidung, entledigt sich des Hemdes. Die nächtlichen Kantinenversammlungen mit Gleichgesinnten sind über die Jahre allesamt auf seiner Hüfte und dem weißen, welken Bauch gelandet, in Form von formlosem Fett. Und wieder rennt er von einer Seite der Bühne zur anderen, und die Speckschicht zittert.
Am Rand steht ein Zinneimer. Er taucht seine Hände

hinein und beginnt, sich zu bemalen. Mit einer braunen, kotähnlichen, hoffentlich nur kotähnlichen Paste. Das zieht sich. Ewig. Nebenbei rezitiert er Goethe, Dostojewski und Kafka. Schreit immer mal zwischendurch das Publikum an. Tanzt, während er sich weiter vollkotet, mit dem Eimer in enger Umarmung, singt die Marseillaise, fällt wieder auf die Knie, schlägt mit dem Kopf mehrere Male auf den Boden. Wieder das »Nein! Nein! Nein!«.

Als er endlich fertig ist, ist er vom Weißen zum Schwarzen mutiert, und während er in einem spastischen Anfall zusammenbricht: Black. Vorhang fällt.

Klatschen, verbeugen, fertig.

Die Menschen erheben sich von den Sitzen, um sehr zielgerichtet auf die vier Ausgänge zuzuströmen. Ich quetsche mich durch. Inkognito.

Ich laufe durch das Foyer und stelle mich schließlich mit dem Gratis-Prosecco an eine der Säulen.

»Muss man der Jugend überlassen – performative Kunst«, sagt der Mann zu den älteren Herrschaften um sich. »Da hat sich der Brenneder ein ganz schönes Ei gelegt«, sagt er. Und die Runde lacht.

Ich trinke das süßliche Zeug auf ex, merke, dass es nicht wirklich rein will in mich, stelle das Glas zurück auf das Tablett der netten jungen Dame mit Gastro-Krawatte und gelber Schürze. Man sagt, wenn man lächelt, kriegt man automatisch gute Laune. Was muss die wohl glücklich nach Hause gehen nach ihrem Dauergrinsdienst heute.

Marc ist nicht in Sichtweite. Er scheut seine eigenen Uraufführungen, hat man mir gesagt. Kommt und besäuft sich, während das Stück läuft, sodass jede Kritik abprallt, weil er sie dann gar nicht hört in seinem Film. Da näm-

lich, in diesem Film, läuft wohl andere Musik. Da spielt man immer den Marsch des Kaisers.
In der Kantine Techno aus den Lautsprechern, Tänzer, Musiker, Freunde, Kollegen feiern, betrinken sich, tanzen. Die Anspannung fällt wie eine hart gewordene Tonmaske langsam von ihnen ab – vorbei, es ist vorbei. Es gab zumindest teilweise viel Applaus.
Der Kacka-Schauspieler ist nicht da. Duscht sicherlich noch seinen Teint wieder auf blanco. So etwas kann dauern.
»Izy! Izy!«, schreit Stascha quer durch den überfüllten Raum, »hast du das schon mitbekommen?! Sie wollen uns in New York! Sie wollen uns in New! York!«
»Wer will uns in New York?«
»Der Direktor dieser Modern-Dance-Sache! Wir sollen zum Festival! Mit denen zusammen!«
»Wirklich jetzt?!«
»Ja natürlich wirklich!!! Ich würde doch nicht lügen! Auch nicht aus Spaß!«
»Weiß ich doch«, sage ich. »Kannste doch gar nicht, lügen«, und erteile Stascha die kraftvollste einarmige Umarmung, zu der ich im Stande bin.
»Und Marc haben sie völlig verrissen!«, strahlt sie, »dass der degenerative Kunst macht, haben die gesagt! Wir fahren ganz allein! Ohne Marc!«
Ohne Marc. Sehr gut. Degenerative Kunst. Sehr gut. Dann wird er wohl bereits jenseits von allem Irdischen besoffen sein.
»Wo ist er denn?«, frage ich.
»Da«, sagt sie und zeigt hinter mich, wo ein torkelnder Marc mit glasigen Augen immer näher kommt. Aber nur sehr, sehr langsam und unter großer Anstrengung. Als wäre er knochenlos. Trauriger Anblick. Ich drehe mich

ihm zu, ich warte, Marc. Komm nur, komm. Ich bleibe genau hier stehen und lasse dir alle Zeit, die du brauchst für die nächsten zehn Meter.

»Izööööy ...«, lallt er, »dubis schöhn ... ssoschööön ... Meine Frau ist wuäg ...«, er macht eine wegschmeißende Bewegung mit der Hand, »einfachwöööhg ... Dieschlampe ... abdubissoschöün ... Oh!«, er stiert auf meinen Arm, den ich in eine Paisleytuch-Schlinge gelegt habe. »Issdsderarm?! Dstutmirleid, Izööööy ...«

»Muss es nicht, Marc«, sage ich.

»Un jetz? Wirst jetzt berühmz, was?! Jaja ... diehschöneIiiiiizööööy«, er legt mir eine Hand auf die Schulter und fällt dabei fast um. »Fiehleichtkönnwir ... jairgndwann ... mal ... wiedezusamm ...«

Natürlich können wir. Selbstverständlich. Ich sage nichts, nehme seine Hand von mir runter und gehe einfach.

»Izzööööy! Du blöde Fotze! Blöde Fotze!«, ruft er mir hinterher.

Leb fertig, denke ich, da stehen schon welche an.

Auf der Straße scheinen die Laternen, der Regen ist vorbei, der Asphalt schwarz und nass. Ich tanze. Bis nach Hause. Oder nein. Ich ruhe mich aus, auf der Parkbank dort.

EPILOG

Ich warte beharrlich darauf, bedient zu werden. Wo sind die Kellner hier? Eigentlich warte ich nicht. Eigentlich beobachte ich mich im Prozess dessen, was man Warten genannt hat, stoppe die Zeit.

Zehn Stunden geschlafen, fühle den Frühling, er hat sich soeben an meinen Tisch gesetzt, der Frühling, und wir glotzen in die Welt. Autos hupen, Frauen flanieren wie Schmetterlinge die Straßen entlang. Es wuselt wieder um mich herum, das Leben, und ich bin einverstanden.

Auf dem Display des Telefons erscheint eine Berliner Nummer.

»Lewin«, sage ich.

»Hallo! Schwester Gesine hier, Frau Lewin.«

»Hallo«, sage ich. Die Cousinenschwester wieder.

»Frau Lewin! Gut, dass ich Sie endlich erreiche. Ich hatte Ihnen mehrmals draufgesprochen. Haben Sie das denn nicht abgehört?!«

»Nein. Habe ich nicht. Was gibt es denn, Schwester Cousine?«

»Na, Sie müssen bitte nochmals herkommen und die Entlassungsformulare gegenzeichnen. Das geht hier so nicht – einfach wegrennen. Ich muss das alles protokollieren. Das muss Ihnen doch klar sein. Bitte kommen Sie noch diese Woche. Und ich habe Ihre Blutwerte, Frau Lewin. Ich darf Ihnen mitteilen, dass alles bestens ist. Auch mit dem Baby.«

»Welches *Baby*?!«

»*Ihr* Baby, Frau Lewin … Hallo? Frau Lewin? Können Sie mich hören?«

Frau Lewin schweigt.

Ich höre nicht mehr, was am anderen Ende der Leitung passiert. Der Himmel ist wieder so ganz blau.

Zehn Minuten und siebenundzwanzig Sekunden.

»Wasser. Ohne Eis, bitte.«

—

Du bist jetzt da drin? Du bist klitzeklein. Ich warte jetzt auf dich. Und dann, wenn du sprechen kannst, wirst du mich fragen, und vielleicht werde ich dir all das erzählen, wenn du mich fragst. Das hier, alles, was ich noch weiß, wenn du fragst, wie es war, und deine Augen sich fast schließen. Von dem Mädchen, das so sein wollte wie Gavroche. Und wer ist Gavroche?, wirst du fragen. Und ich werde sagen: Nächstes Mal. Jetzt erst mal das: Die Kinder trugen K. o.-Spray in den Schultaschen und die Kleinkriminellen wuchsen langsam zu echten Verbrechern heran, die groß und stark werden sollten, um später das ganze weite Land regieren zu können, werde ich sagen.

Und in der Schule, da trugen die Mädchen große Schleifen auf dem Kopf. Und die Jungs zogen sie daran, und an den langen Zöpfen. ›Fange keinen Streit an. Aber wenn dir jemand was will – dann schlägst du richtig zu! Dass ihm das Leben nicht wie Honig schmeckt!‹, hat die Mutter immer gesagt. Deine Großmutter.

Und die Zeiten waren gefährlich, werde ich sagen. Wie durch eine verlassene Westernstadt liefen die von den

Nachrichten verängstigten vergessenen Kinder durch die winterdunklen Straßen nach Hause, angespannt vor Kälte und jederzeit darauf gefasst, von bösen Menschen geraubt, verschleppt und verkauft zu werden.

Die Eltern des Mädchens fuhren oft auf Gastspiel und brachten allerlei Kurioses aus dem mysteriösen Ausland. Die hübschen Geschenke, die sie selbst dann behalten durfte, wenn sie, Mama und Papa, unwissentlich statt Schokolade Brandy-Pralinen erwischt hatten. Und du wirst fragen: Was ist Brandy? Und ich werde sagen: Nichts für Kinder, die Eltern haben …

Oft im Schrank gesessen und an der nach Importparfüms von Dior und Chanel duftenden Kleidung der Eltern gerochen. Weil sie nie da waren.

Und es gab eine Schildkröte. Aber auch sie war von einem Tag auf den anderen wie vom Erdboden verschwunden. Einfach weg. Und man erzählte ihr: Weggelaufen, aus dem elften Stock des Neubaublocks. Eine Schildkröte. Verwunderliche Tschapa, dachte sie sich und stellte sich vor, wie Tschapa Fahrstuhl fährt und hinauszieht, die Welt zu erkunden.

Und einen einzigen, wahren, echten, besten Freund gab es. Aber auch der war von einem Tag auf den anderen – einfach weg. Ausgewandert. Nach Amerika. Von da an war sie ganz einsam in dem mit Menschen so proppevollen, zwölf Stockwerke hohen und kilometerlangen Neubaublock – so lang war er, dass ein Kindergarten, eine Schule, ein Spielplatz und sogar eine Eislaufbahn in seinen Hof passten.

Und er schrieb ihr noch einmal, schrieb aus dem so unvorstellbar weit entfernten Amerika. Schrieb: *Liebster Malýsch! Bitte, komm mich bitte besuchen. Bitte! Ich vermisse dich so sehr. Hier ist es sehr schön. Wen soll ich*

denn sonst heiraten?! Und Malýsch nahm sich vor, das, sobald es ginge, auch zu tun. Denn, mal im Ernst – wen sollte er denn sonst heiraten?!
Nur noch zehn Jahre, dann bin ich erwachsen, zählte sie vor sich hin. Nur ein Jahr und ein vom Zoll zerschlitztes Plüschtier entfernt, das man des Schmuggels von Luxusgütern bezichtigte, so wie auch die Mutter, die man zu diesem Zweck rektal untersuchte, wartete es, das neue Leben. Und jetzt träum schön, werde ich sagen. Und du wirst träumen von geschäftigen Schildkröten.
Und ich werde dir von seinen Händen erzählen, von Timur. Von seinen Händen, an denen oft Reste von Farben und Öl, und wenn sie einen nur kurz berührten, so beruhigend wahr … Von seinen schwarzen Locken, die immer nach einer Mischung aus Shampoo und Holzspänen rochen. Von seinem Blick voll Gunst für alle Kreaturen, der mich sofort durchschaute bis in den letzten Winkel, der mich wie ein Sog in ihm zu versinken gezwungen hat. Von uns. Von uns und den langen Tagen an der Hasenheide. Den Tagen, die gleitend in die Nächte übergingen. Von unserer Insel des geschlossenen, nur für uns zugänglichen kleinen Glücks, so überwältigend großen Glücks. Von der Insel, die ich Heimat nannte. Mit unseren aneinandergepressten Körpern. Wie zwei Tiere, die in beißender Kälte Schutz suchen an der Wärme des anderen.
Alles kann ich dir erzählen. Aber wozu das Ganze?
Ich sollte meine Mutter anrufen, ihr berichten von all dem, von all dem, das sich nicht in Worte pressen lässt.
Was für kleine Behälter das sind, Worte.
Selbst Liebe wird heruntergefickt auf Staub.
Keine Heimat.
Nur euch. Gefährten.

Ich bin nicht hier. Es gibt gar kein *Hier.*
Lediglich überall Quanten in Superposition, verstreute Partikel, *furious particles in space*, die sich entscheiden, dann und wann beieinander zu sein. Ich träumte, wie er sich überschlug und uns durch die Luft wirbelte, der Saab. Einzelne Partikel fliegen im Nichts. Einzelne Partikel, die sich jetzt zu einem Ganzen gefügt haben.
Ich sehe euch. Jeden Einzelnen. Len am Steuer, wie er die Kontrolle verliert. Wie er noch am selben Abend seine Zigaretten drehte und die Tabakkrümel überall herumlagen, Fili, meine Schöne, die schon immer zu viel wollte, von allem zu viel, Stascha, die alles lösen könnte, ganz bestimmt, all die Knoten der Dinge, die wir nicht begreifen.
Und du, Timur. *Wir werden einander eine Heimat sein. Ein Hund und ein Wolf, die sich zusammen unter dem Tisch besaufen.*
Und ich werde jetzt zu Ende spielen. Bis zum letzten Level, dort, wo der härteste Gegner kommt. Und auch den mache ich platt. Birke aus Kruppstahl mit Walther CP. Ich hole euch ans Meer. Endlich wieder ans Meer.
Wir und unser Kind. Wir kommen vom Meer. Wir alle. Und dahin geht es auch zurück – dahin, wo alles schwebt und fließt.
Und Mira, Ari, Ella. Ich werde auch ihnen Mutter und Vater und überhaupt alles werden, so, wie sie es mir immer waren. Die Artikel aus den Zeitungen vorlesen, sorgfältig die Spaziergänge planen, alles Notwendige mitnehmen, Brote, Tee in der Thermoskanne. Ich werde sie baden und anziehen, in den Schlaf singen, Bettpfannen wechseln, alle Geschichten, die sie in endloser Wiederholung erzählen, ohne sich daran zu erinnern, immer wieder anhören. Und wir werden an den Strand gehen, ganze Tage werden wir dort verbringen. Mit Hühnchen,

gekochten Eiern, Gurken, die in zwei Hälften geteilt sind, und Salz, um es dazwischen zu streuen und zu verreiben. Wir werden glücklich sein.
Unsere Reprise.
Und dann?
Pause.
Und dann schreibe ich ein neues Stück. Auf leerem Papier. Und die Wehmut ist ein Relikt. Ein Talisman, der für immer bei einem bleibt. Hände der Mutter. Stärke des Vaters. Flucht. Neue Wahrheit. Das neue Leben. Eine neue Welt, in der alle derart durchmischt sind, dass sie braun, mandeläugig, Balalaika spielend und schlappohrig sind. Mit Ringelschwanz von mir aus. Und die Sprachen sich zu einer verknoten. Oder entknoten besser. Wir sind auf dem Weg. Ich freue mich schon so.
Neben mir raucht ein Mann. So selbstgefällig. Nach hinten gekämmtes Haar, teure Uhr. Ich könnte ihn mit Recht bitten, seine Zigarre auszumachen. Daran werde ich mich noch gewöhnen müssen.
»Wie heißen Sie?«, frage ich.
Ich lache ihn an. Wenn er Ausländer wäre, würde er zurücklachen. Aber ist er nicht. Findet er fragwürdig. Will nicht von Subjekten wie mir gestört werden. Doch seine gute Erziehung erlaubt ihm keine Dreistigkeit. Einer *Dame* gegenüber.
Wieso das *die Dame* interessiere, fragt er.
»Weil ich Ihnen einen ausgeben will«, sage ich.
»Parn«, sagt er. »Mit R«, sagt er.
»Und Vorname?«, frage ich.
»Peter«, sagt er.
Er faltet seine Zeitung und schaut mich an. Ja klar, Peter Parn. Peter und seine Brüder Marzi und Pro.
»Und Sie?«, fragt er.

Schlechter Wortwitz, Peter, ist genau mein Niveau.
»Izy Lewin«, sage ich, »because life is hard enough ...«
Er lächelt smart und setzt seine teure Hornsonnenbrille ab.
»Und was hätten Sie gern, Peter?«, sage ich und winke den Kellner zu uns.
»Noilly Prat«, sagt er. Und fragt, was der Grund der netten Geste sei.
»Kennst du das, Peter?«, sage ich, »das Syndrom?«
»Welches Syndrom?«, fragt er, setzt sich in eine mir nun zugewandte Position, ich sehe seine Hoffnung, abgelenkt zu werden von der Langeweile seines wohlgefällig reichen Alterns.
»Das, das so heißt wie du.«
»Bitte, klären Sie mich auf«, sagt er, lacht schon mal im Voraus, nimmt einen Schluck von seinem Drink, zieht an der Zigarre. Findet mich bestimmt erfrischend impertinent, der Peter. So ein dahergelaufenes junges Ding. So wie man verdreckte Straßenwelpen entzückend findet, wie die das wohl so machen, so ganz allein, sie und die Straße ... Streicheln will man sie aber dann doch nicht – wer weiß, was da nicht alles dranklebt.
»Wenn man nicht erwachsen werden will, Peter. Ist ein Krankheitsbild.«
Was soll das denn auch sein – erwachsen?! Soll das bedeuten, dass man nicht mehr fliegen kann? Wer soll das denn wollen?
Ich stoße mich ab, und schon bin ich in der Luft, sehe von oben auf Peter herunter. Ich winke ihm und fliege immer höher, ganz dicht an den Baumwipfeln vorbei, über die Häuser, die Stadt. Und in mir wohnt ein ganzes Universum. Und die Sterne darin ordnen sich zu Systemen, Buchstaben, Formen, fangen an zu tanzen. Ich erinnere

mich an mich. Erinnere mich an euch, an sie. Aber vor allem an uns. Jedes einzelne Detail. Rufe euch in meiner Erinnerung hoch, jeden Tag, bis ihr alle in mir wohnt, bis ihr ein Detail von mir geworden seid.

Und der kleine Vogel im Baum sagt ›*Ein Kind!?*‹.

Und seine Stimme klingt wie die meiner Mutter.

Und der Baum antwortet ›*Daran besteht kein Zweifel. Vierte Woche. Wenn sie nicht zu sich kommt, weiß ich auch nicht, wie wir weiter mit der Schwangerschaft verfahren sollen. Und bitte, richten sie den Freunden doch aus, dass die Besuchszeiten nicht umsonst erfunden wurden! Daran haben sich alle anderen ja auch zu halten. Tag und Nacht Verkehr hier … Das geht so nicht. Spielen hier Platten vor, lesen laut.*‹

Und der kleine Vogel weint und singt ›*Kisenjka. Bitte um des Himmels willen, mein liebes Kind. Bitte … komm doch zu dir …*‹

Special agent Levin XX24ΩZERO befindet sich im Flug über der Erdoberfläche, während unten der Fernsehturm zu Asche zerfällt. Am Horizont leuchtet die Sonne in angriffslustigem Rot.

Noch eine Weile sieht man den russischen Bomber, der sich im Direktflug auf das Pentagon befindet. Weite Teile des Landes in Massenpanik. Die Menschen schreien, die Menschen versuchen zu fliehen. Diesmal weiß niemand mehr wohin.

Was nimmst du mit, wenn du nur zwei Hände und zwei Füße und gerade mal zwei Minuten nachzudenken hast? Was ist dir von Bedeutung?

Und aus dem Magnetophon der Alten mit Hornbrille spielt eine leiernde Band *Perhaps Perhaps Perhaps*. Sie verteilt Bilder vom polnischen Papst.

Das System kann sich selbst nicht analysieren. Das System braucht ein übergeordnetes System, das es am Schopfe aus der Scheiße zieht.
Es muss einen Weg geben. Es muss einfach einen Weg geben. Und er schwebt dort frei im Kosmos. Dort, von wo aus man es endlich sehen könnte. Wo ihr es endlich alle sehen könntet! Das Netz, alle Gedanken, dort, wo alles Sinn ergibt. Dort, wo Ruhe herrscht, weil ein jeder Teilnehmer die Gesetzmäßigkeiten versteht und keine Erklärung notwendig ist.
Austritt aus der Atmosphäre.

Und irgendwo hinter verschlossenen Türen entscheidet ein Gremium aus Kritikern über Scheitern oder Auferstehung.
Live long and polyprosper, multigen, divertant.
Over and out.
Das Logbuch schreibt das Jahr *Fuck off*.

ÜBERSETZUNG VON S. 195–197:

***Polysingularität** ist der natürliche Zustand unseres Geistes, unseres Körpers, der uns umgebenden Welt.*
*Auf dem simpelsten Level zusammengefasst ist **Polysingularität**, wenn die Dinge hätten so sein können, wie sie jetzt sind. Aber ebenso gut auch so, und so, und auch so, und noch so, genauso so, und sicherlich auch so …*
Aber im Endeffekt sind sie eben genau so, zu genau diesem einen Moment. Und jeden Moment kann sich wieder alles ändern.
***Polysingularität** ist, wenn eine Vielzahl von Möglichkeiten existiert, aber nur einige zu einem bestimmten Zeitpunkt realisiert werden.*
***Polysingularität** ist das Denken im Sinne einer Stabilität trotz Ungleichgewichts anstelle einer Ausgeglichenheit.*
***Polysingularität** ist das Denken im Sinne der Prozesse statt der Objekte.*
***Polysingularität** ist sowohl gedankliches Konzept als auch verkörperte Materie.*
***Polysingularität** ist pure Bewegung.*
***Polysingularität** ist nicht Wissenschaft, nicht Kunst, Geschäftsmodell oder Politik, denn all diese sind nur künstliche Behälter, welche gezielt (aus gutem Grund) den Rahmen menschlicher Kapazitäten beschränken.*
***Polysingularität** ist keine Ideologie, denn sie verteidigt nichts, sie zeigt lediglich auf.*
*In der **Polysingularität** gibt es nicht das eine und das Einzige. Es gibt die Vielen, und diese sind alle verschieden.*
*Wenn etwas **polysingulär** ist, hat es die Kapazität, vielerlei zu sein.*
***Polysingulär** denken bedeutet, in Netzwerken statt in geraden Zielrichtungen zu denken.*
***Polysingularität** ist das Denken in multidimensionalen Fraktalen statt Oberflächen. Es ist einfacher, der **Polysingularität** durch Wiederholungen und Loops gewahr zu werden. Die feinen Unterscheidungen manifestieren sich in den Wiederholungen und bezeugen somit, dass es weitaus mehr Wege zur Entfaltung gibt, als man zu Anfang aus Gewohnheit annimmt.*
***Polysingularität** zeigt, dass das Narrative nur einer der möglichen Wege von vielen ist.*
***Polysingularität** ist kein Punkt, kein Kreis. Sie ist ein seltsamer Attractor (math./phys.) inmitten einer Landschaft aus Chaos.*
***Polysingularität** ist, wenn mehrere fortlaufende Prozesse interagieren, konkurrieren, einander anregen und ausschließen, um etwas weitaus Komplexeres zu werden, als sie es hätten im Einzelnen werden können.*
***Polysingularität** ist am spürbarsten, wenn du in Kreisen oder Wiederholungen feststeckst – gedanklich oder in Bewegung.*
***Polysingularität** heißt immer Fortsetzung!*

Mit freundlicher Genehmigung des Autors zitiert aus:
Dmitry Paranyushkin, Polysingularity Letters, Volume 3, Nodus Labs 2012.

ÜBERSETZUNG VON S. 235:

Und hier im Garten ist die Stille. Bäume. Insekten. Ja, sie flüstern.
Und ihr Gesang erklingt wie rosa Rauschen. Wir sprechen nicht. Wir stehen hier, sehen
runter/hoch/um uns herum
Keine Berührung. Und die Luft ist heiß. Wir atmen.
aus/ein/aus
Aber wir sind nicht hier. Unsere Hüllen sprechen eine trunkene Sprache.
Und während ich noch schlafe, träume ich, wir sind in diesem Garten. Bis
Meine Augen sich dann öffnen, ich mich drehe, um zu sehen, wie jetzt dein Körper
meinen auch entblößt

Wir sprechen nicht.
Wir sind nicht hier
Wir sind in diesem Garten

Ich mag es, wenn du langsam spuckst
in meinen Mund
Wenn deine Hand auf meine Wange
trifft
Und dort verweilt
Und meinen Kiefer öffnet
Wenn du mein Haar hältst
Und ich nirgends hin kann
Und du küsst meine Lippen
So
Als wären sie aus Zucker

Deutschlands
größte Testleser
Community
Jede Woche präsentieren wir Bestseller, noch bevor Du sie in der Buchhandlung kaufen kannst.
Finde Dein nächstes Lieblingsbuch
vorablesen.de
Neue Bücher online vorab lesen & rezensieren
Freu Dich auf viele Leseratten in der Community, bewerte und kommentiere die vorgestellten Bücher und gewinne wöchentlich eins von 100 exklusiven Vorab-Exemplaren.
© PIKSEL · istockphoto